Lieber He

Vorsicht: auf der folgenden Seite könnte es heftig rauschen.

Gerd Fischer

mainbook main crime

Das Buch

Es ist Frühling in Frankfurt und alles könnte so schön sein: Kommissar Andreas Rauscher hat Urlaub und gemeinsam mit seiner Freundin Elke kann er die unmittelbar bevorstehende Geburt seines ersten Kindes kaum erwarten. Doch ein mysteriöser Fall hält die Frankfurter Polizei in Atem. Die zwei Gründer des Beratungsunternehmens Money Inc. werden tot aufgefunden, erschossen mit einem Pfeil. Und da die Mordkommission unterbesetzt ist, kehrt Rauscher zurück in den Dienst, was Elke gar nicht recht ist, und macht sich an die Aufklärung. Bei den Ermittlungen rückt der Bruder des ersten Opfers, Ralf Terzlaff, ins Visier, denn er ist Mitglied in einem Bogenschützen-Verein. Aber als ein weiterer Mord geschieht, verschwimmen die Spuren. Handelt es sich um einen Serientäter, der in Frankfurt sein Unwesen treibt? Ist der Täter auf einem Rachefeldzug gegen Money Inc., der noch nicht beendet ist? Oder steckt tatsächlich der Bruder hinter den Morden?

Rauscher muss fortan nicht nur den Fall lösen, sondern auch für Elke da sein und darf keinesfalls den Geburtstermin verpassen.

Der Autor

Gerd Fischer wurde 1970 in Hanau geboren. Er studierte Germanistik, Politologie und Kunstgeschichte in Frankfurt am Main, wo er seit 1991 lebt. Krimi-Veröffentlichungen: „Mord auf Bali" 2006; „Lauf in den Tod" 2010; „Der Mann mit den zarten Händen" 2010

Gerd Fischer

Robin
Tod

Der vierte Fall für Kommissar Rauscher

Krimi

maincrime No. 4

mainbook main crime

Mein ganz besonderer DANK gilt

meiner Schwester Claudia, Ingeborg, Anne, Anke,
Lucie, Ute, Elisabeth, Claudia L., Thomas und Uli, Astrid,
Andrea und Alex, Daniella, Uwe und Frank.

Signierte Bücher können ohne zusätzliche Versand- und Portokosten
direkt beim Verlag auf **www.mainbook.de** bestellt werden

Lektorat: Ingeborg Bellmann
Layout: Anne Fuß
Titelbild (bearbeitet): © Ungor – Fotolia.com

Besuchen Sie uns im Internet:
www.mainbook.de

ISBN 978-3-9813571-3-4

Dem besten Getränk der Welt gewidmet

Prolog

Feierabend.

Endlich Wochenende und Zeit für Kathrine. Die Vorstellung, nur für sie da zu sein, gefiel ihm. Und als Highlight hatte er für Samstagabend zwei Opernkarten besorgt. Verdi, den liebte sie.

Freude und Sehnsucht begleiteten ihn nach Hause. Er schloss die Haustür auf, trat ein und rief ein freudiges „Hallo“ Richtung Wohnzimmer. Die Tür fiel hinter ihm zu.

Er lief geradewegs ins Bad und schaute in den Spiegel. Frisch machen, ihr gegenübertreten, sie in den Arm nehmen und die Wochenendpläne offenbaren. Würde sie sich freuen? Er nickte sich selbst zu.

„Kathrine?“, rief er und bekam keine Antwort.

Er trocknete das blasse Gesicht und den schmalen Hals ab. Ein bisschen Deo unter die Achseln. Ein Spritzer Dolce & Gabbana. Er knöpfte das weiße Hemd zu und gab den kurzen Haaren mit Wachs ein wenig Pfiff. Das Kinn war noch angenehm glatt. Er rasierte sich jeden Morgen, bevor er ins Büro ging.

Eigentlich müsste Kathrine zu Hause sein, überlegte er. Es war kurz vor 18 Uhr. Beim Verlassen des Bades rief er wieder und bekam keine Antwort.

Hatte sie sich versteckt? Bestimmt würde sie ihn gleich überraschen. Manchmal spielte sie mit ihm.

Er schaute ins Wohnzimmer. Dort war sie nicht.

„Kathrine?“ Sein Ausruf hallte von den Wänden zurück.

Etwas störte ihn. Die Wohnung war grabesstill. Ihm fehlten die vertrauten Geräusche. Der Fernseher. Musik aus der Küche. Oder Kathrines Stimme, wenn sie telefonierte oder ein Liedchen summte beim Kochen. Er hatte plötzlich das Gefühl, dass etwas nicht stimmte.

Er lief in die Küche. Auch kein Lebenszeichen von ihr. Ebenso keines in der Abstellkammer.

Wo war sie? Freitagabends traf sie sich gelegentlich mit Freundinnen. Obwohl, wenn er recht überlegte, das letzte Mal lag schon lange zurück.

„Kathrine?“, seine Stimme flog nun laut durchs ganze Haus.

Hatte sie sich hingelegt? In letzter Zeit klagte sie häufig über Kopfschmerzen und Übelkeit. Und überhaupt: Die vergangenen Wochen waren hart gewesen. *Du bist so still in letzter Zeit.* Er hörte plötzlich seine eigene Stimme, die mit ihr sprach. *Ziehst dich immer mehr zurück.* Tausendmal hatte er versucht, mit ihr zu reden. *Du solltest mehr unter Leute gehen.*

Er hetzte hoch ins Schlafzimmer und erlebte einen albtraumhaften Moment. Ein schneller Blick, der ihm das Herz brach.

„Kathrine!“, schrie er und hechtete zum Bett.

Sie lag dort wie Dornröschen in einem weißen Kleid. Ihre rechte Hand hing heraus, die Wunde war noch nicht versiegt und Blut tropfte.

Seines erstarrte zu Eis.

Vor dem Bett hatte sich ein kleiner roter See gebildet. Daneben lag eine Rasierklinge. Bald würde die Lache sie schlucken.

Ihre Augen waren geschlossen, als sei sie friedlich eingeschlafen. Puls spürte er keinen an ihrem Hals. Geschockt begriff er, dass sie tot war.

Er weinte, setzte sich neben sie und streichelte ihre Wange. Er nahm nichts mehr um sich herum wahr. Nur noch, dass ihre Hülle wie eine Silhouette gen Himmel schwebte.

Auf dem Nachttisch lagen ein leeres Blister Schlaftabletten und ein Zettel. Er enthielt nur ein paar Worte. Das Schlimmste, was er je gelesen hatte: „Ich gehe, weil ich nicht bleiben kann. Kuss Kathrine.“

Warum hatte er sie nicht beschützt? Warum hatte er nicht auf sie aufgepasst? Warum?

Plötzlich wusste er, dass dieser Märztag, der 15., sein künftiges Leben bis zum Ende bestimmen sollte.

Ein Griff neben das Bett zur Rasierklinge. Scharf war sie und tödlich. Mit Kathrine ins Jenseits gehen, diese Vorstellung entzückte ihn. Er setzte an. Ein kleiner Schnitt. Die ersten Tropfen.

Durch das Fenster fiel letztes Licht. Das Ende des langen Winters stand bevor. Die Sonne wärmte die Tage schon.

Er ließ die Klinge fallen und drückte sein Hemd auf die Wunde. In diesem Moment fasste er einen Entschluss. Er küsste Kathrine auf die Stirn und schwor, nicht eher zu ruhen bis ihr letzter Blutstropfen vergolten war.

DIENSTAG 21.5.

1

Kriminalkommissar Andreas Rauscher streckte Klaus Markowsky die Hand entgegen und bat ihn herein.

„Schön Sie zu sehen."

„Glaub' ich nicht", murrte Markowsky durch seinen Bart, den er sich in den letzten Monaten hatte stehen lassen. „Ich störe Ihren Urlaub. Außerdem wissen Sie doch gar nicht, warum ich hier bin."

„Kann's mir denken", sagte Rauscher. „Ich habe mit Krause telefoniert." Er führte seinen Chef ins helle Wohnzimmer seiner Bockenheimer Altbauwohnung und bot ihm einen Platz auf der Ledercouch an, während er sich auf einen Stuhl setzte.

Die Mittagssonne schien herein und hinterließ Schatten auf dem Parkett. Markowsky sah sich verwundert um: großflächige Bilder über dem neuen Sideboard und der Couch, Vorhänge in frischem orange, elegante Tischdekoration. An die hohe Glasvitrine in der Ecke konnte er sich nicht erinnern. Elke Erb schien der Wohnung ihren Stempel aufzudrücken.

„Wie geht's Elke?"

„Hat sich hingelegt."

„Wann ist der genaue Termin?"

„In vier Tagen. Wir können es kaum erwarten."

Markowsky streckte die Beine aus und rieb sich die Augen. Der Leiter der Mordkommission sah aus, als würden ihm seine Gedanken einen Streich spielen.

„Kann ich Ihnen einen Kaffee anbieten oder was anderes?", fragte Rauscher. Markowsky schaute Rauscher aus großen Augen an und beugte sich nach vorne.

„Nein, danke. Ich möchte nichts." Er legte eine kurze Pause ein. „Haben Sie zugenommen, Rauscher?" Der Frankfurter Kommissar schaute an sich herunter und zuckte die Achseln. „Ihr Gesicht ist ganz schön rundlich geworden."

„Gut möglich", knurrte Rauscher, fasste sich an den Bauch und unterdrückte seinen Ärger, „ein, zwei Kilo vielleicht. Wir haben in den letzten neun Monaten oft zusammen gegessen."

„Aha", Markowsky lächelte, „ist ja nicht dramatisch. Ich bin jedenfalls richtig froh, dass Sie jetzt in festen Händen sind. Das wird Ihren Leistungen sicher einen Schub geben." Rauscher konnte sich denken, was Markowsky eigentlich von ihm wollte, aber wozu dieses Geplänkel? Markowsky schien Rauschers Gedanken zu erraten, denn er wechselte das Thema. „Ich bin hier wegen …" Rauscher nickte:

„Die Zeitungen schreiben über nichts anderes." Markowsky nickte gequält.

„Zwei Männer ...", fuhr Rauscher fort.

„Zwei Banker", präzisierte Markowsky.

„Erschossen mit einem Pfeil."

„Auf offener Straße und exakt im Abstand einer Woche", stöhnte Markowsky, „zur selben Zeit, abends um 19 Uhr. Es gibt keinerlei Spuren vom Täter. Außer den beiden Pfeilen haben wir absolut nichts. Und zu allem Überfluss ist Thaler vor zehn Tagen suspendiert worden."

„Stand auch in jeder Zeitung: ‚Polizist schießt auf Kurden'. Was hat ihn nur geritten?"

„Keine Ahnung. Jedenfalls sind wir akut unterbesetzt. Elke hochschwanger, Sie im Urlaub, Thaler bis auf Weiteres aus dem Verkehr gezogen. Die Ermittlungen stagnieren. Krause schafft das nicht alleine. Wir brauchen Sie, Rauscher!“

„Aber die Geburt...“, sagte Rauscher.

„Ich gönne Ihnen von ganzem Herzen jede Sekunde mit Ihrer neuen Familie, glauben Sie mir, aber …“ Rauscher atmete tief durch:

„Ich weiß nicht, Herr Markowsky, wie soll ich das Elke erklären?“

„Wir sitzen in der Scheiße, Rauscher. So tief wie noch nie.“ Am liebsten hätte Markowsky ihn gleich mitgenommen.

Rauscher stand auf, ging ans Fenster und schaute hinaus. Die Spitze des Fernsehturms ragte über die Dachwipfel der gegenüberliegenden Häuserzeile. Im Umdrehen sagte er: „Gibt es denn niemand anderen, der das in die Hand nehmen könnte?“

„Wäre ich sonst hier? Sie kennen doch die personelle Situation der anderen Abteilungen. Und wenn der Geisteskranke nächste Woche wieder zuschlägt, dann haben wir das absolute Chaos. Die Journaille tobt jetzt schon. Sie stürzen sich jeden Tag auf uns. Wir haben nur sechs Tage, Rauscher. Sie müssen ihn schnappen, sonst ist hier der Teufel los.“

2

Liebe Kathrine,

ich erinnere mich genau an den kurzen, zischenden Moment, das leise ‚Flopp‘ und Verbeutens leichtes Stöhnen. Treffer! Tot!

In diesem Augenblick spürte ich keinen Hass in mir, nur Freude. Ich genoss dieses unbeschreibliche Gefühl, den Bogen zu spannen, zu zielen, loszulassen und den Pfeil davonzischen zu hören.

Mit dem nächsten Pfeil erwische ich wieder einen von ihnen. Und jeder weitere tilgt ein Stück Schuld und bringt mich ein Stück näher zu dir. Das Einzige, was mich am Leben hält, ist der Gedanke, bald wieder bei dir zu sein.

Ich habe keine Angst zu sterben, glaub mir!

Du musst verzeihen, dass ich dir nicht sofort folgen kann. Erst werde ich deinen Tod sühnen. Die Schuldigen müssen zur Verantwortung gezogen werden. Nummer eins und zwei haben bezahlt. Den Rest recherchiere ich noch. Diese Dinge muss ich erledigen, bevor wir wieder vereint sind.

3

Nachdem Klaus Markowsky, Leiter der Frankfurter Mordkommission, gegangen war, schaute sich Rauscher im Spiegel an, befühlte seine Wange und sein Kinn. Tatsächlich. Man sah es. Vor drei Wochen hatte er sich zuletzt gewogen und beschlossen, es künftig sein zu lassen. Zehn Kilo mehr waren es gewesen. Ein echter Schock. Aber eigentlich logisch, ständig Fertiggerichte oder Pasta vom Italiener, weil Elke nicht kochen konnte und in den letzten Monaten auch nicht mehr wollte. Ihr Rücken.

Etliche Kilo waren bei Rauscher auf die Kalorienbomben zurückzuführen, also zwangsläufig und unvermeidlich. Zudem keinen Meter gelaufen oder Fahrrad gefahren. Er fühlte sich eingerostet und mochte sich nicht länger anschauen.

Als er ins Schlafzimmer ging, stand er vor einer schwierigen Entscheidung. Vielleicht der schwierigsten seines bisherigen Lebens. Ihm war klar, dass Markowskys Wunsch ein kleines Erdbeben auslösen würde.

Er setzte sich auf den Rand des Bettes. Elke schwitzte.

„Ich hab‘ die Tür gehört“, sagte sie verschlafen und hielt sich den dicken Bauch. „War jemand bei dir?“

„Markowsky.“

„Oh! Was wollte er?“

„Es gibt ein Problem in der Mordkommission.“

„Jetzt lass dir doch nicht alles aus der Nase ziehen.“

„Du weißt schon, die toten Banker.“

„Und jetzt?“ Elke setzte sich schwerfällig auf.

„Keiner weiß, wann Thaler seinen Dienst wieder antreten kann. Markowsky will, dass ich den Fall übernehme und eine Soko leite."

„Du hast doch Urlaub", platzte Elke ungläubig heraus.

„Aber wir müssen ihn kriegen."

„Hallo? Wir bekommen ein Baby!" Jetzt hörte sich Elke besorgt und gleichzeitig panisch an.

„Sollen noch weitere Morde geschehen?" Rauscher fuhr sich über die Augen, als sei er unendlich müde, erhob sich und ging in die Küche. Der Sauergespritzte, den er sich halb Wasser, halb Apfelwein mixte und schluckweise trank, bitzelte im Hals. Das beste Getränk der Welt. Das tat gut.

Rauscher dachte voller Wehmut an die letzten Monate. Elkes wachsender Bauch, den sie gemeinsam beobachtet hatten. Die ersten Tritte. Das Ultraschallbild, auf dem man den kleinen Herrn oder die kleine Frau Rauscher sehen konnte. Aber auch die Fressattacken. Die Schreie auf der Waage oder vorm Spiegel. Die Launen, wenn der Rücken zwickte. Elke bewegte sich seit Wochen im Schneckentempo durch die Wohnung. Auch sich selbst hatte er kaum wiedererkannt. Die Zeitschrift „Eltern" hatte er gelesen, manchmal sogar mit Interesse. Selbst der Schwangerschaftskurs hatte zeitweise Spaß gemacht.

Er fand es mittlerweile toll, neben Elke aufzuwachen und sie ständig um sich zu haben, aber an das Zusammenleben mit ihr hatte er sich erst gewöhnen müssen. Schließlich hatte er sich die Jahre vorher in seinem Singledasein eingerichtet. Die Schwangerschaft verkomplizierte die Situation zusätzlich. Anfangs war Elke gelassen, aber mit jedem Kilo mehr war ihre Laune schlechter geworden. Er spürte, dass er mit den Veränderungen nicht so klar kam, wie er sich das gewünscht hatte.

Trotz allem freute er sich wahnsinnig auf das Kind und wollte von Anfang an dabei sein. Als er Elke vor zwei Monaten berichtet hatte, dass sein Urlaub genehmigt worden war, sah er in ihren strahlenden Augen, wie glücklich sie darüber war, ihn in der entscheidenden Phase neben sich zu wissen.

Jetzt waren es noch vier Tage bis zum Geburtstermin.

Er hatte sich seine Urlaubszeit, die Entbindung im Markus-Krankenhaus, das Heimkommen als kleine Familie so nett ausgemalt. Und jetzt? Ein Spinner scheuchte die halbe Frankfurter Polizei vor sich her. Ausgerechnet zum ungünstigsten Zeitpunkt, den sich Rauscher denken konnte. Oder doch nicht? War es wirklich so schlimm, jetzt raus zu müssen? Ermitteln. Sondieren. Zuschlagen.

Elke verlangte nach einem Wasser. Er brachte es ihr ins Schlafzimmer und streichelte über ihren Bauch:

„Tritt er wieder?"

„Bist dir ja sehr sicher, dass es ein Junge wird."

„Klar", sagte Rauscher, „sowas spürt man als Mann."

„Aha! Vielleicht hast du sogar recht. Den Tritten nach könnte es ein Fußballer werden." Beim Trinken schaute sie ihn mit sorgenvoller Miene an und sagte: „Du hast dich schon entschieden, stimmt's?"

„Weißt du, es ist …." Er wollte sich erklären. Aber er wusste nicht wie. Er wusste nur, dass etwas in ihm war, das ihn spaltete und fast zerriss.

„Es geht hier um unser Kind", erboste sich Elke, „um mich und um dich. Um uns. Und nicht um irgendeinen Verbrecher." Rauscher nahm aus seinem Portemonnaie das Ultraschallbild seines noch ungeborenen Kindes heraus und betrachtete es lange. Es war eine Aufnahme, als Elke im sechsten Monat war. Er fuhr mit dem Finger die gepunktete Linie entlang, laut Arzt die Wirbelsäule, und über den winzigen Punkt in der Mitte, den man nur schwer als kleinen Menschen identifizieren konnte. Aber so war es. Das war ihr Nachwuchs und er bewegte sein Herz.

„Ich bin erreichbar übers Handy", sagte er leise, „vertrau mir. Und wenn es losgeht, bin ich ruck, zuck zur Stelle und bleibe bei euch." Elke seufzte und stellte das Glas auf den Boden.

„Rauscher", sagte sie, „du bist nicht ganz dicht."

4

Im Garten wehte ein leichter Wind durch die Blätter der Birken und Apfelbäume und ließ die Grashalme zittern. Der Mai hatte mit Sommertemperaturen begonnen und bis heute war es heiß geblieben.

Er hatte die Zielscheibe auf dem Grillplatz am Ende der Rasenfläche neben dem mit Backsteinen gemauerten Grill platziert. Zwanzig Meter entfernt ging er an der Abschusslinie in Stellung und schoss. Zisch! Eine Acht zu Beginn. Nicht schlecht. Sein Arm hatte ein wenig gezittert, die nötige Stabilität fehlte. In den letzten beiden Jahren hatte er das Schießtraining etwas vernachlässigt, um mehr Zeit mit Kathrine verbringen zu können.

Die Sonne war wie die Liebe, dachte er, umfing uns ganz und gar. Elf Jahre, zweihundert Tage, einige Stunden. Ein Leben, eine Liebe.

Der Blick zur Nidda, über die Wiesen hinweg, tat weh, erinnerte ihn an die glückliche Zeit mit Kathrine. Wie viele Tage und Stunden hatten sie dort gemeinsam verbracht? Wie viel Spaß hatten sie gehabt, sich im Gras zu wälzen oder ihre eigenen Radieschen, Paprika und Zucchini wachsen zu sehen und zu ernten?

Beim letzten Trainingsschuss kam ihm ein Eichhörnchen dazwischen. Es sprang über die Zielscheibe von einem Baum zum anderen und machte sich flink den Ast entlang davon. Kurze Konzentrationsstörung. Mist, sagte er sich, das durfte nicht passieren, vor allem nicht, wenn's drauf ankam.

Er zielte kurz auf das Eichhörnchen. „Zong!“ Der Laut zischte zwischen seinen Lippen, den Pfeil behielt er in den Fingern. Getroffen hätte er! Er nahm die Zielscheibe ins Visier, spannte den Bogen. Und schoss. Mitten in die Zehn.

Die Sonne verlor hinter den Taunushängen ihre Kraft. Dunkelheit legte sich wie ein düsterer Schatten über den Garten und die Wiesen bis zur Nidda. Er war – wie so oft in letzter Zeit – in Gedanken versunken. Wie viele Male hatten sie gemeinsam diesen Blick genossen?

Die Haustürklingel schellte und lenkte ihn ab. Wer mochte das sein? Er erwartete niemanden und wollte auch niemanden sehen. Schon wieder klingelte es. Er legte den Bogen ab und bedeckte ihn mit einer Plane, bevor er durchs Haus ging und die Tür vorsichtig öffnete.

Monika, die Nachbarin, stand vor ihm und hielt ihm eine Kuchenplatte unter die Nase:

„Riech mal, Jerry, frischer Erdbeerkuchen." Er hasste es, wenn Monika ihn so nannte. Und ihre Piepsstimme ganz besonders.

„Habe ich heute vom Markt geholt. Magst du ein Stück?" Wie oft hatte er Monika schon erklärt, dass ihn der Kosename an Tom & Jerry erinnerte und er einfach nicht so genannt werden wollte. Aber sie ließ sich einfach nicht davon abbringen.

Monika übergab ihm die Platte mit dem Kuchen, in die andere Hand drückte sie ihm eine Schüssel mit Schlagsahne, durch die sie mit ihrem Zeigefinger fuhr und ihn danach genüsslich zwischen ihren roten Lippen ableckte.

Sie hatte sich Zöpfe gebunden, Rouge und Lippenstift aufgetragen. Der Ausschnitt der Bluse fiel ihm ins Auge und war, für seinen Geschmack, entschieden zu tief. Überhaupt passte ihr gesamtes Auftreten eher zu einer Zwanzigjährigen. Monika war aber schon 37, blond, alleinstehend, anlehnungsbedürftig und anschmiegsam. Das hatte er nicht nur einmal zu spüren bekommen, aber er hatte sie nie angefasst. Gelegenheit hat sie ihm oft gegeben.

Nach kurzem Zögern bat er sie herein. Sie tischte den Kuchen im Wohnzimmer auf. Er aß zwei Stücke, um keinen Verdacht zu erregen.

Monika sah sich um und er musste sich in der Folge einiges anhören: Er mache einen mitgenommenen Eindruck. Die Wohnung ebenso. Sie könne es nicht ertragen, dass er sich so gehen lasse. Sie wolle sich ein wenig um ihn kümmern. Um die Wohnung ebenso. Einmal Großreinemachen. Wäre ja schon eine Zeit lang her. Kann ja nicht alles verlottern. Müsse eine Frau ran. Ob ihm das recht sei?

Sie störte ihn. Er wollte seine Ruhe haben. Wollte seine Trauer ausleben. Seine Recherchen vorantreiben. Immerhin waren noch weitere Schuldige zu finden und zu erledigen. Er schob Unwohlsein vor, behauptete, das Kantinenessen heute in der Bank sei ihm nicht bekommen. Was Besseres fiel ihm nicht ein. Er vereinbarte mit ihr, dass sie sich gleich morgen früh um die Wohnräume kümmern solle, wenn er in der Bank sei. Dann komplimentierte er sie sanft hinaus. Widerwillig ging Monika. Er spürte, dass sie sich mehr erhofft hatte.

5

In der Kindertagesstätte Bockenheim war der Teufel los. Kinder fegten durch die Flure, spielten Fangen. Andere trommelten auf selbstgebastelten Bongos herum. Zwei Mädchen und zwei Jungen spielten Polonaise Blankenese und sangen dazu.

Ines Grawitz, die Kita-Leiterin, verfolgte das Treiben und freute sich. Sie mochte ihre Kinder, jedes einzelne, auch wenn die Schreihälse, Krawallmacher, Radaubrüder, Heulsusen, Unruhestifter, Raufbolde, Püppchen und Muttersöhnchen ihr manchmal tierisch auf den Geist gingen.

Wie jeden Mittag ging sie zum Briefkasten, der am Hoftor hing, und schaute nach, ob Post gekommen war.

Heute waren nur wenige Menschen in der Bockenheimer Falkstraße unterwegs. Die Luft trug einen Hauch Frühling in ihre Nase. Vereinzelte Sonnenstrahlen hatten sich zwischen die vierstöckigen Häuser verirrt.

Ines Grawitz holte fünf Briefe aus dem Briefkasten, davon drei Rechnungen, mehrere Werbeflyer und ein Anzeigenblättchen, von denen jede Woche mindestens vier kamen.

Gerade fuhr der Mann vom Paketdienst, den sie seit Jahren kannte, vorbei und grüßte sie herzlich mit einem bübischen Grinsen und einem zackigen Winken.

Ines Grawitz sog die Frankfurter Frühlingsluft ein, die eine Art Hitzewallung in ihr auslöste, und sie musste an Carlo – ihren Mann – denken, der heute zu Hause war, leicht verschnupft. Plötzlich hatte sie Lust auf Sex. Hoppla, dachte sie, solche Bedürfnisse um die Mittagszeit, das kannte sie gar nicht von sich. Zwei kurze Sekunden lang fragte sie sich, was sie wohl geweckt hatte, fand aber keine Erklärung. War sie so ausgehungert? Eigentlich hatten sie regelmäßig Sex. Also regelmäßig einmal die Woche. Mehr war nach 15 Jahren Ehe nicht aus ihrem Kater Carlo rauszuholen.

Carlo würde sich heute Abend auf einiges gefasst machen können. Sie überlegte, ob sie vorher noch zum Friseur und zur Kosmetikerin gehen sollte, um etwas Schwung in ihre halblangen braunen Haare zu bringen und ihrem Gesicht ein wenig Farbe zukommen zu lassen, verwarf den Gedanken aber gleich wieder. Musste auch so gehen. Sie nahm sich vor, ihrem Herzbuben gleich eine SMS zu schreiben, erinnerte sich wieder an die Post in ihrer Hand und blätterte sie durch.

Unter den Briefen fiel ihr einer ins Auge, dick und schwer, ein DINA5-Umschlag, hellbraun. Keinerlei Absender, weder vorne noch hinten. Sie schüttelte ihn, aber er schien lediglich Papier zu enthalten.

In ihrem Büro setzte sie sich an ihren Schreibtisch, legte die Post auf einen Stapel neben die Computertastatur und widmete sich dem ominösen Brief.

Kaum hatte sie ihn mit einem Brieföffner aufgeschlitzt, den Inhalt gepackt und auf den Tisch gelegt, setzte kurz ihre Atmung aus.

Vor ihr lag ein Bündel Geldscheine. Und keine kleinen. Überwiegend Hunderter. Auch einige Fünfziger waren darunter.

Ines Grawitz holte tief Luft, was sie vor lauter Aufregung vergessen hatte, und überlegte.

Von draußen drangen Schreie herein. Durchs Fenster inspizierte sie den Raum mit den Kindern, die etwas hektischer geworden waren. Zwei Jungs rauften miteinander. Aber Frau Kessler, die betreuende Pädagogin, saß seelenruhig auf ihrem Stuhl, beobachtete ihre Gruppe und machte keinerlei Anstalten, eingreifen und beschwichtigen zu wollen. Manchmal wünschte sich Ines Grawitz Ohrstöpsel, die sie einfach reinstecken konnte, um sich akustisch von der restlichen Welt abzuschotten.

Ines Grawitz konzentrierte sich wieder auf ihren Fund und prüfte erneut den Umschlag. Die Adresse ihrer Kita stimmte. Wieder suchte sie nach dem Absender. Fehlanzeige.

Nachdenklich saß sie auf ihrem Stuhl und betrachtete das viele Geld. Sie strich mit den Händen darüber. Wie viel mochte das sein? 20.000? 30.000? Mehr? Auf jeden Fall war sie sicher, nie zuvor eine solche Menge auf einem Haufen gesehen zu haben.

Ihre Gedanken überschlugen sich. War das die Chance, die Kita aus den roten Zahlen zu holen? Endlich konnten sie sich einige wirklich wichtige Dinge anschaffen. Neues Mobiliar, eine Rutsche im Garten und einen Sandkasten.

Frau Kessler, die plötzlich hinter ihr stand, holte sie mit einem Schrei aus ihren Träumen zurück in die Wirklichkeit:

„Nein! Was ist das denn?"

„Das siehst du doch: Geld. Und zwar jede Menge", sagte Ines Grawitz und fuhr mit den Händen durch den Geldberg. Dabei stieß sie auf ein gefaltetes, weißes Blatt, das sie sofort herauszog. Es war ein Computerausdruck, auf dem nur ein Satz in mittelgroßen Lettern stand: „Den Reichen nehmen, den Armen geben."

„Damit müssen wir zur Polizei", sagte Frau Kessler, während sie sich rücklings in einen Sessel plumpsen ließ.

MITTWOCH 22.5.

6

Rauscher kam frühmorgens in sein Büro. Krause war noch nicht im Präsidium, also stürzte er sich auf die Ermittlungsakte im Banker-Fall. Er wollte unbedingt die aktuellen Ermittlungsergebnisse kennen, bevor er mit Krause darüber sprach.

Das erste Opfer hieß Armando Terzlaff, 43 Jahre alt, verheiratet mit Ina Terzlaff, kinderlos, wohnhaft im Diplomatenviertel in Bockenheim. Angeblich großer Freundes- und Bekanntenkreis in der Frankfurter High Society.

Terzlaff war direkt nach Feierabend vom Büro nach Hause gefahren, wo es passiert war. Etwa fünfzig Leute aus seinem engeren Bekanntenkreis waren befragt worden. Keiner hatte eine Idee, warum Terzlaff ermordet worden war. Zeit seines Lebens sei er ein tadelloser Mensch gewesen, immer nett und freundlich, hilfsbereit. Überaus spendabel. Jemand, mit dem man gerne die Zeit verbrachte.

Das zweite Opfer, Konstantin Verbeuten, ebenfalls 43, war ledig und wohnte im Dichterviertel in einem großen Einfamilienhaus. Er war Terzlaffs Kompagnon bei Money Inc., einer Finanzberatungs- und Beteiligungsfirma, die die beiden vor etwa fünf Jahren gegründet hatten. Zuvor waren sie zehn Jahre lang bei der gleichen Bank angestellt.

Verbeuten sei immer an Terzlaffs Seite anzutreffen gewesen, hatten alle Befragten geäußert und sich zutiefst schockiert über seinen Tod gezeigt. Einen Verdacht, wer Terzlaff oder Verbeuten umgebracht haben konnte, hatte niemand. Auch zur Mordmethode gab es keine brauchbare Aussage. Auffällig war, dass die Autos der Opfer nicht auffindbar waren.

Rauscher betrachtete eingehend die Bilder der Toten, die ein Fotograf aus sämtlichen denkbaren Perspektiven geschossen hatte. Bei beiden Bankern ragte das hintere Ende eines mit Federn geschmückten Holzpfeiles aus der Brust, genau dort, wo man als Laie das Herz vermutete.

Das Opfer Terzlaff trug ein weißes Hemd, das kreisrund um den Pfeilschaft blutbefleckt war. Der Körper lag schräg in einem Strauch, unmittelbar vor einer niedrigen Steinmauer.

Weiter kam Rauscher nicht, denn seine Bürotür flog auf und Jan Krause, sein engster Kollege und Freund, kam herein.

„Moin, moin. Manche Beamte sehen echt aus wie Zombies, wenn sie morgens durch die Gänge schleichen. Möchte wissen, was die nachts so treiben, ne."

„Sagt der Richtige." Rauscher lachte. Er erinnerte sich noch lebhaft an die Zeit, als Krause jeden Tag völlig übermüdet zum Dienst erschienen war, weil er sich nachts mit seiner neuen Eroberung Debbie vergnügt hatte. „Wo ist eigentlich Frau Winter?"

„Hat zur gleichen Zeit Urlaub genommen wie du. Das Sekretariat ist vorerst unbesetzt. Was hört man denn auf den heiligen Fluren?" fragte Krause. „Du bist dabei? Gibt's doch nicht, ne!" Und nach kurzer Pause: „Hast ganz schön zugelegt, wa?"

„Jetzt fang du auch noch an." Krause nahm sich eine Tasse aus dem Regal und goss sich aus einer Kanne Kaffee ein, gab vier Stück Würfelzucker hinein und rührte um.

„Bin ich froh", sagte Krause nach einem kräftigen Schluck „hatte schon befürchtet, alleine den Zampano spielen zu müssen."

„Was war denn eigentlich mit Thaler los?", fragte Rauscher. „Du warst doch dabei."

„Ja, Mensch. Hat wohl die Nerven verloren. Das war eine reine Routinebefragung draußen in Bonames. Der Kurde war Zeuge in einem Tötungsdelikt. Aber seit Monaten sind wir hinter ihm hergerannt und haben ihn nie erwischt. Naja, wir stehen im Eingangsbereich seiner Wohnung und unterhalten uns. Und da greift der Kurde plötzlich in seine Hosentasche. Thaler zückt seine Pistole, schießt und erwischt ihn am Oberarm. Glatter Durchschuss. Thaler hat gesagt, er habe geglaubt, dass der Kurde eine Waffe ziehen würde. Tatsächlich hielt er aber nur ein Taschentuch in der Hand, mit dem er sich Schweißperlen von der Stirn wischen wollte. Die interne Ermittlung hat Thaler sofort aus dem Verkehr gezogen, solange das Verfahren gegen ihn läuft. Die unterstellen ihm Rassismus und wollen den Vorfall genauestens unter die Lupe nehmen."

„Da hat er sich ganz schön was eingebrockt. Und wie geht's jetzt weiter?", fragte Rauscher.

„Er muss sich einem psychologischen Test unterziehen und noch mindestens eine Anhörung über sich ergehen lassen. Danach entscheidet die Interne, wie's mit ihm weitergeht."

„Schöne Scheiße. Ich kapier einfach nicht, wie sich Thaler so ein Ding leisten konnte? War er gestresst? War was mit seiner Freundin? Thaler ist doch nie und nimmer ein Rassist?“ Krause nahm Rauscher am Arm.

„Nun komm ma‘ wieder runter, ne“, sagte Krause. „Thaler wird bald zurück sein. Aber da ist Fingerspitzengefühl gefragt. Du musst mit Markowsky reden. Der muss sich der Sache annehmen, mit den Internen verhandeln und Thaler raushaun. So schnell wie möglich.“

7

Liebe Kathrine,

heute Morgen wachte ich auf, griff neben mich und fühlte dich nicht. Wie die vergangenen sechzig Nächte auch. Ich weiß nicht, ob ich geschlafen habe. Es war wie im schlimmsten Fieber. Es geschah nicht wirklich, nicht hier. Was hat dich bewogen? Was ist das Leben ohne dich?

Ich fühlte mich völlig bematscht. Ein böser Traum? Nein. Die Realität, die sich langsam in mein Bewusstsein eingräbt. Ich nahm die Stille wahr. Das Nichts. Die Ohnmacht.

Deine Stimme geht mir nicht aus dem Kopf. Du hast mir oft gesagt, ich soll dich nicht beobachten, wie du dich vor dem Spiegel schminkst. Wie du zehn Kleider nacheinander anprobierst und dich dann fürs erste entscheidest. Wie du liebevoll kleine Bananen- oder Apfelscheiben in dein Müsli schneidest. Wie du Deine Fußnägel lackierst. Ja, dabei habe ich dir besonders gerne zugesehen.

An Deinem Todestag hatte ich die ganze Nacht neben dir verbracht und dich umarmt. Ich kam mir vor wie eine Schildkröte unter einem dicken Panzer. Die Gedanken flogen. Die Gefühle explodierten. Nein! Das konnte einfach nicht sein. Niemals!

Sag mir: Was hätte ich tun können? Hätte ich aufmerksamer sein müssen? Hätte ich besser auf dich achtgeben müssen? Die Vorboten früher erkennen und ernster nehmen? Dann wärst du vielleicht noch am Leben. Und ich ohne Schuld. Aber so. Zu spät. Nichts kann ich rückgängig machen. Nur dafür sorgen, dass die Verantwortlichen sühnen. Das kann und werde ich tun.

8

Kommissar Rauscher eilte ohne ein Wort an Frau Oberschläger, Markowskys Sekretärin, vorbei, die ihm erschrocken hinterher schaute, ins Büro seines Chefs, wo ihn Markowsky mit einem selbstzufriedenen Lächeln empfing:

„Rauscher, schön Sie hier zu sehen. Dann kann's ja losgehen."

Rauscher atmete schwer, selbst die paar Meter hatten ihn schon außer Puste gebracht.

„Herr Markowsky, bevor ich mit dem Banker-Fall loslege, muss ich mit Ihnen über Thaler sprechen." Markowsky setzte sich gerade hin und Rauscher erkannte an seiner Miene, dass das Thema ihm mehr als unangenehm war. „Ich meine, wir müssen aktiv werden. Mit den Internen reden. Thalers Vergehen wiegt schwer. Wenn sie ihn auf dem Kieker haben, suspendieren sie ihn vielleicht für immer. Und wenn's ganz hart kommt, könnte er sogar aus dem Polizeidienst fliegen. Das können wir uns nicht leisten."

„Was schlagen Sie vor?"

„Nehmen Sie sich der Sache persönlich an!"

„Wie meinen Sie das? Ich habe wirklich andere Dinge ..."

„Herr Markowsky, Sie haben mich extra aus dem Urlaub geholt. Ich muss mich auf den Banker-Fall konzentrieren und Sie gehen zu den Internen und reden mit ihnen. Ein, sagen wir, Vermittlungsgespräch können die Ihnen nicht verwehren." Noch bevor Markowsky etwas entgegnen konnte, hatte sich Rauscher umgedreht und war aus dem Büro verschwunden.

Auf dem Weg zu seinem Büro rief er Elke an, die sich gerade über einen Schokoriegel hermachte. Als er sie auf ihren Verzehr von Süßigkeiten ansprach, erklärte sie mit süffisantem Unterton, dass Süßes für Sehnsucht nach Liebe stehe und sie ihn vermisse. Dann berichtete sie, dass sie sich schon den ganzen Vormittag im Internet schlau mache, welche wissenschaftlichen Erkenntnisse es über Vitamine, Mineralstoffe und besonders Omega-3-

Fettsäuren in Schwangerschaft und Stillzeit gab, denn sie wolle sich nach der Geburt besonders gesund ernähren. Rauscher empfahl Elke: Äpfel essen. Ein Rat, den er von seiner Oma hatte. In Äpfeln war alles drin, was Körper und Geist brauchten. Er selbst hatte damit die besten Erfahrungen gemacht.

Und dann klagte Elke wieder über das Gewicht ihres Bauches. Sie wollte es verdammt nochmal endlich hinter sich haben. Nur noch raus damit. Sie würde sich jetzt ein Heublumendampfsitzbad genehmigen, denn sie hatte gelesen, das konnte helfen, die Geburt einzuleiten.

Nachdem sich Rauscher vergewissert hatte, dass es Elke einigermaßen gut ging, zählte er noch einmal die Tage, um sicher zu gehen: Es waren noch drei und er fieberte dem Augenblick der Geburt immer mehr entgegen.

Dann steuerte er zielstrebig Krauses Büro an.

„Gut, dass du kommst. Ein Kollege hat mir gerade den Hinweis auf einen Blog gegeben. Da schreiben Opfer von Anlageberatern über ihre Erfahrungen. Der Name Money Inc. fällt auffällig oft.“ Rauscher zuckte mit den Achseln. „Du weißt schon, dass die beiden Toten Money Inc. gegründet haben?“

„Klar, und du meinst ...“

„Genau. Wir müssen alle Postings lesen. Ich habe eben kurz reingeschnuppert und schon beim ersten Eintrag lief mir die Galle über. Da hat ein Enkel von seiner 78-jährigen Oma, Gertrude Schneider, berichtet. Sie hatte bei Money Inc. ihre Ersparnisse von 70.000 Euro angelegt und musste vor ein paar Monaten feststellen, dass die das gesamte Geld versenkt haben. Jetzt lebt sie von 450 Euro Rente.“

„Sag mal“, fing Rauscher vorsichtig an, „ich habe zwar deinen Ermittlungsbericht gelesen, aber welche Art Unternehmen Money Inc. ist und wie sie ihr Geld verdienen, habe ich bis jetzt noch nicht verstanden. Könntest du mir das bitte mal erklären?“

„Gerne“, sagte Krause. „Die sind eine große Nummer im Finanzsektor. Soweit ich weiß, beraten sie Kunden, die Geld anlegen wollen, und außerdem verkaufen sie sogenannte Portfolio-Fonds, die sie selbst entwickelt haben.

Und zwar tonnenweise. Und dafür kassieren sie Provisionen."

„Aha", sagte Rauscher, „damit lässt sich scheinbar ordentlich Geld verdienen?"

„Und ob", antwortete Krause. „Schau dir mal den Glaspalast an, in dem Money Inc. residiert."

„Also nochmal", hakte Rauscher nach, „Money Inc. kassiert Provisionen von den Anlegern. Und was passiert, wenn ein Fonds Pleite geht?"

„Dann sind sie fein raus", Krause nahm einen Schluck Kaffee, „weil die Anleger ihr Geld verlieren, aber Money Inc. längst die Provisionen kassiert hat. So habe ich es jedenfalls verstanden." Krause wirkte unsicher. „Aber ich denke, da müssen wir weiter recherchieren."

„Das übernehme ich. Und was hast du über die beiden Toten rausgefunden?"

„Die kannten sich quasi von klein auf, lebten in derselben Straße, hatten dieselben Hobbys, das Sammeln von Ferrari-Modellen und das Erfinden von Börsenspielen, machten zusammen Abi und studierten dann VWL und BWL. Diverse Praktika in den Bereichen Private Equity, Private Wealth Management und Asset Management, also die klassischen Disziplinen im Investmentbanking. Beide promovierten und machten ihren Abschluss mit summa cum laude. Alles in allem waren Terzlaff und Verbeuten echte Überflieger. Gemeinsam stiegen sie auch bei ihrer ersten Investmentbank ein, legten eine atemberaubende Karriere hin, erzielten bankintern immer die höchsten Renditen, wurden bald Fondsmanager und griffen hohe Boni ab."

„Also absolute Überflieger", streute Rauscher ein, „gibt's vielleicht irgendwas, was bei denen nicht gelaufen ist?"

„Nichts gefunden."

„Und Unterschiede zwischen den beiden?"

„Mir sind nur zwei aufgefallen. Terzlaff war blond und verheiratet, Verbeuten schwarzhaarig und ledig. Ansonsten alles gleich. Und für viele waren sie sowas wie Helden, die jedes Jahr die besten Abschlüsse aller Investmentbanker hinlegten. Alle waren neidisch auf sie. Bis sie sich entschlossen, ihr eigenes Ding zu machen. Denn als eigentlich nur noch die Vorstandsetage der Bank als nächster Karriereschritt blieb, kündigten beide und gründeten ihre eigene Firma, nämlich Money Inc."

„Damit scheint man noch besser zu verdienen als im Vorstand einer Bank", fügte Rauscher ein.

„Vielleicht wollten sie auch einfach ihre eigenen Ideen verwirklichen?"

„Möglich. Aber was bedeutet das alles für unseren Fall?", fragte Rauscher.

„Also meiner Meinung nach haben die irgendein raffiniertes System aufgebaut, die Leute auszunehmen. Man kennt das ja: Ein paar Prozent mehr, da setzt der Verstand aus und das Risikobewusstsein wird in der Abstellkammer geparkt. Diese geschickten Investmentbanker können einem alles aufschwatzen, weil niemand bei dem Finanzkram durchblickt."

„Und das könnte auch der Grund sein", entgegnete Rauscher, „warum Oma Schneider oder ihr Enkel zu Mördern mit Pfeil und Bogen werden."

„Klar! Und genau deshalb müssen wir uns alle Kunden von Money Inc. vornehmen."

„Dringend!", empfahl Rauscher spitz, „ich frage mich übrigens, warum das nicht längst geschehen ist?"

„Ganz einfach, weil ich hier eine Woche den Alleinunterhalter gespielt habe."

„Du kannst nicht alles darauf schieben."

„Mache ich auch nicht. Aber die Thaler-Geschichte hat mich beschäftigt. Ich bin fast genauso oft verhört worden wie er. Da blieb kaum Zeit für Recherche. Und außerdem ist erst seit dem zweiten Mord richtig klar, dass Money Inc. der Zusammenhang ist. Terzlaffs Mörder hätte ja auch sein Schwiegervater sein können. An die Adressen ist übrigens nicht leicht heranzukommen. Datenschutz."

„Wie wäre es, wenn du Staatsanwalt Konetzke bitten würdest? Vielleicht kann er seine Beziehungen spielen lassen." Krause stimmte zu und Rauscher wollte aufstehen.

„Moment, Moment", stoppte ihn Krause, „ich hab noch was. Schau dir das hier mal an." Er überreichte Rauscher ein DINA-4 Blatt mit einem Satz in Computerschrift. „Ein belesener Kollege vom Bockenheimer Polizeirevier hat klug kombiniert und ist darauf gekommen, dass das für unseren Fall interessant sein könnte. Quast hat es schon nach Fingerabdrücken und DNA-Material untersucht. Ebenso den Umschlag, in dem das Blatt steckte. Die Ergebnisse bekommen wir hoffentlich bald." Rauschers Stirnfalten zeigten sich und er begann zu lesen:

„Den Reichen nehmen, den Armen geben." Er legte den Brief auf dem Schreibtisch ab und verschränkte die Arme vor der Brust. „Und du meinst, das stammt von unserem Täter?"

„Klar, überleg doch mal: Zwei Banker werden per Pfeil und Bogen getötet und die Kita bekommt Geld geschenkt. Sieht doch verdammt danach aus, als ob unser Mann Robin Hood spielt."

9

Er saß an einem Schreibtisch in der Bank und verfolgte mit brennendem Interesse, was sich auf seinem Bildschirm tat. Er spielte Softwareupdates auf verschiedene Rechner. Das Projekt war fast abgeschlossen, nur mehr wenige Rechner standen auf dem Programm. Das Netzwerk kannte er in- und auswendig, weil er es vor etwa fünf Jahren installiert hatte.

Ein Softwareupdate dauerte an jedem Rechner bis zu zwei Stunden und er musste sich jeden einzeln vornehmen. Nebenher blieb Zeit für seine Recherchen.

Er informierte sich gründlich über die Herren, plante sein Vorgehen akribisch, organisierte und lotete seine nächsten Schritte aus. Bis ins Detail.

Terzlaff und Verbeuten hatten vor fünf Jahren Money Inc. gegründet und die IT-Abteilung der Bank engagiert, um das Computernetzwerk ihres Unternehmens mit den Servern aufzubauen. Auch daran war er damals beteiligt, sodass er sich heute über die IP-Adressen Zugang zu allen Rechnern verschaffen konnte. Das funktionierte ganz einfach mit einem Hilfsprogramm, das er installiert hatte, und mit dem er auch die Email-Konten in aller Ruhe inspizieren konnte, ohne dass es jemand mitbekam. Außerdem hatte er Zugriff auf sämtliche Festplatten und konnte Transaktionen verfolgen. Ja, er war der Herr der Server und bekam Einblick, was sie sich zu sagen hatten, was sie ausheckten, wann sie sich verabredeten. Er zog Rückschlüsse, wann sie gewöhnlich im Büro erschienen und wann sie Feierabend machten. Wo und wann sie zu essen pflegten. Und mit wem. In den Personalakten, die digitalisiert auf dem Server abgelegt waren, fand er ihre Lebensläufe, ihre Herkunft und Ausbildung, ihre Adressen.

Nach und nach formte sich ein Bild ihres Lebens, ihrer Verhaltensweisen, Angewohnheiten, Eigenarten. Eben alles, was für ihn von Interesse war. Er lachte in sich hinein, denn er hatte damit Zugriff auf ihr Innerstes, ihre Gedanken, ja sogar ihre Seele.

Terzlaff und Verbeuten war er auf diese Weise auf die Schliche gekommen. Und jetzt kannte er auch Nummer drei: Dellbrück. Der Typ, der diesen dämlichen Fonds ins Leben gerufen hatte. Jetzt wurde es langsam Zeit, sich um ihn zu kümmern.

Seit gestern hatte er zunehmend das Gefühl, dass sie langsam Panik bekamen. Dellbrück mutmaßte, ob die Morde an Terzlaff und Verbeuten etwas mit ihrer Finanzberatungsfirma zu tun hätten, konnte sich nicht erklären, wer oder was dahinter steckte.

Ihre Verunsicherung live mitzubekommen machte ihm Spaß. Das einzig Schwierige für ihn war, seinen Hass zu zähmen und zu lernen, ihn gefügig zu machen.

Er war gerade dabei, eine neue Email von Dellbrück zu lesen, als Sebastian Kuhl, einer der aufstrebenden Investmentbanker, an seiner offenen Bürotür vorbeilief, eine Zeitung hochhielt und mit dem Finger auf einen Artikel deutete.

„Schon gelesen? Es hat Verbeuten erwischt."

Er klickte die Mail weg. Ausgerechnet Kuhl! Das Wiesel, das seine Finger überall drin hatte. Außerdem hatte er mit Kuhl noch eine Rechnung offen. Der Investmentbanker stellte sich direkt neben ihn.

„Da schleicht ein Verrückter durch Frankfurt und tötet ehemalige Investmentbanker mit Pfeil und Bogen. Und nicht irgendwelche, denn Terzlaff und Verbeuten waren früher jahrelang hier angestellt."

Er nahm die Zeitung und tat gelangweilt. Kuhl riss sie ihm sofort wieder aus der Hand und las vor: *Frankfurt. Innerhalb einer Woche sind zwei Investmentbanker auf offener Straße getötet worden. Beide Männer waren gerade nach Hause gekommen, als ein Unbekannter sie aus 20-30 Metern mit einem Pfeil erschoss. Ein Zusammenhang zwischen beiden Taten scheint offensichtlich, denn der Täter, von dem bislang jede Spur fehlt, benutzte für die Todesschüsse jeweils die gleiche Art Pfeil. Zudem haben beide Männer eine Finanzberatungs- und Beteiligungsgesellschaft geleitet. Die Polizei ermittelt in mehrere Richtungen. Weitere Einzelheiten teilt die Mordkommission Donnerstag auf einer Pressekonferenz mit. Die Bevölkerung ist aufgerufen, Beobachtungen, die im Zusammenhang mit den Taten stehen könnten, der nächstgelegenen Polizeidienststelle mitzuteilen. Außerdem wurde eine Hotline eingerichtet.*

Kuhl faltete die Zeitung zusammen.

„Sag mal, du bist doch auch begeisterter Bogenschütze. Oder hast du mit deinem Hobby aufgehört?"

Er zuckte zusammen.

Verdammt!

Wie kam Kuhl ausgerechnet jetzt darauf? Er versuchte, ruhig zu bleiben, nahm die Zeitung und tat so, als lese er den Artikel noch einmal langsam und genau durch. Anschließend spielte er Ratlosigkeit vor.

„Was hat das alles zu bedeuten?", fragte Kuhl, „Weißt du was darüber?"

Ihm stockte der Atem. Dieses Rindvieh! Er beobachtete Kuhls Mimik. Hatte er Verdacht geschöpft? War er ihm auf die Schliche gekommen? Aber wie sollte Kuhl davon erfahren haben? Es musste sich um einen Zufall handeln.

Ein verdammt übler Zufall.

Er gab dem Investmentbanker die Zeitung zurück und fügte hinzu:

„Muss ein extrem guter Schütze sein. In einer solchen Situation aus über zwanzig Metern das Herz treffen, ein echter Könner."

„Früher warst du doch auch so gut", ließ Kuhl nicht locker, „Hessischer Jugendmeister, oder? Und im Kader der Jugendnationalmannschaft, wenn ich mich nicht irre?"

„Das ist sehr lange her", klärte er ihn auf, „fast zwanzig Jahre, aber dass du dich daran erinnerst?"

„Ist doch kein Wunder. Hier rennt jeder Marathon oder spielt Oberligafußball, aber Bogenschützen von Format sind selten."

Bevor Kuhl mit einem frechen Grinsen das Zimmer verließ, tat er so, als spanne er einen Bogen und feuere einen Pfeil auf ihn ab. Zong!

Verdammt, verdammt!

Er saß eine Weile still da und starrte Kuhl hinterher. Es brodelte in ihm. Er spürte eine Entscheidung heranreifen. Er dachte an Kathrine und sah sich gezwungen, seinen Plan zu ändern. Er musste handeln. Und zwar schnell.

10

Nach dem gemeinsamen Mittagessen nahm Krause an seinem Schreibtisch Platz und sagte zu Rauscher:

„Markowsky hat gerade eine Mail geschickt. Er kündigt Verstärkung für die Soko Robin an."

„Das ging ja flott!", kommentierte Rauscher.

„Sieh an, sieh an. Der Chef! Naja, lassen wir uns überraschen. In drei Stunden treffen wir uns zur ersten Lagebesprechung. Übrigens: Ich habe vorhin mit einem Kumpel telefoniert, der Finanzmarktexperte bei der Rundschau ist und Money Inc. gut kennt. Er sagte, die haben ziemlich Furore gemacht mit ihren neuartigen Finanzprodukten, weil die Fonds ein Anlagemix aus Immobilien, Schiffsfonds, Medienfonds und so weiter sind. Und durch die breite Streuung angeblich sicher. Hat den Anlegern aber nichts genutzt, denn mein Kumpel meinte, der größte Fonds von denen, Money Value heißt der, war spätestens mit Ausbruch der Finanzkrise unter Wasser und wurde daraufhin geschlossen. Das heißt, keiner der Geld darin angelegt hatte, konnte sein Geld wieder abziehen. Das Geld wurde dazu benutzt, Verluste von Immobilien und Reedereien auszugleichen, laufende Zahlungen zu tilgen und so weiter. Es gab nicht wenige, die fast ihr komplettes Geld verloren haben. Übrigens haben die Kläger in erster Instanz gegen Money Inc. verloren. Konetzke meinte, es wäre kein Problem die Namen zu bekommen. Er wollte mir eine Liste anfertigen lassen."

„Wird ja immer interessanter", meinte Rauscher, „bin gespannt, auf was wir noch alles stoßen." Er wollte schon gehen, um sich für das erste Soko-Treffen vorzubereiten, wandte sich aber noch einmal an Krause:

„Sag mal, Jan, du wirkst in letzter Zeit so frisch und aufgeräumt, wie kommt's?" Ein mürrischer Brummton entglitt Kollege Krause, begleitet von einem eindeutigen Gesichtsausdruck. „Ist was mit Debbie?", fragte Rauscher.

„Aus. Seit vier Wochen", antwortete Krause.

„Warum hast du denn nichts…?"

„Ist doch jetzt egal. Wir haben wichtigere Dinge zu tun, ne?" In diesem Moment klingelte das Telefon. Quast rief aus dem Kriminaltechnischen Institut an.

„Ich dachte, ihr wollt die Ergebnisse sofort."

„Klar", sagte Krause, stellte laut und war gespannt.

„Auf dem Blatt gibt es nur eine Sorte Fingerabdrücke und die stammen von Ines Grawitz, der Kita-Leiterin. Auf dem Umschlag wimmelt es von Fingerabdrücken. Briefträger, Postverteiler, was weiß ich. Das Ding hatten mindestens sechs verschiedene Leute in den Fingern."

„Vielleicht können wir zu einem späteren Zeitpunkt darauf zurückkommen und einen Abgleich mit den Fingerabdrücken von potentiellen Tätern vornehmen", rief Rauscher laut, damit es Quast hören konnte und bedankte sich bei ihm.

Zurück in seinem Büro wählte Rauscher Ingo Thalers Privatnummer und fragte ihn als erstes, wie es ihm gehe:

„Na wie schon?“, antwortete Thaler. „Seit zehn Tagen ist das Spannendste in meinem Leben die Ziehung der Lottozahlen. Ich hänge hier rum und warte. Ist schon was durchgesickert?“

„Nein. Aber der Chef kümmert sich persönlich drum. Wird nicht einfach. Das hätte dir nicht passieren dürfen!“

„Das weiß ich selbst. Ich hab keine Ahnung, was mich geritten hat.“

Rauscher versprach ihm, bei Markowsky Druck zu machen, damit die Ermittlungen gegen ihn so schnell wie möglich eingestellt und das Verfahren ad acta gelegt werden konnten. Thaler bedankte sich, sprach Rauscher auf die beiden Morde an und wünschte viel Erfolg. Das holte Rauscher augenblicklich in seinen eigentlichen Job zurück. Ein weiterer Blick in die Ermittlungsakte war angesagt, schließlich musste er sich noch einarbeiten. Er hatte noch kein Gespür für den Fall, detaillierten Einblick schon gar nicht.

Nach einer Stunde hatte er das Gefühl, nur auf tote Informationen zu stoßen. Das alles hatten die Kollegen durchgekämmt.

Im Ermittlungsbericht war er auf die Namen der weiteren Geschäftsführer von Money Inc. gestoßen: Jens Dellbrück, Peter Rethmann und Dimitrios Arakis. Hinter Dellbrücks Namen stand „Executive Director Fondsmanagement“. Er brauchte frischen Input, also wählte er die Nummer des Empfangs der Firma und ließ sich mit dem Vorzimmer von Jens Dellbrück verbinden. Seine Sekretärin, Frau Zank, teilte ihm mit, dass Dellbrück in einer Sitzung sei, die für den gesamten Nachmittag angesetzt war und sich erfahrungsgemäß bis in die Abendstunden ziehen konnte. Außerdem erfuhr Rauscher, dass die beiden anderen Geschäftsführer, Peter Rethmann und Dimitrios Arakis, ebenfalls an der Sitzung teilnahmen. Einen Versuch, sie zu kontaktieren, konnte er sich demnach sparen: Stattdessen machte er sich eine Notiz, sie gleich morgen früh anzurufen.

Auf der Homepage von Money Inc. schaute er sich mehrere Seiten an. Ihm fielen Begriffe wie „unabhängige Finanzberatung“, „Vorsorgecheck“

und „höhere Rendite“ ins Auge. Was bitte schön, fragte er sich, war an der Beratung von Money Inc. unabhängig?

Um das herauszufinden, gab er das Wort „unabhängige Finanzberatung“ in die Internet-Suchmaschine ein. Hintergrundinformationen konnten nie schaden. Er stieß auf einen aktuellen Artikel der Verbraucherzentrale Hessen:

„Allgemeine Finanzaufklärung – heute Portfolio-Fonds.

Deutsche Anleger haben Milliarden in Fonds investiert, die an Immobilien, Schiffen, Medien und Windparks Beteiligungen halten. Die Versprechen der Hochglanzprospekte klingen gut, entwickeln sich aber immer wieder zum Desaster. Anders als bei Aktienfonds, Lebensversicherungen oder Zertifikaten sind Flops nicht die Ausnahme, sondern die Regel.

Zu den Investoren gehören nicht nur die Reichen – sondern häufig normale Angestellte wie du und ich. Zum Beispiel Elisabeth K., Rentnerin. Ein Finanzberater, den sie jahrelang kannte, hatte ihr eine Fondsbeteiligung von 40.000 Euro empfohlen. Laufzeit: bis 2023. Da wäre die Rentnerin 80 Jahre alt gewesen. Dieses Jahr kam Frau K. in ein Pflegeheim und wollte das Geld aus dem Fonds abziehen, weil sie es dringend brauchte. Die Beteiligung war laut Auskunft nur noch 11.000 Euro wert.

Warum verkauft die Finanzbranche diese risikobehafteten Fonds so gerne, obwohl es im Anlageuniversum zahlreiche vielversprechendere Alternativen gibt? Bei keinem anderen Produkt winken den Finanzberatern so hohe Provisionen. Erstens zahlt der Kunde für den Kauf eine Provision und zweitens die beteiligten Unternehmen, die im Fonds vertreten sind.

Und was macht diese Beteiligungen so riskant? Den Anlegern drohen hohe Verluste, sobald die Geschäfte der im Fonds vertretenen Firmen nicht mehr laufen oder eines der dahinter stehenden Unternehmen insolvent geht, zum Beispiel durch die schwache Konjunktur.

„Unternehmerische Beteiligungen tragen das Risiko des Totalverlusts. Das wird gerne verschwiegen, denn Beratung ist zur Provisionsjagd verkommen“, sagt Franz B. von der Verbraucherzentrale. „Es wird unabhängige Beratung

vorgespiegelt, in Wirklichkeit geht es darum, die eigenen Finanzprodukte zu verkaufen. Unzureichende Risikoaufklärung ist dabei an der Tagesordnung. Der Verkaufsdruck für Finanzberater steigt permanent. Selbst Banken werden zum Strukturvertrieb."

Wie stehen die Chancen auf Schadensersatz? Wenn der Berater die Provisionen vorsätzlich verschwiegen hat, kann der Anleger Schadensersatz durchsetzen. Ein Prozess ist allerdings unvermeidlich."

Banken werden zum Strukturvertrieb, wiederholte Rauscher für sich. Er überlegte, ob Money Inc. die Kunden nicht ausreichend beraten und Risiken bewusst verschwiegen hatte? Dann fiel ihm wieder der Blog ein, den Krause erwähnt hatte. Er gab die Homepage-Adresse ein und las den Beitrag einer Frau mit dem Usernamen Irmgard:

„Bei mir war es so. Ich bin 61 und als mein Mann vor 8 Jahren gestorben war, hat er mir 5000 Euro hinterlassen und da hat mich Herr Bremer von meiner Bank auf diesen Fonds aufmerksam gemacht. Naja. Ich hab mir nix dabei gedacht und das Geld dort angelegt. Anfang des Jahres wollte ich das Geld haben, um mir nochmal eine Weltreise zu gönnen. Mit meiner besten Freundin, man weiß ja nie, wie lange man noch kann. Leider musste ich feststellen, dass der Fonds eingefroren war, ich also gar kein Geld zurückbekommen konnte. Dass sowas möglich ist, hat mir Herr Bremer nicht gesagt. Außerdem wusste ich damals nicht, dass er eine Provision kassiert hat, das Schwein! Ich hatte mich entschieden, bei einer Sammelklage mitzumachen. Leider haben wir verloren und wissen jetzt nicht, wie es weiter geht. Der Blog ist toll, weil man sonst nirgends Informationen bekommt. Danke! Macht weiter so."

Wieso hatte der Banker ihr nicht einen eigenen Fonds empfohlen, sondern den von Money Inc., dachte Rauscher, und außerdem scheute er sich scheinbar nicht davor, selbst Lieschen Müller ein paar Tausend Euro abzuknöpfen.

Nachmittags gönnte sich Rauscher zwei Tassen Kaffee und las weiter Berichte. Er tauchte ein in spannende Erzählungen, die zwar individuelle Schicksale von Anlegern thematisierten, aber im Prinzip gleich waren. Es ging stets darum, dass sie den Beratungsfirmen Betrug vorwarfen. Und das Interessante dabei war: In jedem zweiten fiel der Name Money Inc.

Mehrere Stunden vergingen, in denen sich Rauscher auf die Berichte und die Ermittlungsakten konzentrieren konnte, ohne gestört zu werden. Es meldete sich niemand und auch sonst drangen keine Neuigkeiten zu ihm.

Und je länger er las und je eindringlicher er daraufhin die Bilder der Toten, der Tatorte und Pfeile studierte, desto mehr formte sich ein Bild. Es gab nicht wenige User, die über die Beratung von Money Inc. schimpften. Es fielen immer wieder die gleichen Namen der Berater, die gleichen Fondsnamen. Es entwickelte sich so etwas wie eine Historie von Money Inc. Terzlaff und Verbeuten schienen anfangs ihre Kontakte genutzt und kompetente Köpfe geholt zu haben. Sie hatten mehrere Anlagefonds entwickelt, die renditemäßig scheinbar nicht zu schlagen waren. Die Provisionen, die sie dafür kassierten, mussten immens sein.

Aber wie viel Rauscher auch las, der Fall schien und blieb rätselhaft. War es vorstellbar, dass ein Anleger sich betrogen fühlte und hinter den Morden steckte? Oder hatten sie es mit einem Serientäter zu tun? Und wenn ja: Gab es konkrete Hinweise darauf, dass der Täter erneut zuschlagen würde? Nach Markowskys Theorie exakt eine Woche nach der letzten Tat. Und während er darüber sinnierte, klingelte das Telefon und die Frage beantwortete sich wie von selbst. Es war Kaminski vom KDD, Kriminaldauerdienst:

„Andreas, es gibd Abbeid für eusch. Tötungsdelikt im Bahnhofsvierdel."

11

Liebe Kathrine,

in den ersten Tagen, nachdem du mich verlassen hast, öffnete ich weder Fenster noch Türen, wollte die Luft weiter atmen, die du zuletzt geatmet hast, deinen Duft bewahren, deinen Geruch weiter riechen, der noch in den Kleidern hing. Und überhaupt nichts hinauslassen, was mit dir zu tun hatte, zu dir gehörte, du warst.

Die Scheiben beschlugen von innen und es tropfte herab. Ich hatte das Gefühl, unser Haus weinte um dich und ich glaubte, in einem Tränensee zu ertrinken.

Später hatte ich Doktor Klimke verständigt. Die erste Woche nach Bekanntwerden deines Todes war ich nur damit beschäftigt, Hände zu schütteln und Beileidsbekundungen entgegenzunehmen.

Deine gesamte Familie – von Onkel Herbert bis Tante Hedwig, von Cousin Friedhelm bis Cousine Carmen – haben mich besucht und mit mir meine Trauer geteilt. Sie fühlten sich in der Pflicht, weil deine Eltern ja schon vor einigen Jahren gestorben sind und du keine Geschwister hast.

Auch Monika war mehr hier als drüben bei sich. Ich muss gestehen, sie war mir eine große Hilfe. Hat Kaffee und Tee gekocht und verteilt. Hat Gebäck mitgebracht und sich um die Trauergäste gekümmert.

Ich habe mein Bestes gegeben, um mich nach außen hin normal zu verhalten und mein Inneres geheim zu halten. Den ganzen Trubel erlebte ich in einer Art Trance, in deren Schleier und Nebel ich mich einigermaßen geborgen und sicher fühlte.

Einen Tag nach der Beerdigung waren alle wieder verschwunden. Zurück blieb mein Hass.

Über zwei Wochen verharrte ich in einem Schockzustand, der Denken unmöglich machte. Doktor Klimke erkannte meine Situation und schrieb mich krank.

Zu Hause legte sich eine Art Dämmerschlaf über mich und ich lernte darunter den Schmerz kennen, einen abgöttisch geliebten Menschen zu verlieren. Ich spürte die Pein, an die Verantwortlichen zu denken und abwarten zu müssen. Besonnenheit ist ein schwieriger Grat, aber ich versuchte, meine Rachsucht zu kontrollieren und in Bahnen zu lenken. Was ich tat, tat ich wie paralysiert und es gelang mir nicht, die Starre, die meine Seele blockierte, zu lösen.

Bis ein Tornado durch meinen Kopf fegte und mir klar wurde, dass ich es dir schuldig bin, für Aufklärung zu sorgen und die Täter ihrem verdienten Schicksal zuzuführen.

Es ist die eine, ultimative Aufgabe, die ich noch vor mir habe. Bevor auch ich abtrete. Und deshalb schreibe ich es dir noch einmal deutlich: Es ist mein fester Wille, sie zu töten, damit diese Welt ein Stück besser wird. Damit ich mir wieder in die Augen schauen kann. Damit ich mit ruhigem Gewissen zu dir kommen und dich in den Arm nehmen kann, um auf immer an deiner Seite zu sein. Du musst wissen: Alles, was ich tue, dient dem einen Zweck, mit dir wieder vereint sein zu können.

12

Am Nachmittagshimmel über Frankfurt zeichneten sich zackige Wolken ab, schwarz wie ein Grab. Beeilung, dachte Sebastian Kuhl, gleich kracht es. So wie an der Börse heute. Scheißtag. Millionenverlust. Nicht der erste dieses Jahr.

Er zündete sich eine Zigarette an und nahm einen tiefen Zug. Die frische Abendluft würde ihm hoffentlich die trüben Gedanken wegblasen.

Apropos: Jaqueline!

Wenn sich schon zu Hause niemand um ihn kümmerte, dann war eine solide und darüber hinaus äußerst attraktive und charmante Dienstleisterin von Vorteil.

Kuhl nahm die Beine in die Hand, rannte über die Straße, doch als ihn die ersten Tropfen trafen, kehrte er um. Sein Auto stand in der Tiefgarage der Bank. Ins Bahnhofsviertel waren es nur drei- oder vierhundert Meter, wie praktisch. Druck- und Frustabbau quasi direkt vor der Tür.

Jaqueline, ich komme!

Gleich morgens nach Börsenstart waren die Aktienkurse leicht gestiegen und eine freundliche Entwicklung hatte sich den ganzen Vormittag abgezeichnet. Dann hatte die Wall Street geöffnet, und es ging im Sturzflug bergab. Bei 1,5 Millionen Verlust waren seine Gehirnzellen in Streik getreten. Gegen Nachmittag hatte sich der Negativtrend gefangen und eine langsame Erholung abgezeichnet, doch der genaue Tagesabschluss hatte ihm den Rest gegeben. Lauter Minuszeichen säumten die Blätter. Wie würde er dieses Debakel seinem Chef erklären?

Er konnte sich einfach nicht an diese fallenden Zacken in den Börsenkurven und -charts gewöhnen. Sie versetzten ihm jedes Mal einen Stich im Herzen. Jedes Promille kostete Hunderttausende. Und das Schlimmste: Kunden, die er persönlich kannte, hatten ihm das Geld anvertraut, angelockt mit hohen Renditeversprechen.

Jaqueline, hol ihn raus!

Vor Kurzem war er noch stolz gewesen, eine Menge Geld gemacht zu haben. Die Geschäfte waren blendend gelaufen. Ihr System hatte jahrelang funktioniert. Die Politik hatte mit ein paar Gesetzesänderungen dafür gesorgt, dass auch die letzten Schranken für Finanzprodukte gefallen waren, und so konnten sie Finanzpakete schnüren und verkaufen, wie es ihnen beliebte. Zwar alles auf Kredit, aber das gehörte dazu.

Sie hatten sich nur von einem Gedanken leiten lassen: Geld vermehren! Sein Einsatz war nach wie vor hoch. Zwei Drittel seines Tages verbrachte er im Büro vor den Rechnern. Aber es zahlte sich aus. Viele seiner Kollegen lebten mittlerweile in einer Villa im Taunus, bevorzugte Lage: Kronberg. Er würde zwar noch ein oder zwei Jahre brauchen, aber er hatte schon ein kleines Schlösschen angepeilt und dann würde er leben wie ein Fürst.

So zumindest war der Plan, bis die Finanzkrise ausgebrochen war. Im Internet hatte er zum ersten Mal Demonstranten vor der Wall Street gesehen. „Jump you fuckers!" stand in großen Buchstaben auf ihren Schildern, was eine leichte Unsicherheit in ihm ausgelöst hatte. Die letzten Monate waren nicht spurlos an ihm vorbei gegangen. Der Druck wurde größer. Er musste abgebaut werden.

Ja, Jaqueline, mach den Mund auf.

In der Taunusstraße verwandelte sich das letzte Abendlicht in Rotlicht. Er parkte den Wagen direkt vor der Roten Villa, seinem Lieblingspuff.

Tiefer, Jaqueline, tiefer!

Er sprang über den pitschnassen Bürgersteig, auf dem sich wieder allerhand Gesocks herumtrieb. Im Eingangsbereich blieb er stehen, schüttelte einige

Tropfen aus den schwarzen Haaren. Vorfreude kroch in die Lendengegend. Es pulsierte. Eigentlich alles prima, wäre da nicht dieses schlummernde Ungetüm, das ihm zunehmend Kopfzerbrechen bereitete. Die Finanzbranche war ein Monster geworden, das niemand mehr zu bändigen vermochte.

Jaqueline, bitte bändige mich!

Als er den Flur im ersten Stock erreicht hatte, schaute er nach rechts. Alle Türen zu. Dann nach links. Auch zu. Nichts los heute. Er ging nach links genau bis vor Jaquelines Tür am Ende des Ganges und horchte. Aber es drangen keine Geräusche nach außen. In diesem Moment nahm er einen Mann in einem langen Trenchcoat wahr, der hinter ihm den Gang betreten hatte.

Der Investmentbanker ließ sich nicht stören und wollte gerade die Hand heben, um zu klopfen, da hörte er eine markante Stimme „Kuhl!“ rufen. Die Stimme kam ihm bekannt vor, aber er wusste sie nicht gleich einzuordnen.

Wie vom Blitz getroffen, drehte Kuhl sich um und schaute den Mann an. Das Gesicht ohne jede Mimik, maskenhaft, auf dem Kopf ein spitz zulaufender grüner Hut mit zwei Federn. Ein Schrecken jagte durch Kuhls Glieder und er nahm wahr, dass er leicht zitterte.

Der Mann stand etwa sechs, sieben Meter vor ihm und zog etwas langes Schmales unter dem Mantel hervor. Im nächsten Moment hörte Kuhl ein Zischen.

Und gerade, als er den Mund öffnete, um sein Gegenüber zu fragen, was er wolle und was hier los sei, spürte er, dass ihn etwas mit immenser Wucht im Brustbereich traf. Er fiel nach hinten, verlor das Bewusstsein. Und kurz darauf das Leben.

13

Der Abendhimmel über der Stadt funkelte, die Gewitterwolken hatten sich verzogen. Rötliches Licht, wohin man schaute. Dunkelheit war anderswo.

Langsam bog Andreas Rauscher mit seinem Wagen in die Taunusstraße ein und betrachtete die blinkenden Puffschilder. Die blutrote Leuchtschrift an den Laufhäusern im Bahnhofsviertel erinnerte ihn an die verstümmelte Leiche der jungen Ukrainerin, die sie unlängst in der Moselstraße aus einem Müllcontainer gezogen hatten. Ihre Biographie war exemplarisch für das Viertel: Laufhausprostitution, Straßenstrich, Heroin, Crack, Selbstaufgabe. Der Weg war in vielen Fällen vorgezeichnet. Nur wenige schafften den Absprung.

Rauscher fuhr an einer Gruppe Junkies vorbei, parkte den Wagen an der rot-weißen Polizeiabsperrung und sah sich noch einmal um: ausgemergelte Gestalten, flüchtige Blicke, huschende Menschen oder das, was davon übrig war. Er nahm die auf Krawall gebürsteten Türsteher und Rausschmeißer wahr, die blinkenden Neonröhren, leuchtenden Nachtbars und zweifelhaften Etablissements. Er konnte sich des Eindrucks nicht erwehren, dass es mit dem Viertel immer steiler bergab ging.

Rauscher stieg aus. Kommissar Jan Krause stand vor ihm mit hochrotem Kopf, als sei er gerade Olympiasieger im 200m-Lauf geworden und empfing ihn mit den Worten: „Scheiße aber auch! Es hat den Nächsten erwischt." Ringsherum standen weitere Streifenwagen, deren Blaulicht sich mit Rotlicht mischte und für ein optisches Spektakel sorgte. Auch Wolfgang Andres von der Spurensicherung war zu dem Grüppchen gestoßen.

Einige Polizisten wimmelten Passanten ab und versuchten, die Stelle vor dem Haus mit der Nummer 20 weiträumig abzuriegeln. „Rote Villa" prangte in leuchtenden Lettern über dem Eingang, den Rauscher nach einem Wink seines Kollegen betrat.

Als die beiden wenig später im ersten Stock erschienen, schoss ein Fotograf Bilder des Toten und des Tatorts. Der Gerichtsmediziner und Pathologe, Karsten Quast, beugte sich gerade über die Leiche.

„Volltreffer. Mitten ins Herz wie bei den anderen. Haben Sie den in Großaufnahme?", fragte Quast den Fotografen, der sofort nickte.

„Verdammt", entglitt es Rauscher in unüberhörbarer Lautstärke. „Markowskys Theorie, dass er genau in einer Woche wieder zuschlägt, können wir wohl vergessen. Wird dem Chef nicht schmecken. Identität?"

„Sebastian Kuhl, laut Personalausweis 35 Jahre alt, wohnhaft Schwanthalerstraße in Sachsenhausen. Er hat eine Codemarke für eine Tür dabei. Könnte für eine Firma sein. Steht aber kein Name drauf."

„Kannst du was zu dem Pfeil sagen?" Quast erhob sich und zog die Handschuhe aus.

„Sieht nach dem gleichen Exemplar wie bei den anderen aus. Um sicherzugehen müssen wir ihn natürlich genau untersuchen."

„Okay. Kampfspuren? Oder hast du sonst was gefunden?"

„Fehlanzeige. Der Täter ist am Tatort quasi unsichtbar. Wie immer sozusagen."

„Na prima. Wir jagen ein Phantom."

14

187 m über Frankfurt, im 53. Stock des Main-Towers, saßen Jens Dellbrück, Dimitrios Arakis und Peter Rethmann an einem Tisch im noblen Main-Tower-Restaurant und hatten keinen Blick für die Stadt, die von hier oben einen ganz eigenen Glanz entwickelte.

Direkt gegenüber war das Finanzherz Deutschlands, wenn nicht Europas: die zwei Türme der Deutschen Bank, das Commerzbank-Hochhaus, die DZ-Bank, die Europäische Zentralbank, weiter hinten, neben der Alten Oper, die UBS, rechts der Frankfurter Dom. Die gesamte Skyline leuchtete, von Scheinwerfern in gelbliches Licht getaucht.

Einige Gäste, die zum ersten Mal hier oben waren, standen fassungslos vor der acht Meter hohen Glasfront und genossen die spektakuläre Aussicht auf das Lichtermeer. Hier hatte man einen Blick auf die Mainmetropole, den man nicht jeden Tag geboten bekam. Alle Tische waren besetzt. Die Kellner hatten alle Hände voll zu tun.

Am Ende eines langen, aufreibenden Tages nahmen die drei Herren ein leichtes Abendessen ein. Sie arbeiteten mittlerweile seit annähernd fünf Jahren zusammen bei Money Inc. und waren – was in der Finanzbranche nicht gang und gäbe war – fast so etwas wie Freunde geworden. Nun mussten sie die erste wirkliche Krise in dieser langen Zeit meistern.

Die Presse überschlug sich angesichts der beiden Morde an den Gründern von Money Inc. und die Zukunft der Firma war ungeklärt. Sie hatten ein Dinner for three vereinbart, denn von den Top 5 waren nur sie drei übrig. Das Main-Tower-Restaurant, ein öffentlicher Ort, den viele Gäste besuchten, schien ein idealer Treffpunkt.

Ihre Blicke zuckten nervös hin und her, ganz so, als beobachteten sie ihre Umgebung sehr genau, als nähmen sie jeden, der an ihrem Tisch vorbeilief, unter die Lupe. Selbst den Kellner inspizierten sie argwöhnisch und misstrauisch.

Jens Dellbrück, der in seinem adretten Anzug und mit seinen kurzgeschnittenen Haaren ein wenig spießig wirkte, kostete zwei, drei Gabeln seines Lachscarpaccios und schob den Teller beiseite.

Dellbrück hatte ein oder zwei Jahre gebraucht, um sich daran zu gewöhnen, viel Geld zu verdienen. Sehr viel Geld. Über eine Million Euro pro Jahr. Er erinnerte sich gern an das erhabene Gefühl, das er verspürt hatte, als er endlich zum Einkommensmillionär geworden war. Das war vor vier Jahren gewesen. Und mit nichts zu vergleichen. Nicht mal mit gutem Sex.

Anfangs hatte er stets Angst, das Geld könne ihm ausgehen, könne schnell wieder ausgegeben sein, seinen Wert verlieren oder ihm gestohlen werden.

Später merkte er, dass es stetig wuchs. Wenn er in einem Monat 20.000 Euro ausgab, blieben trotzdem 60.000 Euro zum Anlegen übrig. Sein Geld vermehrte sich auf wunderbare Weise und manchmal, wenn er die Zahlen auf seinen Konten und seinen Depots betrachtete, wurde ihm nicht nur schummrig, er wunderte sich auch, dass das so einfach, spielend und fast von allein geschah.

Jetzt wischte er sich den Mund mit einer Stoffserviette ab und sagte:

„Hört euch folgende Mail an, habe ich heute gekriegt:“ Er zückte sein Smartphone und las:

„Sühne, lerne & büße!

Dellbrück, du hast ab sofort drei Tage die Möglichkeit, über dich und dein Schweinesystem nachzudenken und Veränderungen in die Wege zu leiten. Sollte ich feststellen, dass diese Aufforderung Früchte trägt, schenke ich dir etwas ganz Lausiges: dein Leben. Ansonsten trägst du selbst die Verantwortung für deine eigene Liquidierung!"

Nicht nur Dellbrücks Stimme, auch sein Körper vibrierte beim letzten Satz. Er legte das Blatt zur Seite und wollte eine weitere Gabel des deliziösen Carpaccios zu sich nehmen, verzichtete dann aber, weil er ein Rumoren in der Magengegend spürte, das einem Poltern seines Inneren gleichkam. Außerdem merkte er, wie er stark zu schwitzen begann, und ärgerte sich. Ein Problem, dem er einfach nicht Herr wurde.

Dimitrios Arakis, griechischer Abstammung, ein smarter Typ, der die längeren schwarzen Haare nach hinten gegelt trug, griff sich Dellbrücks Smartphone und ging die Mail noch einmal Wort für Wort durch. Danach wollte sich auch Peter Rethmann überzeugen, dass Dellbrück keinen Scherz mit ihnen trieb. Rethmann war akkurat angezogen in schwarzem Designer-Anzug und weißem Hemd und sah aus, als sei er gerade von einem Friseurtermin gekommen, bei dem die Friseurin ihm nicht nur die Kopfhaare geschnitten hatte. Er fragte hektisch:

„Kann man die Email-Adresse nachverfolgen? Von wo wurde die Mail verschickt?"

„Schon geschehen", sagte Dellbrück mit einem resignierten Ton, „habe einen IT-Spezialisten drauf angesetzt. Die Mail-Adresse ist neu eingerichtet und gehört einem Robin Hood, wie originell, und sie wurde aus einem Internet-Café verschickt."

„Wir müssen die Polizei einschalten", platzte es aus Rethmann heraus, der seine Gefühle kaum bändigen konnte, „die müssen diesen Dreckskerl dingfest machen, bevor er noch mehr anrichtet." Rethmann sah erst Dellbrück tief in die Augen, dann Arakis. Und was er sah, trug nicht dazu bei, ein sicheres Gefühl entstehen zu lassen.

Dellbrück und Arakis waren gestandene Banker, seit Jahrzehnten im Business, gestählt in unzähligen Verhandlungen mit Kunden, erprobt im Umgang mit Krisensituationen, gefestigte Persönlichkeiten, die so leicht nichts aus dem Gleichgewicht brachte und sie schon gar nicht an ihrem Weg zweifeln ließ. Doch heute wirkten beide ratlos. Es ging in letzter Konsequenz um ihr eigenes Leben und diese Erkenntnis schien auch den härtesten Mann weich werden zu lassen.

„Erst Terzlaff, dann Verbeuten", erhob Arakis seine Stimme, etwas zu laut, denn einige Gäste an den Nachbartischen drehten sich zu ihm um, „und du sollst der Nächste sein?" Dellbrücks Miene, bis jetzt ein Mix aus gebrochener Zuversicht und ungewisser Skepsis, verfinsterte sich noch einmal:

„Und wenn er dann noch nicht genug hat, seid ihr dran." Er machte eine kleine Pause, nahm einen Schluck des vorzüglichen Brunello di Montalcino aus der Toskana und sortierte seine Gedanken.

„Habt ihr irgendeine Vermutung, wer dahinterstecken könnte? Ich habe mir heute über nichts anderes den Kopf zerbrochen, aber mir ist völlig schleierhaft, wer sowas fertig bringen würde." Dellbrück fühlte sich mittlerweile extrem unwohl, weil er seine schwitzigen Ausdünstungen trotz Jacketts roch und wollte eigentlich nur noch unter die Dusche.

„Es muss mit der Firma zusammenhängen", konterte Rethmann, „das ist offensichtlich. Ich meine: Immerhin haben nicht wenige Leute letztes Jahr ihr Geld verloren."

„Du glaubst, da will sich jemand an uns rächen, weil seine Anlagen in die Binsen gegangen sind?", warf Arakis ein und empörte sich weiter: „Wir sind doch kein Freiwild, das sich einfach abknallen lässt. Wir müssen etwas unternehmen."

„Wie recht du hast", klang Dellbrück fast schon pathetisch.

15

Die Rote Villa war immer noch für den Publikumsverkehr gesperrt. Mehrere Prostituierte in hauchdünner Wäsche und Bikinioberteilen versuchten aus ihren Zimmern heraus einige Blicke auf den Tatort zu erhaschen. Die

Schaulustigen tuschelten, wirkten verstört, ängstlich.

Rauscher trat an eine der Frauen heran. Sie war großgewachsen, ihre halblangen Haare platinblond:

„Guten Abend. Rauscher, Mordkommission Frankfurt."

„So gut ist der Abend auch wieder nicht", antwortete sie ein wenig schnippisch.

„Sie haben ihn entdeckt?"

„Ja, vor anderthalb Stunden. Da war ein Geräusch im Flur und ich habe nachgesehen. Wollte gerade anfangen zu arbeiten."

„War sonst noch jemand hier? Oder haben Sie sonst etwas beobachtet?"

„Nein."

„Kennen Sie den Toten?"

„Der war oft bei Jaqueline. Zimmer 110."

„Danke sehr." Rauscher wandte sich ab und lief zu dem genannten Zimmer. Auf dem großen Bett saß eine Frau, die eine Zigarette rauchte. Als sie Rauscher sah, drückte sie die Zigarette aus, erhob sich und kam auf ihn zu.

„Sie sind Jaqueline?" Die Frau stand ihm nun frontal gegenüber. Auf ihren High-Heels überragte sie Rauscher um mehr als 10 Zentimeter. Ihre pechschwarzen, glatten Haare fielen über Schulter und Brüste, die sie in einem silbernen Minikleidchen versteckt hatte.

„Ja. Was kann ich für Sie tun?", hauchte sie ihm entgegen.

„Äh, ich bin dienstlich hier", antwortete er.

„Das sind sie alle." Sie stemmte die Hände in die Seite.

„Okay, ich bin Andreas Rauscher, Mordkommission. Wie oft war er bei Ihnen?"

„Zwei- oder dreimal die Woche. Er kommt schon lange hierher, hat immer von seinem Job erzählt. Arbeitet bei einer Bank hier in der Gegend. Heute 'ne Million gemacht, morgen 'ne Million verloren. Entweder er war total euphorisch oder zu Tode betrübt, dazwischen gab's nix. Immer dieselben Geschichten."

„Und heute? Hatten Sie einen Termin?"

„Nein. Es war nie vorherzusehen, wann er Lust hatte. Wenn er gut drauf war, hat er mich eine oder zwei Stunden gebucht, ´ne Flasche Champagner mitgebracht und mich mit Kohle überschüttet. Wenn er schlecht drauf war, musste alles schnell gehen und er hat nur einen Fuffi rausgerückt."

„Was meinen Sie damit?"

„Ficken wollte er nie, nur bla ... also Oralverkehr, Herr Kommissar."

„Gut, ich denke seine sexuellen Vorlieben spielen zunächst keine Rolle. Hat er manchmal was erzählt, Namen erwähnt?"

„Er hat ständig gelabert. Was genau meinen Sie?"

„Namen von Freunden, Feinden, Vorgesetzten, die er nicht mochte, Leute, die er nicht leiden konnte oder die ihn nicht leiden konnte. Kunden, die Schwierigkeiten gemacht haben. Alles kann wichtig sein."

„Puhhhh. Da müsste ich mal nachdenken."

„Tun Sie das, aber nehmen Sie sich bitte nicht allzu lange Zeit. Je schneller wir Informationen bekommen, desto besser. Hier ist meine Karte. Rufen Sie mich an!" Sie nahm sie an sich und machte einen Knicks.

„Kann ich sonst noch was für Sie tun, Herr Kommissar?" Der folgende Augenaufschlag der Dame fuhr Rauscher in sämtliche Glieder und er spürte seine Knie weich werden.

„Sie sind ja sehr geschäftstüchtig."

„Muss ich. Gibt ja nix zu verdienen heute. Aber die Miete wird trotzdem abkassiert." Sie rollte ihre Augen und ging zurück ins Zimmer.

„Kann ich dich mal von der Dame losreißen?" Jan Krause stand plötzlich hinter Rauscher und nahm ihn zur Seite. Als sich Rauscher umdrehte, blickte er in das fette Gesicht eines Mannes und er hatte das Gefühl, von einer Dampfwalze überrollt zu werden. Krause stellte ihm Ortwin Mayer vor, Hauswirtschafter des Roten Hauses, 36 Jahre alt, 1,87 m groß, 110 kg, kurzrasierte Haare, muskulärer Nacken, breite Schulterpartie. Er trug eine Bomberjacke und schwarze Jeans.

Rauscher trat einen Schritt zurück und wollte wissen, ob er jemanden gesehen habe, ob jemand weggerannt sei oder ob er irgendetwas Relevantes beobachtet habe.

„Sie sin witzisch", begann Mayer mit einer Bassstimme par excellence, „wisse Sie, was hier jeden Dach uff de Gass' los is? Gucke Se sisch emal um. In de Taunusstraß begechne Se jeden Tach dausend Wahnsinnische. Alles debei: Penner, Cräck-Nudde, Schankies. Frankfurder Abblaus sach isch nur, gelle!" Der Hauswirtschafter schlug sich mit der rechten Hand auf die linke Armkehle und erzeugte ein Klatschen, das nach Applaus klang, begleitet von einem fiesen Grinsen. Rauscher verstand, dass er die Junkies nachmachte, die ihre Armvenen für einen Schuss Heroin vorbereiteten. „Un weider geht's: Türgge, Kroade, Asiade, Albaner un de Russ – was Se wolle treibt sich hier erum. Da blickt kaaner mehr dorsch. Die Gestalde dät isch all ausweise, gell, enaus mit dene! Von dene hat jeder e Wumme debei. Un en Mord trau ich dene all zu."

„Gibt es hier im Haus eigentlich öfter Vorfälle mit Kunden?"

„Ei sischer. Was hier alles rin- un rausläuft. Awwer meistens hawwe mir die Sach schnell widder im Griff, gell!"

Rauscher bedankte sich und blickte Krause an:

„Ich fürchte, wir müssen jeden Einzelnen da draußen schnappen und interviewen. Wenn es sich nicht vermeiden lässt, sogar das ganze Viertel. Irgendjemand muss was gesehen haben." Dann bemerkte Rauscher die Überwachungskameras und deutete darauf:

„Sind die gelaufen?"

„Klaro", antwortete Mayer, „des heudische Band hat Ihr Kollesch beschlachnahmt." Andres von der Spurensicherung schaltete sich ein:

„Wir haben uns das Teil unten im Büro von Herrn Mayer schon vorgenommen. Im dunklen Rotlicht kann man fast nichts erkennen. Selbstverständlich nehmen wir das Video im Präsidium noch einmal genau unter die Lupe. Vielleicht können wir am Computer mehr Details sehen. Was wir jetzt schon wissen: Der Mann trug einen Trench-Coat, unter dem er den Bogen versteckt hatte. Die beiden Enden des Bogens schauten oben und unten ein wenig raus. Der Mann dürfte so etwa 1,85 m groß sein, schlank, kurze Haare soweit erkennbar."

„Und habt ihr sein Gesicht?"

„Nein. Er hatte eine Maske auf und ein grünes Robin Hood-Hütchen mit Federn."

16

„Ist das hier die Soko Robin?"

Rauscher und Krause saßen im Konferenzraum, studierten einige Protokolle, hoben die Köpfe und es sah aus, als übten sie sich in einer neuen Sportart: Parallelstaunen.

Beide Kommissare taxierten die Frau, die vor ihnen stand und ihre Laptoptasche auf dem Tisch abstellte: etwa 1,60 m groß, circa dreißig Jahre alt, schwarzhaarig, Nenafrisur mit geradem Pony. Zwischen ihren Lippen ließ sie eine Kaugummiblase platzen und wiederholte den Vorgang mehrfach. Sie trug Jeans, T-Shirt, auf dem das Wort „Crashtest" stand und gelb-schwarze Turnschuhe von Asics.

„Äh, ja, ne!" sagte Krause, der sich als Erster gefangen hatte. „Womit können wir dienen?"

Es war mittlerweile Viertel vor neun abends. Die erste Zusammenkunft der neu gegründeten Soko Robin war aufgrund des Einsatzes im Bahnhofsviertel verschoben worden.

Rauscher hatte Elke angerufen und ihr mitgeteilt, dass es später werden würde. Elke war zwar enttäuscht, aber sie kannte ihren Kommissar mittlerweile so gut, dass sie nichts anderes erwartet hatte. Sie verlangte lediglich von ihm, stets erreichbar zu sein. Nachdem Rauscher ihr nochmals versichert hatte, sofort zur Stelle zu sein, wenn er gebraucht würde, hatte er aufgelegt. Ein mulmiges Gefühl war geblieben.

„Ich bin Tanja Heller, Polizeimeisterin der Polizeidirektion Süd, 5. Polizeirevier. Herr Markowsky hat mich angefordert. Bin jetzt quasi exklusiv der Soko Robin zugeteilt. Hier im Präsidium war ich noch nie." Ihre Augen wanderten zwischen den beiden Kommissaren hin und her.

Rauscher stand auf und gab ihr die Hand:

„Andreas Rauscher", stellte er sich vor. „Und das ist Jan Krause. Wir duzen uns hier übrigens, okay?"

„Okay", sagte Tanja Heller.

„Dann nimm Platz. Kaffee?" Sie nickte und er schenkte ihr einen Kaffee ein. Sommersprossen erkannte Rauscher, nachdem er Tanja näher betrachtet hatte, und einen ruhelosen Blick. Ihm sprangen die schmalen Hüften und der flache Bauch ins Auge. Sie erinnerten ihn an Elke, als er sie kennengelernt hatte. Markowsky hatte Wort gehalten, aber die neue Kollegin unterbrach seine Gedanken abrupt:

„Wo ist mein Computerarbeitsplatz? Wir wollen doch keine Zeit vergeuden, oder?"

Sie war sofort präsent im Raum, schien vor Elan zu sprühen, was ihr aufgeweckter Gesichtsausdruck zusätzlich unterstrich, und schüttelte auch Krause die Hand.

„Jetzt kann's losgehen."

„Nachtschicht also?", fragte Krause in die Runde und senkte den Kopf, „dann kann ich den Feierabend wohl ganz vergessen." Frau Heller schaute ihn an:

„Das Wort Feierabend hab' ich schon lange aus meinem Wortschatz gestrichen." Jetzt stöhnte Rauscher, aber er machte sich auch bewusst, dass frischer Wind nicht schaden konnte. Im Gegenteil. Eine motivierte, engagierte Polizistin war genau das, was sie jetzt brauchten.

„Bevor ich dir dein Büro für die nächsten Tage zeige", begann er, „lasst uns zunächst den Fall rekapitulieren. Ist für alle von Vorteil, wenn wir auf dem gleichen Stand sind. Also, was ist seit letzter Woche passiert? Das übernimmt am besten Jan, der als Einziger von Beginn an mit dem Fall befasst ist." Krause ließ sich nicht zweimal bitten:

„Am 13.5., also letzte Woche Montag, ist ein gewisser Armando Terzlaff direkt vor seinem Haus einem Gewaltverbrechen zum Opfer gefallen. Die Leiche wurde mit einem Pfeil in der Brust vorgefunden. Ein Fahrradbote hat ihn entdeckt, etwas versteckt in einem Strauch direkt neben dem schmalen Weg vor seinem Hauseingang, also schon auf seinem Grundstück. Gestern dann, also am 20.5., Konstantin Verbeuten. Der Tathergang war – soweit wir ihn nachvollziehen konnten – bei beiden Opfern gleich. Der Täter hat ihnen aufgelauert und aus etwa zwanzig Metern Entfernung geschossen. In beiden Fällen um 19 Uhr. Außerdem hat er keine Spuren am Tatort hinterlassen. Die Nachbarin, die Verbeuten auf dem Trottoir vor seiner offenen Garage gefunden und die Polizei verständigt hat, hat angegeben, den Bogen genau gesehen zu haben. Zitat: ‚so einer wie in diesen Robin Hood-Filmen'. Nur den Schützen, beziehungsweise das Gesicht des Schützen, hat sie eben nicht wahrgenommen." Tanja Heller ergriff das Wort:

„Das Phänomen kennen wir. Nennt sich ‚Waffen-Fokus' und ist wissenschaftlich belegt. Psychologen haben herausgefunden, dass die Aufmerksamkeit beim Beobachten eines Gewaltverbrechens oft nur auf die Waffe, nicht aber den Täter fixiert ist, so dass in der Erinnerung zum Beispiel kein Gesicht hängen bleibt. Das liegt an der Funktionsweise der Amygdala."

„Der was?", fragte Krause erstaunt dazwischen, was Tanja Heller prompt beantwortete:

„Der sogenannte Mandelkern im Gehirn, Teil des limbischen Systems. Immer wenn es um das emotionale Bewerten oder Wiedererkennen von Situationen, insbesondere Gefahrensituationen, geht, verknüpft die Amygdala das Ereignis mit einer Emotion und ordnet beide ein."

„So", ergriff Rauscher erneut das Wort, „hätten wir das auch geklärt. Ich möchte noch was ergänzen: Die Autos der Opfer sind verschwunden und zur Fahndung ausgeschrieben. Seit Verbeutens Tod wissen wir also, dass es einen Zusammenhang geben muss. Es liegt auf der Hand, denn beide waren Investmentbanker, arbeiteten bis vor fünf Jahren in der gleichen Bank und haben dann eine eigene Firma namens Money Inc. gegründet. Dort müssen wir uns unbedingt umhören, denn deren Geschäfte könnten eine Schlüsselrolle spielen. In einem Blog haben wir etliche Berichte von Anlegern gefunden, die sich betrogen fühlen und gegen Money Inc. geklagt haben. Gibt's eigentlich schon was Neues zu denen?" Die Frage war an Krause gerichtet, der ein wenig den Kopf einzog.

„Also ehrlich gesagt, in den letzten Stunden hab ich nicht weiter recherchieren können und Konetzkes Liste habe ich auch noch nicht."

„Was machst du eigentlich die ganze Zeit?"

„Ich war zum Vergnügen im Bahnhofsviertel unterwegs", sagte er schnippisch, „und hatte mörderischen Spaß." Krause schien eingeschnappt und Rauscher stöhnte wieder, bevor er fortfuhr.

„Okay. Weiter: Heute wurde Sebastian Kuhl im 1. Stock des Eros-Centers „Rote Villa" in der Taunusstraße auf die gleiche Weise getötet. Die Prostituierte Jaqueline hat ausgesagt, dass Kuhl bei einer Bank arbeitet. Das wirft Fragen auf. Wir müssen klären, welche Verbindung zwischen den Dreien bestand? Es steht nicht einmal fest, ob sie sich überhaupt gekannt haben." Rauscher legte eine kleine Verschnaufpause ein: „Tanja, wenn möglich sollten wir das heute noch in Erfahrung bringen. Übrigens hat uns Markowsky wegen Unterbesetzung weitere 5 Kollegen aus anderen Frankfurter Dezernaten zugeteilt, die teilweise erst ihren Dienst schieben und dann Überstunden für uns machen. Sie sind gerade im Bahnhofsviertel und hören sich um."

Tanja Heller sah gelangweilt aus dem Fenster. Sie betrachtete die flackernden Rücklichter der vorbeifahrenden Autos und beschäftigte sich mit ihrer Frisur, versuchte eine Welle zu glätten, mit der sie augenscheinlich nicht zufrieden war. Als Rauscher einen Moment mit seinem Vortrag aussetzte, mischte sie sich ein:

„Da gibt es noch einen Punkt, den ich gerne ansprechen möchte: Nachdem mich Herr Markowsky heute Mittag angefordert hatte, habe ich mir sofort die Ermittlungsakte vorgenommen und danach auch Terzlaffs Obduktionsergebnisse und den gerichtsmedizinischen Befund gelesen. An den Tatorten gab es keine verwertbaren Spuren. Nur die Todesursache ist eindeutig. Die Pfeilspitze ist bis ins Herz vorgedrungen, was zum sofortigen Exitus geführt hat. Laut Verbeutens Nachbarin hat der Täter aus einer Entfernung von 20 Metern geschossen."

„Und genau das Herz getroffen", merkte Rauscher an. „Einen solchen Schuss abzuliefern und auch noch in einer emotionalen Stresssituation kurz vor einem Mord. Alle Achtung: Das verlangt ein genaues Auge und eine ruhige Hand. Für mich heißt das: Der Täter muss professioneller Bogenschütze sein."

„Genau darauf wollte ich hinaus. Vielleicht ist er Mitglied in einem Schützenverein", schaltete Tanja sich wieder ein. Leichtes Nicken der beiden Kommissare verriet, dass sie ihrer Annahme zustimmten. Mitten hinein klingelte das Telefon im Konferenzraum. Rauscher stand auf und nahm ab. Er sagte dreimal „Ja", einmal „Termin" und zweimal „Nein". Zum Schluss fiel das Wort „Markowsky". Beim Setzen sagte er:

„Das waren die Internen. Solms wollte jetzt noch ein Gespräch mit mir wegen Thaler. Ich habe sie an den Chef verwiesen. War ja klar, mitten in unseren Ermittlungen muss ich mich auch noch darum kümmern." Er war sichtlich angefressen und schüttelte den Kopf. Um wieder aufs Thema zu kommen, warf Krause ein:

„Kennt ihr Schützenvereine hier im Rhein-Main-Gebiet? Also ich nicht."

„Du wirst einen kennenlernen", antwortete Tanja, „passt auf: Ich habe mir auch sämtliche Vernehmungsprotokolle durchgelesen und genau auf diesen Punkt geachtet." Wow, dachte Rauscher, und fragte sich, wann sie die Protokolle gelesen hatte. Seit dem 13.5., als Terzlaff ermordet wurde, waren an die 100 Befragungen durchgeführt und festgehalten worden.

„Dreimal dürft ihr raten, in welchem Verein Terzlaffs Bruder Ralf Mitglied ist."

„Eintracht Frankfurt“, witzelte Krause.

„In einem Schützenverein“, schickte Tanja Heller forsch hinterher. „Und zwar bei Querschuss Ginnheim.“ Jetzt schaltete sich Krause wieder ein:

„Aber die schießen doch mit Handfeuerwaffen und Gewehren, dachte ich.“

„Die haben auch eine Bogenschützen-Abteilung.“

„Bingo“, sagte Rauscher. „Dann wissen wir ja, wo wir morgen früh als Erstes vorstellig werden. Wo wohnt er?

„Woogstraße 112 in Ginnheim. Im Bericht steht, dass er arbeitslos ist. Könnte also zu Hause sein. Und den Schützenverein müssen wir uns auch vornehmen“, ergänzte Tanja Heller, „da können wir uns nach dem Pfeil erkundigen. Die müssten uns mehr darüber sagen können.“

„Ich schlage vor“, sagte Rauscher, „ich und Tanja fahren zu Ralf Terzlaff und danach möchte ich mir von den ersten beiden Tatorten ein persönliches Bild machen. Jan, du versuchst morgen früh, jemanden bei Querschuss Ginnheim zu erreichen, okay? Danach müsstest du die drei Geschäftsführer kontaktieren. Am besten du beginnst mit Jens Dellbrück. Er scheint für diese Fonds verantwortlich zu sein. Danach haben wir hoffentlich die Liste der Kläger gegen Money Inc. Ich fürchte, wir werden uns alle vornehmen müssen. Ist ja nix passiert bisher.“ Mit einem Seitenblick auf Krause überging er das Thema. Alle ließen das Gehörte sacken, bis Tanja Heller in die Stille fragte:

„Was meint ihr eigentlich dazu, dass bei Terzlaff Rückstände von Koks nachgewiesen wurden?“ Sie blickte ihre Mitstreiter erwartungsvoll an. Und da niemand Anstalten machte zu antworten, fuhr sie fort: „Gehört wohl dazu in diesen Kreisen.“

„Moment“, erklang Krauses Stimme, „also ich kenne Bankkaufleute, die würden nie Drogen nehmen, ne!“

„Die liebe Fassade“, kommentierte Tanja Heller, „außerdem sprechen wir hier nicht von normalen Bankern, sondern von Investmentbankern. Koks und andere Drogen sind erwiesenermaßen beliebte Stimulanzien, wenn es darum geht, sich fit zu machen für permanente 16 Stunden-Tage und enormen Arbeitsdruck."

„Da müsste ich ja dauerstoned sein", rief Krause dazwischen, bevor Tanja Heller ihren Gedanken weiterspann:

„Wir wissen, dass etwa die Hälfte aller Investmentbanker zu aufputschenden Mitteln greift, wenn die Belastung zu groß wird."

„Apropos. Was glaubt ihr, wann wir hier durch sind?", sprach Krause mit ein wenig Hoffnung in der Stimme, doch es reagierte niemand darauf. Stattdessen gab Rauscher zu bedenken:

„Die Frage ist doch, ob Koks eine Bewandtnis für unseren Fall hat. Dazu müssen wir die Obduktionsberichte von Verbeuten und Kuhl abwarten. Wenn bei allen Koksspuren nachgewiesen werden, dann könnte das tatsächlich ein Hinweis auf die Drogenszene sein. Wir sollten aber vorab bei den Kollegen im Rauschgiftdezernat nachfragen, ob einer der Namen in deren Register auftaucht. Wer übernimmt?" Tanja Heller meldete sich.

„Gut", Rauscher nickte. „Morgen haben wir volles Programm. Habe ich was vergessen?" Rauscher blätterte in seinen Notizen.

„Frau Grawitz von der Kita in Bockenheim", meinte Krause. „Vielleicht hat sie eine Ahnung, von wem das Geld stammen könnte oder sie weiß, warum sie das Geld bekommen hat?"

„Stimmt, Jan. Ich und Tanja statten ihr morgen einen Besuch ab. Noch was?"

„Das Video aus dem Roten Haus", sagte Krause.

„Da warten wir ab, bis Wolfgang Andres sich mit Ergebnissen meldet." Da es nun still blieb, stand Rauscher auf und sagte zu Tanja:

„Okay, jetzt zeig ich dir dein neues Reich." Rauscher ging vor, doch auf dem Flur wurde er von einem Mann mittleren Alters, Seitenscheitel, in Anzug und Krawatte, aufgehalten.

„Herr Rauscher? Solms, Interne Ermittlungen. Ich habe Herrn Markowsky nicht erreichen können." Rauscher bemühte sich um Haltung und einen freundlichen Ton:

„Oh, der Chef hat wohl einen halben Tag Urlaub genommen, aber ich verspreche Ihnen, er wird sich morgen früh umgehend bei Ihnen melden. Dann bekommen Sie alle Informationen, die Sie benötigen und ich denke, sie werden eine einvernehmliche Lösung finden. In Ordnung?" Solms wirkte skpetisch.

„Das warten wir erst mal ab." Zudem schien er noch mehr auf dem Herzen zu haben, doch bevor er ansetzen konnte, sagte Rauscher:

„Ich bin jetzt mitten in wichtigen Ermittlungen. Sie hören morgen von uns."

Rauscher bahnte sich den Weg, ohne weiter auf sein Gegenüber zu achten, und ließ ihn einfach stehen. Solms trat schnell einen Schritt zur Seite und ließ Rauscher passieren, hob aber die Hand:

„Herr Rauscher, ich hätte eigentlich gerne mit Ihnen persönlich ein paar Worte gewechselt über Herrn Thaler …" Doch Rauscher und Tanja Heller waren bereits um die nächste Ecke gebogen.

Kurz darauf betraten sie ein Büro, in dem zwei Schreibtische mit Computern standen. Ein Metallschrank ragte fast bis an die Decke. Neben dem Fenster fristete ein Gummibaum ein halbvertrocknetes Dasein. An der Wand hingen zwei Dienstplakate, die neue Polizeiaufklärungskampagnen vorstellten: „Weg mit Crack!" und „Beat the Shit!".

Es roch muffig, als sei hier wochenlang nicht mehr gelüftet worden, was wahrscheinlich auch der Wahrheit entsprach.

„Thalers Suite ist auf ungewisse Zeit unbesetzt. Hier kannst du dich breitmachen." Und als Tanja Heller sich umschaute und mit dem Finger über die Schreibtischoberfläche strich, sah Rauscher ihr entsetztes Gesicht:

„Da kriegt man ja Ausschlag."

17

Liebe Kathrine,

nun also Kuhl. Ich war gezwungen ihn vorzuziehen. Er hatte etwas geahnt und hätte meiner Mission gefährlich werden können.

Er gehörte zwar nicht in die erste Reihe der Verursacher, nicht zu vergleichen mit Terzlaff und Verbeuten, aber er hat mitgespielt und profitiert von ihrem System.

Ein weiterer Tag ohne Dich geht vorbei. Sie vergehen wie im Traum. Ich sehe dich immer noch im Bett liegen, wie ich dich damals gefunden habe: weiß wie die Unschuld. Dein Dornröschenkleid hatte dir prächtig gestanden.

Ich hetze von einem Tag zum nächsten und verfolge die Schuldigen. Lasse ihnen keinen Raum, lasse sie nicht zu Atem kommen. Ich kreise sie ein, bis ich alle habe.

Wie viele Tage muss ich noch ohne dich sein? Wie lange wird es dauern, bis mein Werk vollendet ist?

DONNERSTAG 23.5.

18

„Du und dein Ebbelwoi! Ein unzertrennliches Paar. Bin mal gespannt, ob du dich um unser Kind genauso kümmerst.“ Rauscher kam gegen Viertel nach eins in der Nacht mit einer Flasche Apfelwein auf dem angewinkelten Arm ins Wohnzimmer, tat so, als schaukele er ein Baby und gab dem Flaschenhals einen Kuss.

„Zweifelst du daran?“

„Niemals!“ Elke zwinkerte ihm zu, erhob sich träge von der Couch, auf der sie abwechselnd gelesen und gedöst hatte. Sie wusste einfach nicht mehr, wie sie sich noch legen sollte. Rauscher kam auf sie zu und gab ihr einen Kuss.

Sie hatte ihre roten Haare vor einiger Zeit radikal abschneiden lassen und ihr Gesicht war rundlicher geworden. Passte nicht zusammen, fand Rauscher. Die Kurzhaarfrisur verlieh ihr zwar Pepp, wirkte frech und aufregend, aber auf die zusätzlichen Kilos, die rundum gut verteilt waren, hätte er gerne verzichtet. Das Attraktive an Elke war während der Schwangerschaft abhanden gekommen. Die leuchtenden Augen waren verschwunden, dieses Straffe,

Kantige, Sehnige, diese Frische, die sie immer ausgestrahlt hatte. Und vor allem: Er durfte sie keinesfalls darauf ansprechen. Denn noch mehr als ihn, störten sie die Kilos selbst. Den letzten Wutausbruch vor dem Spiegel, als sie ihren Hintern musterte, hatte er noch lebhaft in Erinnerung.

Elkes größtes Problem in den letzten Wochen waren die Treppenstufen hoch in den dritten Stock. Beschwerlich und mühsam. Aber diese Last hatte sie gerne auf sich genommen. Ansonsten war ihre Schwangerschaft glimpflich verlaufen, ohne große Komplikationen und die letzten paar Tage, so sagte er sich, würden sie auch noch überstehen.

Überhaupt war in den letzten Monaten einiges passiert, nicht nur an ihrem Körper. Sie hatte ihre Wohnung aufgegeben und sich mit den wenigen Möbeln und Dingen, mit denen sie vor ziemlich genau einem Jahr nach Frankfurt gekommen war, bei Rauscher einquartiert. Die Altbauwohnung gefiel ihr und, wie sie meinte, konnten die 90 m^2 eine Kleinfamilie gut beherbergen.

„Und wie war‘s heute?“, erkundigte sich Elke und stemmte eine Hand in den Rücken.

„Hör mir nur auf.“

„Ist was passiert?“

„Hast du keine Nachrichten gesehen?“

„Nö. War mit wichtigeren Dingen beschäftigt.“

„Unser Pfeil- und Bogen-Mann hat wieder zugeschlagen, diesmal im Bahnhofsviertel.“

„Au weia. Wen hat’s diesmal erwischt?“

„Wieder einen Investmentbanker. Der Hessische Rundfunk trommelt gegen die Polizei, dass wir nicht in der Lage sind, unbescholtene Bürger zu schützen und man sich nicht mehr auf die Straße trauen kann.“

„Das ist doch völlig überzogen.“

„Ja, aber sie haben Markowsky als Verantwortlichen auf dem Kieker. Wir müssen eine Beruhigungsstrategie fahren.“

„Du hast es so gewollt. Hättest ja hier bei mir bleiben können."

Rauscher seufzte, nahm Elke in den Arm.

„Stimmt. Zu allem Überfluss zieht sich die Thaler-Sache hin. Er ist immer noch zu Hause. Aber Markowsky hat uns zusätzliche Kollegen zur Verfügung gestellt. Die nächsten Tage werden kein Zuckerschlecken." Er drückte sie sanft, küsste sie und spielte dabei mit ihrer Zunge.

„Hey, hast du etwa Lust?", fragte sie.

„Du lass mal, bin echt müde." Rauscher fragte sich, was mit ihm los war. Vor der Schwangerschaft hätte es keine zehn Sekunden gedauert und sie wären bei der Sache gewesen. Heute spürte er so etwas wie Scheu. Ein komisches Gefühl. Sie zu berühren fiel ihm manchmal schwer. In sie einzudringen auch, weil er Angst hatte, das Baby zu stoßen. Nicht nur Elke hatte sich verändert, er auch. Das musste er sich eingestehen. Aber die Zeit bis zur Geburt würde vorbeigehen und dann würde alles gut werden.

„Ach komm schon. Vielleicht geht's dann schneller."

„Wie meinst du das?"

„Sex soll helfen, die Geburt einzuleiten. Außerdem haben wir doch lange nicht mehr. Löffelchen?"

"Lieber noch ein Stöffchen!"

Er öffnete die Apfelweinflasche.

19

Liebe Kathrine,

eine Frage treibt mich um, steht über allem und lässt mich einfach nicht los: Wie konntest du diesen Schritt gehen und mich hier alleine zurücklassen? Sie beschäftigt mich jede Sekunde.

Ich war 23 als wir uns kennenlernten. 24 als ich beschloss, nie mehr eine andere Frau haben zu wollen. 25 als wir heirateten. Wir haben zehn Jahre zusammengelebt. Und jetzt habe ich immer mehr das Gefühl, dich nicht zu kennen.

In letzter Zeit spricht häufig eine innere Stimme zu mir: Erinnere Dich an Kathrine! Sortiere die gemeinsamen Jahre. Was weißt du über sie? Was hast du vergessen? Krame es wieder hervor aus den Untiefen deines hintersten Bewusstseins!

Ich brauche Zugang zu deinem Kopf, zu deinen Gedanken. Warum hast du das getan? Was hat dich bewogen, diesen Schritt zu gehen? Was ist in den letzten Wochen, den letzten Tagen oder Stunden davor passiert? Ich kann es mir nicht erklären, wie du das fertigbringen konntest. War dein Schmerz so groß, so unaushaltbar? Warum hast du nicht mit mir geredet?

Einige Farbtupfer der Vergangenheit verschaffen sich den Weg ins Freie, leuchten mir den Weg zur Erinnerung: Als du vier oder fünf warst, hast du ein Waffeleis geleckt, es wurde flüssig, tropfte durch die Waffel auf deinen neuen Rock und du warst untröstlich. Nur dein Vater konnte in solchen Momenten mit dir reden. Du wolltest der ganzen Welt deine Träume erzählen, aber dein Vater war der Einzige, der dir zugehört hatte.

Mit sechs warst du schüchtern und hast am liebsten mit deinen beiden Großmüttern „Mensch ärgere dich nicht“ gespielt, denn danach bekamst du immer Nussschokolade, egal ob du gewonnen oder verloren hattest.

Mit zehn warst du Klassenbeste und dabei, zur Überfliegerin zu werden. Mit sechzehn hättest du am liebsten das Abitur vorgezogen.

Du konntest es nicht erwarten, wenn ein Feiertag oder ein Fest anstand, die gesamte Familie um einen großen Tisch gesessen hat und dein Vater eine kleine, feierliche Rede gehalten hat, weil er so froh war, dass alle vereint sind. Du warst stolz auf ihn und seine Worte nisteten sich in deinem Herzen ein.

So wie er hast auch du gerne die Gelegenheit genutzt, wenn wir mit Freunden zusammensaßen und gegessen haben, mit einer Gabel ans Glas zu schlagen, aufzustehen und ein paar Worte zu sagen. Wie sehr du mich und deine Freunde liebst. Wie sehr du den Zusammenhalt schätzt. Und überhaupt, die Welt, das Leben. Du warst immer so positiv.

Was geschehen ist, hat dich verändert. Ich begreife langsam und ersehne den Tag, an dem meine Rache vollendet sein wird.

20

Rauschers Schlaf war voller Träume gewesen. In einem war er Robin Hood, bewaffnet mit Pfeil und Bogen. An seiner Seite die hochschwangere Lady Elke, deren Wehen bereits eingesetzt hatten und die er auf dem Weg zum Krankenhaus gegen wilde Investmentbanker, die alle Anzug, Krawatte und einen Teufelskopf mit Hörnern trugen, verteidigen musste.

Nach dem Aufstehen und Duschen schüttelte er sich, als wolle er den Traum aus seinem Kopf bekommen. Er trank seinen Morgenkaffee, gab Patty, der Schildkröte, die ihm Elke zur Erinnerung an den Gecko „Göttin Shiva" auf Bali geschenkt hatte, ein Salatblatt, küsste Elke, die noch im Bett lag, auf die Stirn und verließ die Wohnung.

Noch zwei Tage. Rauscher spürte ein zunehmendes Kribbeln in der Magengegend, als er sich fragte, ob die Entbindung pünktlich am Geburtstermin stattfinden würde. Wohl eher nicht. Wäre Zufall, wenn es genau an diesem Tag losgehen würde.

Im ersten Stock streckte Herr Hund endlich mal wieder seinen Kopf aus der Tür. Rauscher hatte ihn seit Wochen nicht zu Gesicht bekommen und sich bereits Sorgen gemacht. Seinen Morgengruß erwiderte Herr Hund nicht. Überhaupt wirkte der alte Kauz apathisch. Rauscher blieb vor der Wohnungstür stehen, was er seit Jahren nicht mehr gemacht hatte:

„Wie geht es Ihnen?", erkundigte er sich, worauf Herr Hund nickte.

„Alles in Ordnung?" Wieder nickte Herr Hund, sagte aber kein Wort. Rauscher gab sich damit zufrieden. Mit seinen annähernd 85 Jahren kam er in ein Alter, in dem nicht wenige wunderlich wurden. Rauscher nahm sich vor, sich bei den anderen Mietern zu erkundigen, wer sich eigentlich um den Alten kümmerte. Mit zwiespältigem Gefühl trat er auf die Straße.

Ein Frankfurter Maitag wie aus dem Bilderbuch. Die Sonne ließ den Himmel noch blauer, die Blätter noch grüner erscheinen. Fliederbüsche blühten und verströmten einen aphrodisierenden Duft.

Rauscher fuhr ins Präsidium und lud Tanja Heller ein, die vor dem

Gebäude auf ihn wartete. Sie nahm auf dem Beifahrersitz Platz und wirkte ein wenig morgenmuffelig. Jedenfalls schaute sie dauernd aus dem Fenster, gähnte zwischendurch und war still.

Von der Miquelallee bog er in die Eschersheimer Landstraße ein. Die Fahrt ging Richtung Ginnheim. Im Radio bei Frankfurt live hörten sie einen Bericht über den gestrigen Fall, der Reporter fing gerade an:

„Ich stehe hier im 1. Stock der Roten Villa in der Taunusstraße. Genau hier schoss Robin Hood sein drittes Opfer nieder ...“ Rauscher schaltete genervt aus und checkte auf seinem Handy, ob Elke sich gemeldet hatte.

„Nervös?“, fragte Tanja Heller.

„Werdender Vater“, entgegnete Rauscher.

„Ah“, Tanja Heller schaute ihn lächelnd an, enthielt sich aber eines weiteren Kommentars.

„Als ich dich gestern Abend in der Tür gesehen habe, hast du mich an Nena erinnert“, sagte Rauscher.

„Das hast du bestimmt ‚nur geträumt‘“, sagte Tanja und musste lachen. Es dauerte eine Weile bis Rauscher verstand, was sie damit meinte:

„So hieß doch ihr erster Top Ten-Hit?“ Tanja nickte und Rauscher lachte mit.

Kurze Zeit später bog er ab in die Hügelstraße.

In Ginnheim wirkte alles etwas beengt. Die Straßen, die Häuser, die Geschäfte. Selbst die Gleise der Straßenbahn 16 schienen enger aneinander vorbeizulaufen.

Ralf Terzlaff stand mit einer Harke in seinem schmalen Garten vor dem Reihenhaus und jätete Unkraut. Eine glänzende Platte schien inmitten seines Haarkranzes hervor, die Bartstoppel sprossen, Schweiß stand auf der Stirn. Eine Narbe prangte auf der rechten Wange wie ein Warnzeichen. Beim Bücken lugte ein kleines Bäuchlein zwischen T-Shirt und Hosenbund heraus. Er sah aus, als sei er mit sich und der Welt halbwegs zufrieden, genoss die leichte Arbeit und die Sonne, die mächtig über allem wachte.

Rauscher glaubte, eine Ähnlichkeit in den Gesichtszügen mit seinem Bruder Armando ausmachen zu können.

Rauscher und Tanja Heller stiegen aus dem Wagen. Der Kommissar öffnete das kleine Holztor und ging auf Terzlaff zu, der für einen Moment mit der Gartenarbeit aufhörte und den Kopf hob.

„Wer sind Sie und was wollen Sie?“ Rauscher zeigte ihm seinen Dienstausweis, stellte Tanja Heller vor und schaute sich um.

Es war ruhig in der Straße. Kein Verkehrslärm. Vögel sangen ihr Lied. Eine vorüberziehende Wolke spendete Schatten. Die Vorgärten blühten. Beete waren akkurat angelegt. Idyllische Vorstadt-Atmosphäre. Wieder nur Fassade, mutmaßte Rauscher.

Die zwei Männer tauschten Blicke aus. Sie belauerten sich, bis Rauscher die erste Frage stellte.

„Es geht um den Mord an Ihrem Bruder. Wir haben noch ein paar Fragen, die im Rahmen der Zeugenvernehmung aufgetaucht sind.“ Tanja Heller hielt sich im Hintergrund. Ralf Terzlaff begann wieder mit der Harke in der Erde zu stochern:

„Gott, bin ich froh, dass ich den nicht mehr sehen muss.“ Rauscher war nicht wenig verwundert.

„Sie reagieren, als sei ihr schlimmster Feind gestorben. Was ist zwischen ihnen vorgefallen?“ Terzlaff stützte sich mit beiden Armen auf die Harke und schaute die Straße entlang, die am Ende in den Niddatalpark überging. Ein Flugzeug hinterließ helle Streifen am Horizont, oberhalb der grünenden Bäume. Er wartete ungewöhnlich lange und gab sich keine Mühe, sein Desinteresse an dem Gespräch zu verbergen.

„Er war – wie sagt man so schön – ein arroganter Schnösel. Ja, das trifft's. Und dass er beruflich immer erfolgreicher wurde, hat ihn noch abgehobener und elitärer gemacht. Mit unsereinem wollte er nix zu tun haben. Das beruhte allerdings auf Gegenseitigkeit. Halt, doch: Unser Geld wollte er natürlich. Anlegen! Dass ich nicht lache. Das hat Methode bei denen, die kleinen Leute zu bescheißen. Und was mich am meisten fuchst ist, dass ich Idiot ihm damals vertraut habe."

„Können Sie bitte meine Frage beantworten? Warum waren Sie zerstritten?"

„Wissen Sie, mein Bruderherz hat mal ein Essen gegeben für 10 Personen. Dafür hat er drei kanadische Hummer mit seinem Privatjet einfliegen lassen. Für die Vorspeise. Es gab Hummermousse, was ihn schlappe 8.000 Euro gekostet hat. Von dem Fraß hat jeder Gast zwei bis drei Teelöffel bekommen. Das gesamte Essen hat an die Fünfzigtausend gekostet. Aber so sind sie halt. Ich weiß, wovon ich rede. Und mein Bruder war ein besonders abscheuliches Exemplar dieser Gattung. Einmal hat er erzählt, dass die Politik das Flaschenpfand nur eingeführt hat, damit die unteren fünf Prozent der Gesellschaft nicht verhungern und hat sich dabei schlapp gelacht. Sein Lieblingsspruch war: ‚Eure Armut kotzt mich an'. Muss ich noch mehr sagen?" Nein, dachte Rauscher, das reicht wirklich.

„Herr Terzlaff, Sie schweifen ab."

„Ja klar, weil es wichtig ist. Sie müssen mal kapieren, was hier läuft und was solche Leute wie mein Bruder aus diesem Land machen. Zum Beispiel Hartz IV, das ist doch ein Testlauf der Wirtschaft und ihren Politikermarionetten. Die wollen ausprobieren, wie weit man eine ganze Gruppe Menschen aus der Gesellschaft ausgrenzen kann, ohne einen Volksaufstand zu provozieren." Tanja Heller seufzte und schaute Rauscher ratlos an.

„Stopp", rief Rauscher und hob beide Hände, „Ihre politische Meinung schön und gut, interessiert aber momentan nicht. Wenn das hier nicht läuft, lasse ich Sie vorladen. So einfach ist das." Terzlaff hielt inne. Rauscher erkannte Verbitterung in seiner Mimik. Frust. Wut.

„Okay", sagte Terzlaff anschließend, „was genau wollen Sie wissen?"

„Der Streit zwischen ihnen ...", fing Rauscher von vorne an. Terzlaff hob die Hand:

„Also: Er hat seinen eigenen Bruder ruiniert. So einfach ist das. Hat mir Versprechungen gemacht mit irgendeinem Fonds. Mich gelockt mit Renditen.

Mir mein Geld aus der Tasche gezogen und als er es hatte, hat er mich fallen lassen. Ausgerechnet diesen beschissenen Fonds, in dem ich all mein Geld hatte, hat es in der Finanzkrise am heftigsten getroffen. Über 95% Wertverlust. Also quasi weg. Dabei hat er ihn als sicher angepriesen. Angeblich ein breites Spektrum an Geldanlagen. Nur halt die falschen zur falschen Zeit am falschen Ort." Rauscher wartete einen Moment, bevor er weiterfragte:

„Warum haben Sie ihrem Bruder überhaupt das Geld anvertraut, wenn Sie ihn nicht leiden konnten?" Rauscher spürte, dass Terzlaff die Frage unangenehm war. Er wand sich und antwortete schließlich:

„Naja. Ich hatte Ärger im Job und mir irgendwie überlegt, wenn ich schnell eine hohe Rendite raushole, so wie es mein Bruder versprochen hatte, dann brauchte ich vielleicht nie mehr arbeiten, hätte das Häuschen abbezahlen können und so weiter. Der Traum ist leider geplatzt."

„Wie viel haben Sie insgesamt verloren?"

„185.000. Pi mal Daumen. Jetzt kann ich die Raten fürs Haus nicht mehr bezahlen."

„Kannten Sie Konstantin Verbeuten auch?"

„Auch so ein Arschloch. Die sind immer zu zweit aufgetreten. Als Erfolgsduo. Wo der eine war, war der andere nicht weit. Um sich herum haben sie ein Team aufgebaut. Angeblich alles Investmentprofis. Vertriebsprofis. Und so weiter. Nur: Auch die haben die Krise nicht verhindert. Und meinem Bruder war es egal. Der hatte seine Kohle längst kassiert."

Rauscher überlegte kurz:

„Sagt Ihnen der Name Kuhl etwas, Sebastian Kuhl?"

„Nie gehört."

„Anderes Thema: Sie sind Mitglied bei Querschuss Ginnheim?" Ralf Terzlaff zögerte, als wolle er herausfinden, was die Frage bezwecke.

„Ja, seit ich acht bin."

„Mit welchen Waffen schießen Sie dort?"

„Ich bin bei den Bogenschützen, schieße auf Turnieren mit Recurve- und Compound-Bögen."

„Sie wissen, wie Ihr Bruder und die beiden anderen Banker umgekommen sind. Was sagen Sie dazu?"

„Sie denken, ich habe ...", Terzlaff lachte auf einmal los.

„Wo waren Sie denn am 13., 20. und 21. Mai, jeweils zwischen 18 und 20 Uhr?" Terzlaffs Augen weiteten sich:

„Sie trauen mir tatsächlich zu ...?" Er schüttelte den Kopf. „Naja. Ich war hier. Wie immer."

„Und wer kann das bezeugen?" Terzlaff schien nachzudenken, bis er mit den Achseln zuckte:

„Niemand. Höchstens ein Nachbar oder eine Nachbarin vielleicht."

21

Es war soweit. Monika Lemberg betrat das Haus ihres Nachbarn, um es auf Vordermann zu bringen. Glänzen sollte es, so wie es Kathrine immer gemocht hat.

Kathrine! Monika seufzte. Ein unbeschreiblicher Verlust für alle, die sie kannten. Ein liebenswürdiger Mensch, eine tolle Frau, super Freundin. Immer hilfsbereit, gutmütig. Das Gegenteil von egoistisch. Sie war für alle anderen da, stellte ihre eigenen Interessen in den Hintergrund.

Für die Kinder in der Kita hatte sie vorgelesen, genau wie für die Alten im Seniorenstift. Oft hat sie sogar Kindergruppen zu sich nach Hause eingeladen und Spiele im Garten organisiert, Lesungen, gemeinsames Musizieren. Sie war in mehreren Vereinen engagiert, überhaupt war sie ein Gemeinschaftsmensch. Immer wenn viele Personen eine Gruppe bildeten und ein Ziel verfolgten, das es wert schien, hat sie sich eingebracht. Bei der Bürgerinitiative für den Campus Bockenheim genauso wie für den Erhalt der Bäume in der Hamburger Allee, als damals die Straßenbahn mitten hindurch gebaut wurde. Sie hat Kleidersammlungen für die Ukraine und Rumänien organisiert,

Gelder für Erdbebenopfer gesammelt und an Gedenkveranstaltungen für Aidsopfer teilgenommen. Natürlich hat sie sich auch immer um diejenigen gekümmert, denen es schlecht ging. Ein besonderes Anliegen war es ihr, ihre Mutter jahrelang zu pflegen. Und das Gleiche hätte sie für ihren Vater auch getan. Leider kam es nicht dazu, denn er ist von einem auf den anderen Tag gestorben, ohne Warnzeichen, nachts eingeschlafen. Der Mutter gefolgt ins Reich der Toten, um ihr dort wieder zu begegnen. Daran glaubte sie ganz fest.

Monika wusste, dass Kathrine immer eine starke Frau gewesen war. An Mut, diesen letzten Schritt zu gehen, hatte es ihr bestimmt nicht gemangelt. Aber was hatte sie dazu veranlasst, diese Welt und alle, die ihr nahe standen, zu verlassen? Diese Frage hatte sich Monika tausend Mal gestellt. Und genauso oft hatte sie keine Antwort und keine Erklärung gefunden. Es musste etwas Fürchterliches geschehen sein. Eine andere Erklärung gab es nicht. Nur was?

Monika musste an etwas anderes denken. Putzen, genau deshalb war sie hier. Jeder Winkel zeugte davon, dass dieses einstmals glückliche Haus seit fast acht Wochen keine Frau mehr gesehen hatte. Es wirkte trostlos und leer. Staub breitete sich auf den Regalen aus, hatte eine dünne Schicht gebildet. Es roch muffig. Und die Stille schien sich wie ein Belag über Möbel, Fliesen, Türen und Flure zu legen, sie einzuhüllen und nicht mehr loslassen zu wollen.

Monika hörte ihren eigenen Atem, sonst nichts. Unheimlich, dachte sie, wenn ein Mensch plötzlich nicht mehr da ist und die Umgebung zurücklässt, die er früher so lebendig ausgefüllt hat. Sie musste dafür sorgen, dass die Seele des Hauses nicht verloren ging.

Sie schüttelte ihre Gedanken ab. Die Arbeit rief. Im Haus kannte sie sich perfekt aus. Oft war sie Kathrine zur Hand gegangen, wenn die mal wieder überlastet war mit ihren Nebentätigkeiten.

Zunächst lüftete Monika durch, riss alle Fenster auf. Sie hatte das Gefühl, dass der Sauerstoff völlig verbraucht war. Auch im Schlafzimmer: Hier roch es nach ihm. Sie schnüffelte am Bettlaken, an seiner Shorts und dem Schlafanzugoberteil. Sie mochte diesen herben aromatischen Geruch nach Mann, sehnte sich ein wenig danach, denn schon lange hatte keiner mehr bei ihr übernachtet und seinen hinterlassen. Wer verliebt ist, fühlt sich unsterblich. Und genau dieses Gefühl fehlte ihr immens.

Aber sie hatte auch Skrupel. Konnte sie so einfach an Kathrines Stelle treten? Was würde sie dazu sagen? Immerhin war sie eine ihrer besten Freundinnen gewesen. Sie kam sich schlecht vor. Und doch: Vielleicht war es Kathrine sogar recht, dass sie sich um ihn kümmerte. Auf sie konnte sie sich verlassen, sie kannte sie. Jedenfalls besser, als wenn ihn sich ein dahergelaufenes Flittchen schnappen würde. Nein, das durfte nicht geschehen. Darauf würde sie achten.

Sie waren nicht nur Freundinnen, eher wie Schwestern, die sich gegenseitig unterstützten. In gewisser Weise gehörte sie zur Familie. Nahm an sämtlichen Familienfestivitäten teil, war in Familienangelegenheiten eingebunden, machte Familienausflüge mit. Denn selbst hatte sie keine. Keine Eltern mehr, die waren vor langer Zeit verstorben, keinen Mann und keine Kinder. Aber sie fühlte sich nie alleine, dank Kathrine.

Erst neulich hatte Monika in dem Buch eines Glücksforschers gelesen, dass Geld alleine nicht glücklich macht, ein Partner schon eher. Und in ihrem Fall kam nur ein Mann in Frage. Ein richtiger Mann. So einer wie Jerry.

Kaum waren die Fenster geöffnet, strömte frische Luft herein und mit ihr neue Energie und neues Leben. Sie atmete durch.

Dann legte sie eine CD auf, die sogleich durchs ganze Haus schallte. Eine jener Opern, die Kathrine so gern hörte. Monika kannte sich damit nicht aus. Hauptsache Herzschmerz und Melodramatik, das machte die Knie weich und das Putzen ging fast wie von selbst.

Monika ging in die Abstellkammer und holte die Putzsachen. Sie füllte den Eimer mit Wasser und einem Spritzer Duftmeister. Einmal nass durchwischen, das würde dem Haus gut tun, die Staubschicht entfernen und das Parkett wie neu erscheinen lassen.

Im oberen Stockwerk brauchte sie eine halbe Stunde für sein Büro und das Zimmer, das als Kinderzimmer vorgesehen war, wenn Kathrine nur schwanger geworden wäre. Monika wusste, dass sie es ständig probiert hatten, aber es sollte wohl nicht sein. Das war eines der großen Probleme zwischen den beiden gewesen.

Dann nahm sie sich das Ankleidezimmer vor und schließlich das Schlafzimmer. Wie es hier aussah. Überall lagen Klamotten und dreckige Handtücher. Der Schrank war gähnend leer. Das würde dauern, alles auf Vordermann zu bringen.

Als sie das Bett lüften wollte und die Bettdecke zurückschlug, erschrak sie. Dort lag ein Nachthemd, das sie stark an Kathrines erinnerte. Zudem ein halb zerfetztes Damen-Shirt, eine Frauensocke und auch ein unidentifizierbares Knuddeltier, das Kathrine immer ‚Häschen' genannt hatte. Monika war sichtlich irritiert. Sie ordnete die Sachen und verstaute sie wieder unter der Bettdecke. Schlief Jerry damit? Oder was sollte das? Seine Liebe zu ihr musste wirklich grenzenlos gewesen sein.

Beim Hinausgehen lief sie am Wandspiegel vorbei, drehte sich zur Seite und betrachtete ihre Figur. Passabel, wie sie fand, besonders der obere Teil. Die Argumente, die die meisten Männer liebten, trug sie in üppiger Weise vor sich her und war damit zufrieden. Fast ein wenig stolz.

Im Anschluss brauchte Monika eine Stunde für das Erdgeschoss mit Küche, Wohnzimmer und großem Flur. Zwischendrin wechselte sie dreimal das schwarz gewordene Wasser und einmal die CD. Sie legte Adele auf. Diese Stimme. Diese Kraft und Power. Sie tanzte zur Musik.

Als nur noch das Badezimmer vor ihr lag, war die Putzmittelflasche leer. Sie stellte den Wischmob ab und überlegte. Mittendrin aufhören kam nicht in Frage. Sie ging in die Abstellkammer und suchte im Regal nach einer neuen Flasche. Nichts. Kathrine hatte in der Regel im Keller einen Vorrat an allen möglichen Putzutensilien. Die Kellertür war abgeschlossen. Merkwürdig, dachte Monika, das hatte sie noch nie erlebt in diesem Haus der offenen Türen. Hier war jeder gerne gesehen und wurde herzlich empfangen. Ganz so, als gehöre er zur Familie.

Monika war schon dabei hinüberzugehen, um ihr eigenes Putzmittel zu holen, als ihr einfiel, wo Kathrine ihre Schlüssel aufbewahrte. In der obersten Schublade der Kommode im Flur, in einer Schachtel. Gleich auf den ersten Blick fand sie einen Schlüsselbund, an dem einer jener alten Schlüssel hing, der zur Kellertür passen könnte. Und siehe da: Er passte! Sie machte Licht und ging die Treppe hinunter.

Hier war sie bislang höchstens dreimal gewesen und das war schon sehr lange her. Sie lief den Flur entlang. Rechts und links gingen mehrere Räume ab. Der erste rechts war der Heizungsraum, in den durch ein kleines Kellerfenster Licht schien. Gegenüber stand die Waschmaschine, der Trockner und zwei leere Wäscheständer. Daneben war der Lagerraum, in den sie hineinspähte. Hier gab es Dosen mit Bohnen, Mais, Tomaten und auch Tetra-Paks mit haltbarer Milch, aber nirgends Putzmittel. Pech gehabt. Sie musste Jerry Bescheid sagen, damit er welches besorgen konnte. Also musste sie heute doch ihr eigenes Putzmittel holen. Sie ging hinaus und im Flur blieb sie stehen. Da war noch eine Tür. Den Raum kannte sie gar nicht. Was mochte da drin sein? Vielleicht sein Arbeitsraum? Kathrine hatte mal von seiner Kellerwerkstatt gesprochen und dass er Stunden damit zubringen konnte, irgendwelche Dinge zu bauen oder zu basteln. Soweit Monika wusste hat auch Kathrine nie den Raum betreten. Das war sein Refugium, sein persönliches Territorium.

Monika hielt einen Moment inne und überlegte kurz. Dann siegte die Neugier und sie drückte den Türgriff herunter. Abgeschlossen. Komisch, dachte sie, warum schließt er die Tür ab? Jetzt, wo er hier alleine wohnte. Hatte er etwas zu verbergen?

Monika bückte sich. Es war eines jener alten Schlösser, durch die man hindurchgucken konnte. Von links fiel ein Spalt Tageslicht herein. Schemenhaft erkannte sie einen Arbeitstisch, auf dem Werkzeug und weitere Gerätschaften lagen, die sie nicht kannte. Daran war etwas montiert, was wie ein Schraubstock aussah, in den Holz gespannt war. Bastelte Jerry? Sie weitete ihr Auge, um besser sehen zu können. In ihrer Vorstellung sah sie ihn mit seinen zukünftigen Kindern im Garten einen Drachen aus Holz bauen, geschmückt mit selbstbemaltem Papier und einem bunten Schweif. Sie freute sich und nahm sich vor, ihn zu fragen, was er dort im Keller baute. Schließlich erhob sie sich und ging wieder hoch.

Nachdem sie ihr Putzmittel geholt hatte, wischte sie fix durchs Bad, polierte die Armaturen und machte das Klo sauber. In der Küche machte sie den Abwasch, wischte die Küchenschränke nass aus. Wäsche und Vorhänge nahm sie sich für ein andermal vor. Bügeln musste sie auch, aber das wollte sie morgen oder übermorgen erledigen. Jetzt war sie zu groggy und außerdem hungrig. Sie freute sich auf ihr asiatisches Gemüse mit Garnelen. Lecker, dieses Thai-Basilikum, Auberginen, Paprika, Karotten, Bambussprossen. Und alles in himmlischer Kokosmilch.

Nach vier Stunden machte sie sich – im wahrsten Sinne des Wortes – aus dem Staub. Sicherheitshalber steckte sie den Bund mit den Kellerschlüsseln ein. Man konnte ja nie wissen. Sie war sehr gespannt, ob und wie er auf das in neuem Glanz erstrahlende Haus reagieren würde. Sie nahm sich vor, ihn solange zu verwöhnen, bis er angebissen hatte. Und dann würde sie ihn nie mehr loslassen.

22

Von der Miquelallee bog Rauscher Richtung Senckenberganlage ab und dann in die baumbeschattete Sophienstraße. Bockenheim. Sein Stadtteil. Hier kannte er sich aus.

Auf der Fahrt hatten sie zunächst geschwiegen. Rauscher wollte Tanja kennenlernen, war gespannt, ob sie von sich aus zu Terzlaffs Befragung Stellung beziehen würde. Ihn interessierte natürlich ihre Meinung. Ihre Einschätzung, ob es sich bei ihm um einen potentiellen Mörder handeln konnte? Keine zehn Sekunden später eröffnete sie das Gespräch:

„Komischer Kauz, der Terzlaff. Ich würde ihm alles zutrauen. Was meinst du?“

„Sehe ich genauso. Aber wir dürfen uns nicht von Äußerlichkeiten leiten lassen. Wichtig sind die Fakten. Sprich: Hatte er ein Motiv?"

„Wenn es stimmt, dass ihn sein Bruder ruiniert hat, dann hatte er sogar ein sehr gutes. Nur: Das gilt meiner Meinung nach nur für den ersten Mord. Aber trifft es auch für die anderen beiden zu?"

„Verbeuten war Armando Terzlaffs Kompagnon. Da ist ein Zusammenhang ersichtlich. Bei Kuhl fehlt er bislang. Da müssen wir nachhaken."

Rauscher ließ die Neuapostolische Kirche rechts liegen, fuhr den Straßenbahngleisen folgend in die Franz-Rücker-Allee und bog rechts ins Diplomatenviertel. In der Zeppelinallee fand er sofort einen Parkplatz, direkt vor Armando Terzlaffs Haus. In der Mitte der Straße war ein breiter Grünstreifen mit hohen Hecken und Sträuchern, fast wie ein kleiner Park. Keine dreißig Meter entfernt hatte Terzlaff vor genau neun Tagen sein Leben verloren.

Die Terzlaffs hatten zu zweit gelebt, ohne Kinder, in einer schnuckligen Stadtvilla. Hier schien die Welt noch in Ordnung: grüne Vorgärten, blühende Bäume, idyllische Rasenanlagen, traditionelle Stadtarchitektur. Eine Frau führte ihren Hund Gassi und telefonierte dabei.

Als Rauscher ausstieg, spürte er die warme Luft im Gesicht und ihn befiel zum ersten Mal an diesem Morgen ein Gefühl, das ihn sich fragen ließ, warum er jetzt nicht bei Elke war, bei seiner kleinen Familie, die er sich aufgebaut hatte und die ihn brauchte. Sein Handy klingelte. Der Chef persönlich. So früh am Morgen meldete er sich nur, wenn er wirklich was auf dem Herzen hatte:

„Rauscher, mir liegt eine Beschwerde der Internen Ermittlung vor. Sie seien unkooperativ." Rauscher sammelte sich, um nicht übers Ziel hinauszuschießen:

„Bei allem Respekt, Herr Markowsky, aber ich habe den Kollegen Solms lediglich an Sie verwiesen, um Details bezüglich Thaler abzuklären."

„Das ist es ja eben. Solms nervt mich seit heute früh. Der ist wie ein Terrier. Und einfach Abwimmeln geht auch nicht. Wir müssen diplomatisch vorgehen. Außerdem muss ich mir die Presse vom Hals halten. So hatte ich mir das nicht vorgestellt."

„Herr Markowsky, Sie haben mich persönlich aus dem Urlaub geholt, um die Mordserie aufzuklären und genau daran arbeite ich gerade. Können wir uns darüber später unterhalten?“

Markowsky holte tief Luft und seine Stimme klang plötzlich außerordentlich besonnen: „Schon gut. Sie haben ja so recht, Rauscher. Ich wollte Ihnen noch mitteilen, dass ich für morgen eine Pressekonferenz angesetzt habe, an der Sie als Leiter der Soko Robin teilnehmen werden. Außerdem habe ich dem HR ein Interview mit Ihnen versprochen. Sozusagen live von der Front. Das könnte etwas zur Beruhigung beitragen.“ Tolle Aussichten, dachte Rauscher, der Chef schickte ihn vor. Vielen Dank auch Herr Markowsky hätte er am liebsten gesagt, ließ es aber. Er wollte nicht provozieren. Sie waren angesichts der Lage alle etwas angespannt.

Markowsky verabschiedete sich. Rauscher steckte das Handy ein und beobachtete Tanja, die die Gegend inspizierte. Die flinken Bewegungen, das schmale Gesicht. Sie hatte etwas Quirliges und strahlte etwas aus, das ihn wieder an Elke vor ihrer Schwangerschaft erinnerte.

„Hier ist ja wirklich so gut wie niemand auf der Straße“, holte ihn Tanja Heller aus seinen Gedanken in die Gegenwart zurück.

„Ja, sicher. Reine Wohngegend. Und teuer.“

„Kein Wunder, dass keiner was gesehen hat. Die verschanzen sich alle in ihren Villen.“ Tatsächlich wirkte das Diplomatenviertel an diesem Vormittag wie ausgestorben.

Sie schauten sich um und rekonstruierten den Tathergang. Kontrollierten das Gebüsch, in dem Terzlaff aufgefunden und die Stelle, von der vermeintlich geschossen worden war. Gab es hier noch Spuren, die die Kollegen übersehen hatten? Nicht sehr wahrscheinlich, aber Rauscher wollte sich trotzdem ein Bild machen von dem Ort des ersten Mordes.

Von Terzlaffs Grundstück hörten sie plötzlich eine Stimme, die holprig klang: „Entschuldigung, aber was machen Sie hier?“ Eine Frau in schwarzer Bluse und Hose trat aus der Haustür. Sie hatte die Arme verschränkt vor der Brust, als sei ihr kalt. Ihre Fingernägel waren blutrot lackiert. Sie warf eine Kippe auf die Straße und trat sie aus. Rauscher stellte sich und seine Kollegin vor.

„Die Polizei wieder?“ Ein leicht befremdlicher Blick sprach aus ihren Augen. „Ich bin Ina Terzlaff. Es ist alles so schrecklich.“

Die zierliche Witwe legte nervös eine blonde Haarsträhne hinters Ohr und betrachtete die beiden mit Inbrunst und einer verzweifelten Hoffnung, als könnten sie ihren Mann wieder zum Leben erwecken. Müde und erschöpft wirkte sie, empfand Rauscher, als er ihr Gesicht besser sehen konnte, denn sie war nähergetreten. Wie eine scheue Katze. Er fragte sich, ob die Augenringe von der Trauer stammten oder vom Alter.

„Was suchen Sie denn noch hier?“ Ina Terzlaff echauffierte sich, als seien die beiden in ihr persönliches Revier eingedrungen, in einen intimen Bereich, den sie schleunigst wieder zu verlassen hatten.

„Spuren, Hinweise, Informationen“, erklärte Rauscher. „Einfach alles, was uns weiterbringen könnte.“

„Aber letzte Woche war doch ein ganzer Trupp von ihnen hier und hat stundenlang alles abgesucht und alle verhört“, gab Frau Terzlaff zu bedenken, zündete sich eine neue Zigarette an und verschränkte den Arm wieder vor der Brust, als wolle sie sich vor etwas schützen. „Können Sie ihn, ich meine die Seele meines Mannes, nicht endlich in Frieden ruhen lassen? Genau das hat er sich zeitlebens gewünscht und nie hinbekommen: inneren Frieden und Ruhe.“

„Wie meinen Sie das?“ Frau Terzlaff nahm einen tiefen Zug und ließ den Rauch langsam wieder entströmen.

„Er war ein Macher“, kommentierte Ina Terzlaff. „Irgendetwas war in ihm, das ihn hetzte und immer voran trieb. Er konnte einfach nicht entspannen und sich auf den Erfolgen ausruhen. Wenn er ein Ziel erreicht hatte, setzte er sich sofort ein neues und nahm es in Angriff. So war er. Anders konnte er nicht. Ich wünsche mir sehr, dass er nun endlich zur Ruhe kommt.“ Nach nur fünf oder sechs Zügen trat sie die Kippe wieder aus.

„Hatten Sie eigentlich Einblick in die Geschäfte Ihres Mannes?“

„Genauen Einblick nicht. Aber in den letzten Tagen habe ich mir immer wieder den Kopf zerbrochen, dass da was nicht stimmen könnte.“

„Was genau meinen Sie damit?“, schaltete sich Tanja Heller ein.

„Sonst hätte es doch im letzten Jahr die Klagewelle der Kunden nicht gegeben.“

„Wissen Sie, worum es da ging?“, bohrte Tanja nach, doch Frau Terzlaff schüttelte den Kopf.

„Sie gehen also davon aus, dass der Tod ihres Mannes mit seinen Geschäften zu tun hat?“

„Womit denn sonst?“

„Wer außer ihm und Verbeuten hat noch Einblick in die Geschäfte?“, übernahm nun Rauscher wieder.

„Da müssen Sie Dellbrück fragen. Und Rethmann. Und vielleicht auch diesen Griechen, wie heißt er noch? Ich kann mir seinen Namen einfach nicht merken.“

„Werden wir tun. Wie gut kannten Sie eigentlich Konstantin Verbeuten?“

„Naja“, sie zuckte mit den Achseln, „wie man eben den engsten Freund und Geschäftspartner seines Mannes kennt. Wir waren öfter zusammen unterwegs. Wochenendtripps nach Sylt, Paris, an die Côte d’Azur. Die mochte er besonders. Da lernt man sich schon ein wenig kennen.“

„Und wie war er?“

„Korrekt, fleißig, strebsam. Genau wie mein Mann.“

„Kannten Sie das dritte Opfer auch, Sebastian Kuhl?“

„Nie gehört.“

„Und Ralf Terzlaff? Wie war das Verhältnis ihres Mannes zu seinem Bruder?“ Rauscher spürte, dass Frau Terzlaffs Augen Halt suchten, etwas, woran sie festmachen konnte, warum er nach dem Bruder fragte.

„Welches Verhältnis? Die beiden hatten quasi keinen Kontakt seit Ralf sein Geld verloren hatte. Und immer wenn sie sich danach gesehen haben, endete es im Streit. Waren wie Katz und Maus. Es gab keine Basis mehr, auf der sie sich vernünftig unterhalten konnten. Ich habe mich da völlig rausgehalten und weiß auch nicht, was da eigentlich passiert war. Aber weshalb interessieren Sie sich für Ralf?"

„Routinefrage", wich Rauscher aus. Er wollte nicht preisgeben, dass Ralf Terzlaff der Erste mit brauchbarem Motiv war. Aber dass er eine heiße Spur war, wurde immer offensichtlicher.

Rauscher sah Tanja Heller an. Da sie keine Anstalten machte, weitere Fragen zu stellen, signalisierte er, dass er aufbrechen wollte, weil noch weitere Termine auf dem Programm standen.

Er bedankte sich bei Frau Terzlaff für ihre Zeit und erkannte, dass einige Tränen die Wange herunterrollten und sie sich gerade die dritte Zigarette ansteckte:

„Komisch", sagte sie plötzlich in einem Ton, wie man zu sich selbst spricht. Sie blies Rauch in die Luft und wirkte in diesem Moment in sich gekehrt, denn sie starrte ins Leere. „Ich hatte immer nur Angst um die Firma, dass dort etwas schiefläuft oder dass das Geld weg ist. Um ihn hatte ich nie Angst. Und jetzt ist er tot."

Dass dort etwas schiefläuft. Frau Terzlaffs Abschiedsworte fanden einen Nachhall in Rauschers Kopf, als er bereits mit Tanja Heller im Wagen saß und Richtung Dichterviertel im Dornbusch, dem Tatort des zweiten Mordes, losgefahren war. Sie mussten herausfinden, was dort schief lief. Auf der Höhe der Bundesbank, wandte sich Rauscher deshalb nach rechts an seine neue Kollegin:

„Wolltest du dich nicht immer schon mal um deine Altersvorsorge kümmern? Die hast du doch bestimmt noch nicht geregelt."

„Warum interessierst du dich plötzlich für meine Altersvorsorge?"

„Ich sorge mich um deine Zukunft. Wie wäre es mit einem Beratungsgespräch?"

„Bei Money Inc.?" Tanja grinste.

„Gute Idee."

„Die haben kompetente Leute, hab' ich gehört. Der eine oder andere wird zwar um die Ecke gebracht, aber da sitzen bestimmt noch mehr rum."

„Genau. Mich würde interessieren, ob sie dich kompetent beraten? Welche Geldanlagen sie dir anbieten? Oder ob sie dir nur ihre eigenen Fonds verkaufen möchten?"

„Ja doch. Je länger ich darüber nachdenke. Könnte nichts schaden, wenn ich mich mal um meine Zukunft kümmere."

23

Liebe Kathrine,

wenn ich mich zurück erinnere, wie wir uns kennengelernt haben, schöpfe ich neue Kraft. Dieser Tag eröffnete den schönsten Teil meines Lebens. Ich werde ihn nie vergessen.

Es war auf einer Geburtstagsfeier bei deiner damaligen besten Freundin, einer guten Bekannten von mir, die ins Strandbad am Main geladen hatte. An diesem Abend wimmelte es dort von aufgebrezelten Stubenfliegen. Du weißt schon, diese Frauen mit den riesigen Sonnenbrillen, die alle aussahen wie Puck, die Stubenfliege.

Du warst die einzig Normale. Ich sah dich in deiner weißen Bluse, die deine Figur betonte und den unschuldig über die Schultern fallenden hellbraunen Haaren. Meine erster Gedanke: Das gefällt mir. Der zweite: sehr gut sogar.

Die Luft war für Frankfurter Verhältnisse heiß und der Sekt floss in Strömen. Die Musik des DJ's wogte zwischen all den Tanzenden, ließ sie die Welt drum herum vergessen und der Beat beschleunigte sich mit zunehmender Uhrzeit.

Plötzlich war da so ein Typ, schon ziemlich angetrunken, der sich für den Schönsten hielt und sich einen Spaß daraus machte, alle Frauen auf den Mund zu küssen. Die Puck-Frauen fühlten sich begehrt, ließen es gerne geschehen und witzelten mit ihm. Nur du nicht. Du hast ihn Arschloch genannt und ihm eine geklebt. Das hat mir imponiert. Ich nahm dich an der Hand und zog dich zur Seite, um einen handfesten Streit zu vermeiden.

Ich war ein bisschen fahrig und flapsig an dem Abend und wusste nicht, was ich mit dir reden sollte. Aber das brauchte ich auch nicht, denn du hast sofort die Initiative ergriffen, meine Hand genommen und abseits der Tanzfläche einen ruhigen Platz gesucht. Wir lagen auf zwei Sonnenstühlen, die am Rande der Anlage im Sand standen, genossen die Stimmung und du hast mir die ganze Zeit von deinen Plänen vorgeschwärmt. Deutschlehrerin wolltest du werden. Wie schön du dir das vorstellst, Kinder zu unterrichten. Ich glaube, ich habe den ganzen Abend nur genickt, gebannt zugehört und war begeistert von deiner offenen Art, deiner Weltsicht. Sie hat mich angesteckt wie ein schweres Fieber. Ich war sofort Feuer und Flamme.

Einen Tag später habe ich dich angerufen. Wir haben drei Stunden telefoniert und uns dann getroffen in deiner Studentenbude. Ich glaube, seit dieser Nacht gab es keine zehn weiteren Nächte, die wir nicht zusammen verbracht haben. Bis zu jenem Tag vor acht Wochen. Doch auch jetzt noch spüre ich dich bei mir. Du bist ganz nah. Und bald sind wir wieder ganz vereint.

24

Seit Terzlaffs Tod schlief Jens Dellbrück schlecht. Seit Verbeutens Tod so gut wie überhaupt nicht mehr. Nur Schlaftabletten vermochten es, ihn in einen kurzen, von Träumen gehetzten Schlaf zu führen. Und Sebastian Kuhls Tod trug auch nicht gerade zur Verbesserung dieser Situation bei.

Heute Morgen hatte er zwei Wachmacher gebraucht, um auf die Beine zu kommen und ins Büro gehen zu können. Money Inc. musste weiterlaufen. Die Kunden wollten betreut, die Gelder angelegt und gemanagt werden. Die Geschäfte liefen gut, auch wenn seit der Finanzkrise die Unwägbarkeiten zugenommen hatten und es zunehmend schwieriger geworden war, Kunden von den eigenen Produkten zu überzeugen. Besonders die risikobehafteten Anlagen benötigten immer mehr Beratungsbedarf.

Dellbrück saß morgens schon sehr früh an seinem Schreibtisch. Drei Tote. Er musste sich eingestehen, dass die Dinge völlig aus dem Ruder gelaufen waren. Die Gedanken kamen ins Rasen, tausend W-Fragen belagerten wieder einmal sein Gehirn, schossen giftige Pfeile ab, die ihn nicht mehr zur Ruhe kommen ließen.

Warum?

Wie hatte alles angefangen?

Weshalb war die Situation dermaßen eskaliert?

Und wieso hatten sie die Lage nicht wieder in den Griff bekommen?

Vor etwa drei Wochen war es, als Terzlaffs Bruder Ralf plötzlich vor ihm gestanden, eine Pistole gezogen, ihm den Lauf mitten ins Gesicht gehalten und sein Geld zurück gefordert hatte. Es war ein Leichtes für ihn gewesen, als Armando Terzlaffs Bruder bis in die oberen Etagen vorzudringen. Mit Mühe und Not hatten sie ihn gemeinsam überzeugen können, von seinem Vorhaben Abstand zu nehmen. Aber wer wusste schon, wer als nächster vor ihnen stehen würde?

Ralf Terzlaff hatte vor zwei Jahren auf Anraten seines Bruders in einen ihrer Portfolio-Fonds investiert. Eine nicht unerhebliche Summe für seine Verhältnisse. Der Fonds wurde im Prospekt als wertsteigernde Anlage ohne großes Risiko angepriesen, weil die Gelder breit gestreut in internationale Immobilien, Schiffs- und Private Equity-Beteiligungen investiert wurden. Dann war die Finanzkrise wie ein Tsunami durch den Fonds gefegt und hatte sämtliche Werte ausradiert. Die Immobilien standen in Florida und an Spaniens Südostküste. Und gerade dort hatten die Preise einen Kahlschlag erlebt. Die Frachtraten der globalen Schiffstransporte waren im Vorfeld der Wirtschaftskrise eingebrochen, Schiffe wurden stillgelegt, ganze Flotten sogar. Und mit ihnen verloren die Beteiligungen ihren Wert. Es war ein Desaster. Ganze Reedereien waren bankrott gegangen. Der vermeintliche Vorteil des Fonds, die breite Streuung, hatte sich ins Gegenteil verkehrt und als explosiver Mix herausgestellt. Und Ralf Terzlaff hatte insofern Pech gehabt, weil er sein gesamtes Geld in einem einzigen Fonds hatte, nämlich jenem, den es Anfang des Jahres am heftigsten erwischt hatte. Und nun war er nahezu pleite. Aber konnte man ihm deshalb mehrere Morde zutrauen?

Unglücklicherweise war Ralf Terzlaff nicht der Einzige, dem es so ergangen war. Es hatte noch mehrere getroffen. Die meisten Anleger versuchten, ihr verlorenes Geld vor Gericht einzuklagen, aber damit hatten sie keine Chance. Die Fondsprospekte enthielten alle notwendigen Informationen. Die Beratung von Money Inc. war hieb- und stichfest. Das Geschäftsmodell völlig legal.

Wenn die Gier nach Rendite zu groß wird, verliert der besonnenste Anleger den Überblick, sagte Dellbrück gebetsmühlenhaft jedem, der es hören oder auch nicht hören wollte. Aber das war nicht Dellbrücks Problem. Seines lag darin, dass er nicht wusste, wie es weitergehen sollte. Dass er permanent darüber nachdachte, wer hinter den Morden stecken konnte. Und jetzt dieser Drohbrief. Sollte er ihn der Polizei zeigen? Die würden kommen und dumme Fragen stellen.

Er überlegte, ob er dem Täter und Briefverfasser ein Signal senden sollte. Aber wie? Er könnte eine fingierte Pressemeldung lancieren. Oder der Presse gleich ein Interview geben. Das würde ganz nebenbei für etwas positive Publicity sorgen. Aber konnten sie derzeit überhaupt Publicity gebrauchen? Eindeutig nicht. Es reichte schon, wenn in jedem schäbigen Provinzblatt im gesamten Rhein Main-Gebiet ständig über die Banker-Morde berichtet wurde. Das war ein öffentlichkeitswirksamer Albtraum für die Branche. Eine PR-Apokalypse, ein kommunikativer Overkill.

Also lieber erst einmal die Bälle flach halten und sich um naheliegende Angriffsziele kümmern. Vielleicht steckte ja doch dieser Ralf Terzlaff dahinter? Vielleicht waren ihm sämtliche Sicherungen durchgebrannt, mutmaßte er.

Dellbrück spürte ein Unbehagen unterhalb der Schädeldecke. Die Gehirnzellen strotzten nur so vor Energie. Klasse Pillen, dachte er, und nahm nur noch diese unermessliche Stille wahr. Hoch oben über Frankfurt. Von seinem Büro im 26. Stock hatte er nahezu einen Rundumblick. Nur eine Glasscheibe trennte ihn von der Illusion der totalen Freiheit über den Dächern der Stadt.

Der Blick hinaus gab ihm inneren Frieden. Er spürte so etwas wie Harmonie, die er in den letzten acht, neun Tagen schmerzlich vermisst hatte.

Und dann sah er draußen eine Wolkentreppe, die zu einer Geheimtür in den Himmel führte. Würde auch er diese Stufen nehmen müssen? Würde er den anderen folgen? Würde der Täter dann Ruhe geben?

Als das Telefon klingelte, bekam er einen Schrecken. Er war empfindlich nervös seit den Vorfällen der letzten Woche. Zu nervös. Das war eine Entwicklung, gegen die er unbedingt etwas unternehmen musste.

Dellbrück nahm ab und hörte die vertraute, liebliche Stimme von Ina Terzlaff, die ihm so etwas wie Behaglichkeit suggerierte.

25

Der Rest des Vormittags verlief für Rauscher ernüchternd. In der Kita Bockenheim bestand Ines Grawitz darauf, nicht den geringsten Verdacht zu haben, von wem das Päckchen mit dem Geld stammen könne. Sie hatte die vergangenen Wochen, Monate, sogar Jahre Revue passieren lassen, aber nicht einen vernünftigen Hinweis gefunden, der sie auf eine Spur hätte bringen können. Niemand schuldete der Kita etwas. Niemand sponserte sie. Niemand hatte sich etwas zuschulden kommen lassen, um diese Schuld zu begleichen. Weit und breit war kein Gönner zu sehen und ein solch gut betuchter schon gar nicht. Es gab einfach keinen Vorfall, der eine solche Schenkung – und darum handelte es sich ja – gerechtfertigt hätte.

Nach dem Besuch kamen Rauscher und Tanja überein, weitere Nachforschungen anzustellen. Es musste einen Grund geben, warum ausgerechnet diese Kita das Geld bekommen hatte.

Der Ausflug ins Dichterviertel im Dornbusch, wo Konstantin Verbeuten alleine lebte, brachte auch keine neuen Erkenntnisse. Der Tatort sah wie geleckt aus, als hätte ihn jemand eigens geschrubbt. Im noblen Dichterviertel schien die Kommunale Stadtreinigung Frankfurts besonders gründlich vorzugehen. Das Haus stand jetzt leer. Passanten kamen keine vorbei, die sie hätten befragen können. Die Nachbarin zeigte ihnen, wo der Mann gestanden und geschossen hatte und wiederholte lediglich im selben Wortlaut ihre Aussage, die sie bereits zu Protokoll gegeben hatte.

Den Weg hätten sie sich sparen können, dachte Rauscher und wollte gerade den Weg zu Querschuss Ginnheim einschlagen, als sein Handy wieder klingelte. Er erschrak. Aber es war nicht Elkes Nummer, sondern die aus Jan Krauses Büro.

„Wo steckt ihr?", fragte Krause.

„Im Dichterviertel, also quasi um die Ecke, wieso?"

„Kommt mal ins Präsidium. Ich hab was für euch."

26

Liebe Kathrine,

ich sehe sie immer noch jeden Tag vor mir: Terzlaff, der Halsabschneider mit dem Businessblick. Verbeuten, der Biedermann mit der kalten Stimme. Dellbrück, die Elster mit dem zupackenden Schnabel. Und jetzt habe ich herausgefunden, dass Rethmann, der Überhebliche, und Arakis, die Arroganz in Person, auch mit drin hängen. Glaub mir, sie werden bezahlen! Diese Höllenhunde haben dich auf dem Gewissen. Ich kann diese erbärmlichen Fratzen nicht mehr sehen. Sie widern mich an.

Manchmal denke ich, ich bin der Einzige in der Stadt, der Gutes tun will. Aber das ist mir egal, denn die Sache fängt langsam an, Spaß zu machen. Es entwickelt sich ein süffisanter Reiz, gewissen Herren die Leviten zu lesen. Dabei will ich es eigentlich nur hinter mich bringen, um wieder bei Dir sein zu können.

27

Krause saß auf seinem Schreibtischstuhl und wedelte mit einem DINA4-Zettel, der in einer Plastikhülle steckte, als Rauscher und Tanja Heller hereinkamen.

„Von der Seniorenresidenz Bockenheim. Die haben heute ebenfalls einen Umschlag bekommen. Etwa 30.000 Euro. Und natürlich wieder sein Spruch."

„Die Bockenheimer scheinen grundehrliche Leute zu sein, dass die alle so viel Geld der Polizei übergeben“, sagte Rauscher.

„Genau, die Kollegen im Bockenheimer Polizeirevier witzeln auch schon. Aber mal im Ernst. Die Bevölkerung ist sensibilisiert. Durch die Zeitungen kennen sie den Fall inzwischen.“

„Woher stammt das Geld eigentlich?“

„Na, er hat Terzlaffs und Verbeutens Autos verkauft. Die Fahndung danach läuft längst.“

„Dann schau bitte nach, ob die Autos zwischenzeitlich aufgetaucht sind. Und außerdem müssen wir rausfinden, warum er die Kita und die Seniorenresidenz ausgewählt hat. Vielleicht gibt es einen persönlichen Bezug. Klemm dich bitte dahinter. Hast du Konetzkes Liste inzwischen?“

„Nein.“

„Okay, Planänderung. Tanja, du fragst bei Konetzke nach und nimmst dir dann die Firma Money Inc. vor. Alle Kläger. Vielleicht kommen wir sogar an die Namen aller Kunden, die in diesen Pleitefonds investiert haben.“

„Soll ich wirklich alle persönlich befragen?“

„Erst mal nicht. Vielleicht findest du was Auffälliges. Einen Namen, der dir bekannt vorkommt. Alles, was dir auffällt, könnte interessant sein.“

„Und wenn ich nichts finde?“

„Dann werden wir nicht drum herum kommen, uns mit allen zu unterhalten.“ Tanja nickte, notierte sich ihre Aufgaben und wollte schon in ihr Büro gehen, als Jan Krause den Arm hob.

„Nicht so voreilig. Da ist noch was. Sebastian Kuhls Konto zeigt eindeutig, dass er unregelmäßig Zahlungen von Money Inc. erhalten hat.“ Krause grinste. Rauschers Augenbraue zuckte. Da war sie, die Verbindung. Er quittierte Krauses Statement mit einem anerkennenden Lächeln:

„Gut gemacht, Jan!“ Krause fühlte sich geschmeichelt, schaute schnell zu Tanja hinüber, die die Augen weitete, und fuhr dann fort:

„Im letzten Jahr hat ihm Money Inc. achtzehn Mal Geld überwiesen.

Die Höhe der Beträge ist unterschiedlich und reicht von zweihundert bis fünftausend Euro." Tanja schaltete sich ein:

„Was ist das für Geld? Schweigegeld? Schmiergeld? Provisionszahlungen?"

„Tippe auf Letzteres", sagte Rauscher, „können wir das ermitteln? Sprich mit seinen engsten Mitarbeitern bei der Bank, Jan. Vielleicht haben die was mitbekommen. Okay?"

„Wird erledigt, Chef!" Er salutierte vor Rauscher und zwinkerte mit den Augen. „Habt ihr mit dem Bruder gesprochen?"

Rauscher klärte Krause über die Gespräche mit Ralf und Ina Terzlaff auf. Sein Handy klingelte. Karsten Quast wollte ihn sprechen.

Krause ging wieder an seinen Job, während Rauscher Tanja signalisierte, dass sie kurz mitkommen solle ins Kriminaltechnische Institut. Keine zwei Minuten später standen sie vor dem Gerichtsmediziner.

Karsten Quast begrüßte Tanja Heller und gab ihr die Hand. „Frische Kräfte sind hier immer willkommen." Rauscher war baff. Nie zuvor hatte er bei Quast diesen Ton gehört. Tanja Heller nickte und lächelte nett, wodurch ihr schmales Gesicht ein wenig runder und fraulicher aussah.

„Hi", sagte sie, „was gefunden?"

„Ja, einiges. Also", Quast wandte sich nun wieder seinem Job zu. „Verbeuten hat sich letzte Woche mehrfach mit Koks zugedröhnt. Und zwar in einer Menge, die auf dauerhafte Drogeneinnahme hinweist, sonst hätte er die Dosen sicher nicht überlebt." Rauscher schaute Tanja an, die ein nachdenkliches Gesicht machte:

„Vielleicht konnte er nur so über Terzlaffs Tod hinwegkommen?", sagte sie.

„Oder er war hochgradig abhängig", meinte Rauscher.

Nun übernahm wieder Quast:

„Noch was Interessantes: Bei Kuhl haben wir zwar auch Koks gefunden, aber das ist noch nicht alles: Es gibt auch Rückstände anderer Medikamente, Aufputschmittel, Beruhigungspillen und so weiter. Das ganze Programm an Upper und Downer, das man sich vorstellen kann. Und jetzt kommt's: Er hatte noch einen ziemlich hohen Spiegel an Mephedron im Blut." Da ihn Rauscher und Tanja Heller mit fragendem Blick anschauten, machte er gleich weiter:

„Eine neuartige synthetische Droge, in der Szene kurz Meph oder Miau genannt. Sowas wie Ecstasy. Gibt es als Pulver zum in die Nase ziehen oder als Tabletten und wirkt extrem euphorisierend. Ein harter Dauerwachmacher. Wenn die Einnahme außer Kontrolle gerät, kann es passieren, dass du bis zu einer Woche wach bleibst und das Verlangen gesteigert wird, immer mehr davon zu nehmen."

Rauscher überlegte, ob er die Drogeneinnahme irgendwie mit der Mordserie in Verbindung bringen konnte.

„Scheint tatsächlich normal zu sein in diesen Kreisen", sagte er stattdessen, „mir will nicht einleuchten, wie und warum die Drogenszene dahinter stecken sollte. Wir müssen diesen Dellbrück vernehmen. Er scheint beruflich am nächsten an Terzlaff und Verbeuten dran gewesen zu sein. Wenn einer was darüber weiß, dann er. Ich bin aber bislang nicht an ihn ran gekommen."

Auf dem Rückweg meldete sich Rauschers Magen. Er hatte Hunger und fragte Tanja, ob sie etwas Kantinenluft schnuppern wolle. Außerdem konnte eine Stärkung vor ihrer Schreibtischarbeit nicht schaden. Sie stimmte sofort zu.

Gemeinsam standen sie kurz darauf mit einigen weiteren Kollegen an der Essensausgabe und der zarte Duft von Sauerkraut mit Rippchen zog in ihre Nasen. Rauscher schmunzelte, als er Tanjas Miene sah, die beim Anblick der dicken Rippchen mit Fettrand blass wurde und einen „Salat der Saison" mit Tomaten, Paprika, Mais und Karotten wählte, dazu Baguette.

Rauscher hätte sich zu gerne ein Rippchen schmecken lassen und dazu einen Sauergespritzten genossen, aber er dachte an Elke, an seine Bauchrolle und verzichtete. Er entdeckte eine Schüssel, in der etwas Grünes war, deutete darauf und grinste. Tanja beobachtete ihn und machte ein skeptisches Gesicht:

„Was ist das denn?" Die Bedienung hinter der Theke nahm gerade einen Teller, goss einen großen Löffel aus der Schüssel über goldglänzende Kartöffelchen und legte zwei halbe Eier dazu.

„Frankfurter Grüne Soße", antwortete Rauscher. „Sag nur, das kennst du nicht?" Tanja schüttelte den Kopf. „Goethes Leib- und Magenspeise." Doch ihrer Mimik konnte Rauscher entnehmen, dass sie auch das nicht auf den Geschmack brachte. Also probierte er es mit den einzelnen Zutaten:

„Man nehme Schnittlauch, Borretsch, Sauerampfer, Pimpinelle, Petersilie, Kerbel und Kresse, alles ganz frisch, hacke sie sehr klein und vermenge sie mit saurer Sahne, Salz und Pfeffer. Zum Schluss kommt noch ein Schuss Zitrone dazu. Manche machen auch Mayo rein." Aber schon bei dem Gedanken bekam Rauscher eine Gänsehaut. Ihm fiel zu seinem Entsetzen ein, dass er dieses Frühjahr noch nicht ein einziges Mal sein Leibgericht gegessen hatte.

„Du kommst nicht aus Hessen, was?" Tanja schüttelte den Kopf:

„Nee, Ruhrpott. Dortmund, um genau zu sein." Er weitete die Augen und bedankte sich bei der Bedienung. Sie setzten sich an einen freien Tisch und Tanja war sehr interessiert, den Kommissar beim Essen zu beobachten. Sie stellte schnell fest, dass er einen überaus glücklichen Eindruck machte, und nahm sich vor, das Geheimnis der Grünen Soße zu erkunden.

Rauscher war während des Essens still, aß jede Gabel mit Bedacht und vergaß drum herum alles andere. Die frische Würze der Kräuter, die spritzige Note der Zitrone, die das ganze abrundete, die kräftige grüne Farbe, die gelben Kartoffeln und weißen Eier. Ein Bilderbuchanblick. Unvergleichlich, zudem gesund, sättigend und kalorienarm. Einmal musste er den Anfang machen, dachte er kurz, und dieser Tag war heute. Der Kampf gegen die Kilos hatte gerade begonnen.

Nach der dritten Gabel rührte Tanja den Salat nicht mehr an, weil sie ein kleines schwarzes Haar darin entdeckt hatte, und wollte sich auch keinen neuen besorgen. Stattdessen beobachtete sie Rauscher und einige Kollegen an den Nachbartischen, die sich über diverse Rippchen mit Sauerkraut hermachten. Rauscher lächelte und zelebrierte jeden einzelnen Löffel mit Grüner Soße.

Zurück in seinem Büro rief er bei Querschuss Ginnheim im Vereinsheim an. Die Bandansage teilte ihm mit, dass das Trainingsgelände ab fünfzehn

Uhr besetzt sei und die verschiedenen Altersgruppen trainieren würden.

Kaum hatte er aufgelegt stürmten Jan Krause mit Tanja Heller im Schlepptau herein.

„Haltet euch fest!“, platzte Krause heraus. Von einer auf die andere Sekunde herrschte gespannte Ruhe in Rauschers Büro. „Ich habe gerade eine neu gegründete Gruppe in dem Finanz-Blog entdeckt. Sie nennt sich „Fans of Robin“ und enthält Parolen, die unseren Mann zum Weitermachen auffordern. Das sieht klar nach Aufruf zum Mord aus, wenn ihr mich fragt. Das Ganze ist eine einzige Hasstirade auf Banker.“ Krause verscheuchte Rauscher von seinem Schreibtischstuhl, tippte die Homepageadresse ein und öffnete die Seite. Rauscher und Tanja schauten ihm über die Schulter.

„Guckt euch das an. Die Gruppe ist gestern gegründet worden und hat heute schon über dreihundert Mitglieder.“ Jan Krause klickte einen Eintrag an mit der Überschrift „Zeig’s ihnen!“. Er las vor: „Super Robin. Endlich jemand, der nicht den Kopf in den Sand steckt und was unternimmt. Weiter so!“ Es gab von verschiedenen Usern weitere Einträge dieser Art.

„Können wir rauskriegen, wer hinter der Seite steckt?“, wollte Rauscher wissen.

„Da müssen wir unsere IT-Abteilung ins Boot holen“, sagte Krause.

„Ach herrje“, meinte Rauscher, „die sind in der Regel mit ihren Tagesjobs schon völlig überlastet. Und wenn man sie spontan braucht, ist es am schlimmsten. Am liebsten haben sie es, wenn man einen schriftlichen Antrag in sechsfacher Ausfertigung stellt, um dann in zwei Wochen einen Termin zu bekommen.“ Krause lachte.

„Und was machen wir jetzt?“

„Wenn wir im 5. Polizeirevier Engpässe haben“, schlug Tanja vor, „arbeiten wir oft mit externen IT-Beratern und Systemadministratoren zusammen. Die haben echt was drauf. Ich traue denen mehr zu als unseren eigenen Leuten. Ich könnte versuchen, einen von ihnen zu erwischen. Vielleicht hat jemand freie Kapazitäten.“

„Klasse“, sagte Rauscher, „genau so jemanden brauchen wir. Wäre natürlich gut, wenn er schnell hier sein könnte, damit wir uns mit ihm unterhalten können. Ich habe das Gefühl, dass die Sache größere Dimensionen annimmt und wir über den Blog mehr erfahren sollten.“ Tanja nickte.

„Ja“, sagte Krause. „Diese Blogs boomen ohne Ende. Innerhalb kurzer Zeit kann das große Kreise ziehen, weil die verlinkt werden. Und wenn sich beim Robin-Blog immer mehr Bürger beteiligen, könnten immer mehr Leute gegen Banker aufgewiegelt werden.“

Rauscher kam ins Grübeln:

„Okay. Wir brauchen unbedingt den Computerspezialisten. Wir müssen herausfinden, wer dahintersteckt und wer sich daran beteiligt.“

„Ich kümmere mich sofort drum“, sagte Tanja und verschwand aus dem Büro.

Jetzt sagte Krause zu Rauscher:

„Zu den Autos gibt’s übrigens nichts Neues. Ich fahre jetzt zu der Seniorenresidenz, ne? Vielleicht bekomme ich einen Hinweis, wer der ominöse Spender sein könnte. Und noch was: Markowsky verlangt ab sofort über jeden einzelnen unserer Schritte, und besonders der Fortschritte, unverzüglich in Kenntnis gesetzt zu werden, ebenso Staatsanwalt Konetzke.“

„Na prima. Wir haben ja sonst nix zu tun. Ich bitte Tanja, alles kurz und knapp in einem Bericht zusammenzufassen und dem Chef zukommen zu lassen. Morgen übernehme ich dann. Versuch du bitte, bei Jens Dellbrück einen Termin zu kriegen. Wir brauchen weitere Informationen zu Terzlaff, Verbeuten und Kuhl natürlich. Da ist er genau der richtige Ansprechpartner. Außerdem interessiert mich seine Meinung zu den Klagen gegen Money Inc. Ach ja, Tanja kümmert sich übrigens um eine Privataudienz bei Money Inc. Sie will nämlich endlich ihre Altersvorsorge in die Hand nehmen.“ Krause kapierte schnell, lächelte und hob den Daumen.

„Ich werde mich jetzt auf die Socken machen zum Schützenverein und mir vor Ort ein Bild machen.“

Als Rauscher das Präsidium verließ, klingelte in seinem Büro, einsam und verlassen, das Handy. Es zeigte Elkes Nummer an.

28

Dellbrück verabschiedete sich von Ina Terzlaff und klickte das Gespräch weg. Es war schön, sie zu hören. Sie hatten verabredet, für ein paar Tage gemeinsam zu verreisen. Porto oder Lissabon, wobei er sich insgeheim schon auf seinen Lieblingsportwein, einen 1998er Vintage von Graham's, in der Stadt am Douro freute. Ausspannen, abschalten, den Kopf frei kriegen. Aber er zweifelte daran, ob es ihnen gelingen würde.

Die Polizei hatte sich bei Ina nach Ralf Terzlaff erkundigt. Warum interessierten sie sich plötzlich für ihn?

Er drückte den Knopf auf der Telefonanlage, der ihn direkt mit seinem Vorzimmer verband: „Kommen Sie bitte mal."

Als Andrea Zank, seine persönliche Assistentin, eintrat, brachte sie ihre überbordende Laune mit herein. Das Bernemer Mädsche strahlte übers ganze Gesicht.

Dellbrück betrachtete sie. Ihr neuer Kurzhaarschnitt stand ihr extrem gut, sah flott und schnittig aus. Heute trug sie trotz der hohen Temperaturen einen blau-schwarzen Schal.

„Ist Ihnen kalt?"

„Nein, aber wir haben gestern gewonnen." Und als Zeichen des Sieges reckte sie die geballte Faust gen Himmel. ‚Wir' war der FSV Frankfurt. Die Bernemer Fußballer standen kurz vorm Aufstieg in die Zweite Liga, das hatte auch Dellbrück in der Zwischenzeit mitbekommen und freute sich für seine Mitarbeiterin, die inzwischen fünf Jahre für ihn arbeitete und die Zuverlässigkeit in Person war. Insbesondere, wenn es um außergewöhnliche und pikante Jobs ging.

„Na, dann gratuliere ich und drücke den ganz fest." Er hob den Daumen.

„Danke, Herr Dellbrück. Sie sind klasse. Worum geht es?"

„Ich brauche Informationen über Ralf Terzlaff", sagte Dellbrück, von einer auf die andere Sekunde wieder businesslike, „ehemaliger Kunde bei Money Inc., ist aber nicht gut auf die Firma zu sprechen. Das bedeutet: Wir müssen vorsichtig und diplomatisch vorgehen." Frau Zank notierte sich Dellbrücks Anweisungen.

„Kann ich notfalls einen Privatdetektiv einschalten?", fragte sie.

„Sicher."

„Budget?"

„Spielt keine Rolle, solange ich Fakten bekomme."

„Wird erledigt." Sie wartete einen Moment und da Dellbrück keine Anstalten machte, weitere Anweisungen zu geben, verließ sie das Büro, ohne sich zu verabschieden.

Jens Dellbrück ging an den Schrank, nahm ein neues Hemd heraus, von denen er stets drei in Reserve hatte, zog das verschwitzte aus und das neue an. Das alles stresste ihn mehr, als er sich anfänglich eingestehen wollte.

Er setzte sich wieder, drehte sich mit dem Schreibtischstuhl zur Fensterfront und blickte hinaus. Die Sonne spiegelte sich im Deutsche Bank Hochhaus, dessen Glasfront gebündelte Strahlen in die Atmosphäre reflektierte. Hier, hoch über Frankfurt, im Kopf von Jens Dellbrück, reifte eine Entscheidung von immenser Tragweite.

29

Das Trainingsgelände von Querschuss Ginnheim lag in der Nachmittagssonne und war schon von Weitem zu erkennen. Rechts auf der langgezogenen, kurzgeschnittenen Rasenfläche standen sechs Zielscheiben nebeneinander. Die Kreise darauf – weiß, schwarz, blau, rot und gold – leuchteten und waren nicht zu übersehen.

Rauscher betrachtete die Gegend. Rundum dünn besiedeltes Industriegebiet. Daneben eine Kläranlage und ein Wertstoffhof. Dazwischen grüne Flecken, Bäume, Sträucher, nicht genutztes Bauland. Er lief ein paar Minuten auf und ab, bis er einen etwa 50-jährigen Mann entdeckte, der eine Gruppe junger Schützen dirigierte, die in einer Reihe standen und die Bögen gesenkt hielten. Seine Stimme ertönte. Er gab verschiedene Anweisungen und dann den Schussbefehl. Die Schützen erhoben ihre Bögen, zielten und schossen. Sechs Pfeile flitzten Richtung Ziel und blieben stecken. Aus dieser Entfernung sah es nach gelungenen Schüssen aus. Rauscher trat zu dem Mann.

„Sind Sie der Übungsleiter?"

„Ja, Herbert Sommer. Und was wollen Sie hier?" Er blickte Rauscher skeptisch an. Ehe er weitersprechen konnte, hob Rauscher seine rechte Hand und zeigte ihm seinen Dienstausweis:

„Andreas Rauscher, Mordkommission Frankfurt." Sommer schaute den Ausweis genau an.

„Rauscher? Ist ja ein witziger Name." Sommers Miene hellte sich auf. „Ich dachte schon, Sie kommen vom Ordnungsamt. Mit denen ist nicht gut Kirschen essen. Die gehen uns die ganze Zeit schon auf die Nerven mit ihren peniblen Vorschriften. Wir müssen die Schießanlage genauestens absperren und sichern und so weiter, damit keinem Passanten etwas passieren kann."

„Nettes Gelände hier."

„Danke."

„Wer hält das alles in Schuss?"

„Die Mitglieder. Steckt viel Arbeit drin."

„Wie viele hat denn die Bogenschützen-Abteilung?"

„Etwa 130 Aktive, die an Wettkämpfen teilnehmen und nochmal 60 Passive. Aber warum interessiert Sie das?" Rauscher sah jetzt auch das Vereinsheim aus Holz, das etwas abseits in einer Nische lag und von Sträuchern eingerahmt wurde. Klein aber liebevoll wirkte es auf ihn. Nun musste er langsam zum Thema seines Besuches kommen: „Es geht um die Morde an den Bankern."

Sommer signalisierte seinen Schützlingen, dass sie alleine weitertrainieren sollten. Rauscher und der Trainer traten einige Schritte beiseite und standen nun vor einer höheren Hecke am Rande des Geländes. Sommer achtete darauf, die Schießanlage stets im Auge zu behalten.

„Man hört und liest ja nix anderes mehr“, sagte er dann und nickte. Rauscher zückte ein Foto der Tatpfeile und zeigte es Sommer, der es eingehend studierte.

„Benutzen Sie solche hier im Verein?“

„Nein. Das ist kein Wettkampfpfeil. Der sieht selbstgebaut aus, quasi handgefertigt. Also definitiv kein industriell hergestellter 08/15-Pfeil, den man in jedem x-beliebigen Geschäft kaufen kann. Mehr so ein Liebhaberobjekt. Einzelstück. Sieht nach guter Arbeit aus, gutes Material.“

„Wie meinen Sie das?“

„Ich selbst baue weder Bögen noch Pfeile, aber ich kann erkennen, dass der Pfeil von jemandem gebaut wurde, der Ahnung davon hat.“

„Aber schießen kann man damit?“

„Und ob. Mit einem Holzbogen. Um genau zu sein einem Langbogen. Die kennen Sie bestimmt aus den Robin Hood-Filmen.“ Sommer schaute über Rauschers Schulter, applaudierte seinen Schützen und rief: „Los, noch eine Runde. Auf geht's!“

„Kennen Sie jemanden, der solche Bögen und Pfeile bauen kann?“

„Ganz viele. Ist ein beliebtes Hobby unter den Sportschützen.“ Aha, dachte Rauscher und wunderte sich etwas, dass er davon noch nie gehört hatte. Vielleicht waren die Bogenschützen eine ähnlich eingeschworene Familie wie die Läufer zum Beispiel.

Da er hier einen Fachmann vor sich hatte, bohrte Rauscher natürlich weiter: „Die Treffgenauigkeit so eines Bogens? Wie steht's damit?“

„Ist so 'ne Sache“, wägte Sommer ab, „einerseits trägt der Schütze und seine Schusstechnik natürlich erheblich dazu bei. Andererseits auch der Bogen selbst, also die Beschaffenheit des Holzes, die Bogenstärke, das Zuggewicht und so weiter. Das muss alles auf den Schützen und seine körperlichen Voraussetzungen abgestimmt sein. Ein erfahrener Bogenbauer kennt sich damit natürlich aus. Wir sagen immer: Das Zusammenspiel von Körper, Geist und Bogen muss stimmen."

„Also für jemanden, der sich damit auskennt, stellt es kein Problem dar, sagen wir aus zwanzig Metern das Herz eines Menschen zu treffen?"

„Wir schießen grundsätzlich nicht auf Menschen!"

„Ja, natürlich. Ich meine theoretisch."

„Aus zwanzig Metern? Ist machbar." Genau das wollte Rauscher aus erster Hand erfahren. „Übrigens", fuhr Sommer fort, „die Pfeilspitze ist eine sogenannte Bordlein-Spitze, das erkennt man an der spitz zulaufenden Form, und das Besondere daran ist, dass sie eine Ritterrüstung auf hundert Meter Entfernung durchdringen kann." Der Täter hatte also nichts dem Zufall überlassen, überlegte Rauscher und Herr Sommer nahm noch einmal das Bild und betrachtete die Pfeile.

„Die Federn", sagte er und fuhr sich mit den Fingern übers Kinn als denke er angestrengt nach, „das könnten zwei verschiedene sein."

„Ist das ungewöhnlich?"

„Naja. Es gibt eigentlich keinen Grund dafür, dass man verschiedene nimmt. Ideale Flugeigenschaften erzielt man mit einer Sorte. Vielleicht hatte der Pfeilbauer von der einen zu wenig."

„Können Sie sagen, von welchen Vögeln die Federn stammen?"

„Dazu müsste ich den Pfeil in der Hand haben und vielleicht die Farbe abkratzen. Aber versprechen kann ich nix."

„Aber versuchen. Das wäre hilfreich. Am besten Sie kommen so schnell wie möglich ins Kriminaltechnische Institut. Ich gebe Ihnen die Adresse. Melden Sie sich bei Herrn Quast. Ich sage ihm Bescheid, dass Sie ihn besuchen." Rauscher spürte, dass Herr Sommer sie weiterbringen konnte und deshalb lenkte er jetzt das Thema auf den bislang einzigen Verdächtigen:

„Kennen Sie eigentlich Ralf Terzlaff?" Sommer nickte, entwickelte aber einen Blick, als sei ihm die Frage unangenehm:

„Was wollen Sie denn von dem Spinner?"

In Herrn Sommers Hosentasche klingelte ein Handy. Er holte es heraus und wimmelte den Anrufer ab. Plötzlich erschrak Rauscher. Er befühlte seine Hosentaschen, vorne und hinten. Verdammt, sein Handy. Er schaute entgeistert Herrn Sommer an:

„Sie hören von mir." Und schon rannte er zum Wagen und durchsuchte die Ablage.

Nichts.

Er schlug sich an die Schläfe. Mensch, es lag im Büro. Hoffentlich war in der Zwischenzeit nichts geschehen. Bei dem Gedanken bekam er eine Gänsehaut.

30

Er befestigte das Griffband – ein Stück Wildschweinleder, auf das man den Pfeil auflegt – in der Mitte des Bogens, prüfte seinen Sitz und schien zufrieden. Fast fertig!

In seine kühle und vollkommen stille Kellerwerkstatt zog er sich gerne zurück. Umringt von Bögen und Utensilien – Messer, Feile, Sandpapier –, die er zum Bau brauchte, fühlte er sich wohl und hielt die Leere im Haus am besten aus. Hier konnte er sich verschanzen und spürte neue Energie in sich einströmen.

Er hatte sich vorgenommen, den schönsten Bogen zu bauen, mit dem er je geschossen hatte. Die Bilder der Zeitungsartikel, die an der Wand hingen, offenbarten ihm, dass sein Weg der richtige war. Ihre verzerrten Gesichter. Ihr ausgehauchtes Leben. Sie würden in der Hölle büßen. Alle.

Er hatte sich einen 20 cm dicken, 1,70 m langen Stamm besorgt. Eibe, feinste Qualität. Esche oder Ulme hatte er nicht bekommen. Eibe war das klassische Holz, aus dem ein englischer Langbogen gemacht wird.

Immer wieder musste er an Kathrine denken. In den letzten Wochen war ihm klar geworden, wie alles angefangen hatte. Er wusste noch wie heute, als er sie damals von der Weihnachtsfeier in der Seniorenresidenz abgeholt hatte und ihr mitteilen musste, dass ihr Vater gestorben war. Kurz nach ihrer Mutter. Ihr Vater war derjenige, der ihr von der gesamten Familie am meisten bedeutet hatte. Innerhalb einiger Sekunden, nachdem sie seine Worte realisiert hatte, war ihr schönes Lächeln erloschen. Und die Probleme begannen. Mit dem Erbe.

Es war eine beachtliche Summe, die ihr Vater Kathrine hinterlassen hatte. Sein Erspartes, für das er ein Leben lang hart gearbeitet und es sich teilweise vom Mund abgespart hatte, um seiner Familie ein angenehmes Leben bieten zu können. Und da ihre Mutter bereits tot war, war sie plötzlich um 200.000 Euro reicher und wusste absolut nichts damit anzufangen. Geld hatte sie nie interessiert. Wie man es anlegt schon gar nicht. Die Summe hatte sie mehr irritiert als erfreut. Der Tod ihres Vaters hatte sie schwer getroffen. Untröstlich war sie. Er hatte sie noch nie so hilflos, verletzlich und einsam erlebt.

Er hielt den fast fertigen Bogen in Händen und betrachtete das Prachtstück. Die Sehne war aus Hanf, dreifach gedreht und mit einer Mischung aus Birkenpech und Bienenwachs gewachst. Die Pfeilspitzen hatte er, wie immer, im Garten über dem offenen Feuer geschmiedet.

Kathrine lag fast eine Woche im Bett, nur zur Beerdigung hatte sie es für zwei Stunden verlassen. Er hatte befürchtet, dass sie depressiv werden würde. Teilweise antwortete sie auf Fragen nicht, nahm ihn gar nicht mehr wahr. Er hatte in dieser Zeit erfahren, welche Bedeutung ihr Vater für sie gehabt hatte, denn sie erzählte ihm ganz allmählich – wie in Trance – ein paar Geschichten aus ihrer Kindheit. Am meisten hatte ihr imponiert, dass er sie immer und überallhin mitgenommen hat. Sie waren Äpfel pflücken im Herbst, hatten sie in die Kelterei gebracht und sie durfte als Erste von dem süßen Most kosten. Er hatte ihr das erste Pony geschenkt und war mit ihr geritten. Sie hatten zu zweit Ausflüge gemacht, er hatte ihr seine geliebte Natur gezeigt. Sie war sein Mädchen und das hat er sie jeden Tag spüren lassen. Jede freie Minute hatte er ihr gewidmet, immer darauf bedacht, dass sie glücklich war und viel von der Welt zu sehen bekam.

Ansonsten war er eher ein trockener Typ. Glatte Beamtenkarriere auf dem Katasteramt, in seinen Ansichten altmodisch und ein wenig störrisch, aber er passte zu ihrer Mutter, die so ziemlich das Gegenteil von Kathrine war. Sie blieb am liebsten zu Hause, las tagein, tagaus, meistens Kafka oder Beckett. Sie dunkelte mit Rollos das Wohnzimmer ab, sobald der erste Sonnenstrahl hineinzufallen drohte, und trank den ganzen Tag nur englischen Tee von Twinings.

Er packte den neuen Bogen und einige Pfeile und ging hinaus an seinen Schießstand im Garten. Schon nach dem ersten Schuss wusste er, dass die Pfeilgeschwindigkeit hoch war. Eine Acht. Der zweite Schuss steckte im neunten Ring. Schon besser! Und als er den dritten Trainingspfeil abfeuerte, zog er die Bogensehne voll durch, spürte das hohe Zuggewicht und dachte immerzu an sie. Als ob er sie damit zurückschießen könnte.

Durch den Verlust ihrer Eltern – und besonders durch den ihres Vaters – war etwas bei Kathrine aus den Fugen geraten, das spürte er. Mehrere Wochen hatte sie gebraucht, um wieder auf die Füße zu kommen. Er hatte ihr die Zeit gegeben, sie hatte sich die Zeit genommen. Mit jedem Tag besserte sich ihr Zustand. Er beobachtete, wie sie wieder Kontakt zu Freunden und Bekannten gesucht und ihr eigenes Leben in Angriff genommen hatte.

Aber ihr Vater hatte ihr nicht nur die Erinnerung an ihn hinterlassen, sondern eben auch das viele Geld. Und mit dem Geld musste etwas geschehen. Sie war immer noch in Trauer und er hatte gespürt, dass er ihr helfen musste. Und so hatte er ihr Sebastian Kuhl von der Bank empfohlen. Von ihm wusste er, dass er Kunden beriet, die Geld anlegen wollten. Damals dachte er, bei ihm sei sie und ihr Geld in besten Händen. Wie man sich in Menschen täuschen kann.

31

Monika Lemberg liebte Süßgespritzten, Apfelwein mit Limonade, am liebsten gelbe. Das prickelte ganz besonders und war nicht so sauer wie der pure oder der mit Mineralwasser gespritzte.

Sie saß in der Küche, nahm einen großen Schluck ihres Lieblingsgetränks und warf nebenbei einen Blick in die Tageszeitung, was sie gewöhnlich höchstens zehn Minuten ihrer Tageszeit kostete. Fernsehen war mehr ihr Ding. Sie war sogar ein wenig stolz darauf, seit annähernd sechs Jahren keine Folge des Vorabendmagazins „Glorious“ verpasst zu haben. Dementsprechend gut kannte sie die Welt der Showstars und Sternchen, die Probleme der Schönen und Reichen und natürlich die Glitzerwelt der europäischen Royals.

In Frankfurt passierte wie üblich nichts. Jedenfalls stand nichts Weltbewegendes in der Zeitung, sah man mal von den Banker-Morden ab. Die Oberbürgermeisterin war gegen ein generelles Nachtflugverbot am Frankfurter Flughafen und die Eintracht hatte ihren Aufschwung bis zum Saisonfinale durchhalten können. Das Hausener Freibad hatte gestern die Sommersaison begonnen und einige Verwegene waren ins eiskalte Nass gesprungen. Der Kreisel vorm Brentanopark sollte vollständig umgebaut werden und die Stadt hatte die Genehmigung dazu erteilt. Zudem kursierten Gerüchte, dass die letzte Firma, die noch Original Frankfurter Würstchen auf Frankfurter Stadtgebiet produzieren ließ, dichtmachen würde. Das war natürlich ein Drama.

Arme Welt, dachte Monika, blätterte die Zeitung zu und blickte auf die Rückseite. Dort war eine bundesweite Umfrage veröffentlicht: Wer ist der berühmteste Frankfurter? Bei den über 60-jährigen lag Heinz Schenk deutlich vor Goethe, gefolgt von Charly Körbel, legendärer Vorstopper der Frankfurter Eintracht. Bei den unter 30-jährigen führte Sven Väth, Gründer des ‚Omen‘ und Begründer des Frankfurter Techno-Booms, das Ranking an. Nur in der mittleren Altersliga hatte der Sturm- und Drang und Klassikfürst Goethe die Oberhand behalten. Die Leiden der jungen Monika, dachte Frau Lemberg, seufzte und trank wieder einen großen Schluck.

In der Rubrik „Das Letzte“ griff ein Journalist noch einmal die Mordserie auf. Er warnte vor neuen Morden, vor grassierender Angst, sah Panik aufkommen, beschimpfte die Behörden, die die Bürger nicht schützen würden und ließ seinen Ansichten freien Lauf. Hirngespinste, fand Monika, als sie auf die Straße sah. Der Journalist hatte bestimmt Paranoia, Verfolgungswahn oder so. Alles war ruhig, kein Mörder, der frei rumlief, keine Anzeichen, dass bald etwas passieren würde. Alles langweilig wie immer. Aber nun musste sie auch wieder an Jerrys abgeschlossene Kellerwerkstatt denken. Das ließ ihr keine Ruhe. Sie hatte den ganzen Tag immer mal wieder darüber nachgedacht. Was machte er dort?

Ihre Gedanken kreisten schon die ganze Zeit um ihn. Er zog sie magisch an. Er hatte dieses Etwas, das sich schwer in Worte fassen ließ und das nur wenige Männer besaßen. Jedenfalls keiner, den sie kannte. Das waren allesamt Möchtegerne und Maulhelden.

Jerry war anders. Er wurde nie laut, prahlte nicht herum, besaß so etwas wie ein inneres Gleichgewicht. Jedenfalls wirkte er so. Und sie fand, er sah ein wenig aus wie eine Mischung aus Sean Penn, Madonnas Ex, und Ethan Hawke, Uma Thurmans Ex, die sie beide vergötterte. Zudem besaß Jerry, das war bestimmt nur ihr aufgefallen, das Lächeln von Joschka Fischer, dem Frankfurter Vorzeigepolitiker und Ex-Turnschuhminister. Von dieser Meinung würde sie nichts und niemand abbringen, das war gewiss.

Sie seufzte wieder, als sie an die beiden dachte. Oft hatte Monika bewundert, wie Jerry mit Kathrine umgegangen war. Wie er sie behandelte, schätzte, achtete. Obwohl Kathrine bestimmt nicht einfach war und auch ihre Macken hatte, insbesondere in den Zeiten, in denen sie sich stark zurückzog und niemanden an sich heranließ.

Aber Kathrine war seine Heilige. Jerry hatte sie so geliebt wie sie war. Hatte sie hofiert, wo er nur konnte. Das hörte sich klischeehaft und kitschig an, dachte Monika, aber so war es. Eine solche Liebe war ihr fremd. Hatte sie selbst noch nicht erleben dürfen, aber sie fand das klasse. Seine Klasse, die da zum Ausdruck kam.

Er besaß Respekt vor seinen Mitmenschen, war gerne in Gesellschaft, obwohl er auch einzelgängerische Tendenzen hatte, wie Kathrine immer betonte. Wenn er seine Zeit für sich brauchte und sich zum Beispiel in seine

Kellerwerkstatt verzog, sei es wichtig, sie ihm einzuräumen. Und genau das hatte Kathrine getan. Und Monika wollte es auch so handhaben.

Jerry brauchte ein paar Monate Ruhe nach dem Todesschock. Kathrine zu verlieren, war mit nichts aufzuwiegen. Nur die Zeit heilt alle Wunden, sagte sie sich und sehnte sich nach ihm.

Morgen würde sie ihm wieder ein wenig näher sein. Seine Hemden und Socken bügeln, seine Schmutzwäsche waschen. Die Fenster putzen, damit wieder mehr Licht in dieses Trauerhaus fallen konnte und sich die Stimmung wieder aufhellen würde. Genau das war ihre Strategie. Und an der würde sie feilen.

32

Mit eingeschaltetem Martinshorn flog Rauschers Wagen über die Miquelallee. Auf dem Präsidiumsparkplatz legte er eine Vollbremsung hin, sprintete hinein und lief den Flur entlang.

Sein Handy lag genau dort, wo er es abgelegt und vergessen hatte: auf dem Rollcontainer neben seinem Schreibtisch. Er hätte sich ohrfeigen können.

Und tatsächlich. Sein Gefühl hatte ihn nicht getäuscht. Das Display zeigte Elkes Nummer. Sein Puls stieg. Er wählte. Es klingelte. Er rechnete damit, sie im Krankenwagen auf dem Weg ins Krankenhaus zu erwischen. Mit einer Hand öffnete er bereits wieder die Tür, um sich schnellstmöglich auf den Weg machen zu können.

Elke nahm den Anruf entgegen und sagte fünf Wörter: „Jägerschnitzel mit Pommes, bitte schnell!“ Rauschers Herz rutschte in die Hose.

„Du hast mir vielleicht einen Schrecken eingejagt. Ich dachte es geht los.“

„Wär‘ mir auch am liebsten. Mein Kreuz bricht zusammen und meine Gelenke sind Wackelpudding. Ich muss echt bei jedem Schritt aufpassen nicht hinzufallen. Ich halte es nicht mehr aus. Wie steht‘s jetzt mit dem Jägerschnitzel? Ich habe schon die ganze Zeit Gelüste. Übrigens: Wo warst du denn die ganze Zeit?“

„Unterwegs“, lenkte er ab, „aber alles im Griff.“ Rauscher entspannte sich ein wenig und fragte sich, ob das Schnitzel unbedingt sein musste. In ihrer Stimme schwang Gier mit, hätte wohl am liebsten alles verschlungen, was sie zwischen die Zähne bekommen konnte. Wie immer in letzter Zeit. Monatelang hatte Rauscher Elke dabei beobachten müssen, wie sie akribisch über alles Buch führte, was sie neben den Hauptmahlzeiten verputzt hatte: an die hundert Schokoriegel, genauso viele Puddingplunder, dosenweise Thunfisch und die Rollmops- und saure Gurken-Gläser nicht zu vergessen. Dreimal hatte sie Lust auf Popcorn, das er im Metropolis-Kino bekommen hatte.

Er erkannte weder sie noch sich wieder. Wie eine Schwangerschaft zwei Menschen verändern kann. Waren das die Hormone? Und wenn ja, welche waren bei ihm dafür verantwortlich, dass er sich mit ihr über Rollmöpse hermachte? Allein der Gedanke schüttelte ihn.

Und heute also Jägerschnitzel mit Pommes. Das war neu. Er stellte sich ihre lustvollen Augen vor. Nerven beruhigen, sagte er sich, nur noch zwei Tage. Der Geburtstermin rückte näher. Bald würde es soweit sein. Plötzlich brauste Elke auf:

„Deine Mutter geht mir vielleicht auf den Geist. Sie ruft mittlerweile stündlich hier an. Ich bin sogar laut geworden, aber ich wusste mir einfach nicht mehr zu helfen.“

„Richtig so“, pflichtete Rauscher bei, „Grenzen setzen.“ Und genau das wollte er auch tun: „Ich glaube, heute wird‘s nix mit dem Schnitzel. Hab‘ zu viel zu tun. Ich weiß auch nicht, wo ich es besorgen könnte.“

„Muss sich der Herr Kommissar mal was einfallen lassen. Du bist doch bekannt für deine Spürnase, ne! Das kann ich ja wohl erwarten.“

„Tut mir leid, ich kann hier unmöglich weg. Übrigens: Heute Abend wird es später. Der Hessische Rundfunk will ein Interview von mir.“

„Na toll! Erst lässt du mich hier alleine und dann kümmerst du dich nicht mal mehr um mich. Danke auch!“ Sie klickte das Gespräch weg.

Rauscher stand da und wusste im ersten Moment nicht, was er davon halten sollte. Schwangere Frauen waren eine Spezies für sich. Das war klar. Aber momentan überforderte ihn die Situation. Worum sollte er sich noch kümmern? Alle wollten was von ihm. Elke, Markowsky, die Internen, der HR, die Öffentlichkeit. Und dabei musste er sich auf einen undurchsichtigen Fall konzentrieren, wo er doch eigentlich Urlaub hatte.

Rauscher atmete durch und ging wieder an die Arbeit, alles andere versuchte er auszublenden. Schalter umlegen, weitermachen. Auf seinem Schreibtisch lag der Bericht des Kollegen Hennings über die Befragung im gesamten Bahnhofsviertel.

Sämtliche Nachforschungen in der Taunus-, Elbe-, Mosel- und Weserstraße waren vergeblich geblieben. 50% der Befragten waren Ausländer, die, sobald die Polizei auftauchte, weder Deutsch verstanden noch sprachen. 30% waren Drogenabhängige, die nichts mitbekamen und nichts im Kopf hatten außer dem nächsten Crackpfeifchen. Und 20% waren Passanten, Freier oder Menschen, die im Bahnhofsviertel arbeiteten, zur Tatzeit aber entweder nicht vor Ort oder mit anderen Dingen beschäftigt waren als einen Gewaltverbrecher bei seinem Werk zu beobachten. Mit anderen Worten: wieder nichts! Robin hatte ungesehen den Rückzug angetreten. Sie wussten nicht, ob er mit dem Auto oder zu Fuß gekommen war. Sie wussten gar nichts.

Inzwischen recherchierten die 5 zusätzlichen Ermittler das Umfeld Kuhls und Verbeutens aufs Genaueste, überprüften noch einmal die Alibis aller Angehörigen und engen Bekannten und versuchten herauszufinden, ob es Mailadressen oder Telefonnummern gab, mit denen alle drei Toten Kontakt hatten. Außerdem suchten sie einen Zusammenhang außerhalb des Jobs. Immerhin war es möglich, dass alle drei in einem Verein, einer Organisation oder einer Partei Mitglied waren oder sonstigen gemeinsamen Interessen nachgingen.

Rauscher ging in Thalers Büro zu Tanja, die konzentriert am Laptop saß und las.

„Hat dir Konetzke die Liste mit den Klägern gegeben?"

„Ja", sie schaute hoch. „Und er hat dem zuständigen Richter sogar eine Liste mit sämtlichen Kunden des Fonds Money Value entlocken können. Also der, der Pleite gegangen ist und bei dem Prozess die Hauptrolle gespielt hat."

„Prima. Schon was rausgefunden?"

„Hätte ich doch längst gesagt." Sie machte eine kurze Pause „Etwa 500 Leute haben gegen Money Inc. geklagt. Sie werfen dem Unternehmen fehlende Aufklärung über Risiken vor und das Verschweigen von versteckten Gebühren und Provisionszahlungen, aber die Klage wurde abgewiesen und bis jetzt steht wohl nicht fest, ob sie in die zweite Instanz gehen. Von den 500 ist niemand vorbestraft. Ein bekannter Name im Zusammenhang mit dem Fall ist mir nicht untergekommen. Außerdem ist keiner Mitglied in einem Schützenverein. Ich habe verglichen, einige von denen tauchen in dem Finanz-Blog auf und schreiben dort ihre Geschichte. Zum Teil harte Schicksale. Eine Oma, die ihr gesamtes Erspartes verloren hat und jetzt von einer kleinen Witwenrente lebt. Eine Familie, die ihr Häuschen aufgeben musste, weil sie in den Fonds Geld nachschießen mussten und die Raten nicht mehr zahlen konnten. Davon gibt's reichlich. So oder so ähnlich hat man das alles schon in der Zeitung gelesen."

„Theoretisch hat jeder von denen ein Mordmotiv. Vielleicht sollten wir mit den krassen Fällen anfangen? Also erst die, die wirklich alles verloren haben, und uns langsam bis zum letzten durcharbeiten?"

„Müssen wir wohl."

„Wenn unsere neuen Ermittler mit Kuhls und Verbeutens Umfeld durch sind, können sie dich unterstützen, okay?" Tanja nickte:

„Gute Idee."

Zurück in seinem Büro spürte Rauscher Frust wie eine Mischung aus zähem Zahnbelag, den er nicht losbekam, und Mundgeruch, der sich unangenehm verbreitete. Ein unsichtbares Übel, das sich festsetzte und die Nerven piesackte. Wo sollte er ansetzen?

Er nahm ein Blatt Papier und notierte: Ralf Terzlaff! Querschuss Ginnheim? Ina Terzlaff? Dellbrück? Rethmann? Arakis? Die drei von Money Inc.

Wolfgang Andres klopfte an den Rahmen seiner offenen Bürotür:

„Hey Andreas, da hat gerade eine Frau aus dem Nordend angerufen. War ein bisschen aufgelöst am Telefon, denn sie hat auf dem Speicher in einer Kiste ihres Mannes ein Robin Hood-Kostüm gefunden. Mit Hütchen und Feder. Die Kollegen sind schon unterwegs. Mal sehen, ob es das gleiche ist wie auf dem Video." Rauscher horchte auf, aber meistens kam bei diesen Dingen nicht viel heraus. „Ich hab' gehört", fuhr Andres fort, „ihr habt Verstärkung bekommen."

„Ja, Tanja Heller vom 5. Polizeirevier. Wieso?" Andres grinste:

„Ach, lass dich einfach mal überraschen." Jetzt lachte er. Und Rauscher zuckte mit den Achseln. Er konnte mit solchen Anspielungen nichts anfangen.

„Übrigens, geh mal online", sagte Andres. „Die Stadtzeitung hat einen großen Artikel drin. Überschrift: „Robin von Bockenheim" und ein Interview mit Ines Grawitz, der Kita-Leiterin. Falls es dich interessiert." Andres verabschiedete sich. Rauscher klickte den Artikel an, der in reißerischer Form den Fall aufrollte und auch den Robin-Blog erwähnte. Das war fatal, denn dadurch bekam er noch mehr Aufmerksamkeit, dachte Rauscher. Kopfschüttelnd wählte er die Nummer von Thalers Büro und Tanja Heller nahm ab. Sie vereinbarten ein Meeting im Konferenzraum. Proaktiv sein, sagte sich Rauscher, Initiative zeigen, die Fäden selbst in die Hand nehmen.

33

Die letzten Vorbereitungen waren getroffen. Der neue Bogen lag gut in der Hand. Noch ein paar Trainingsschüsse und er hätte die gleiche Sicherheit wie mit den alten Bögen.

Er befestigte ein Bild, das er aus einer Zeitung ausgeschnitten hatte, mitten auf der Zielscheibe. Es war Dellbrücks Kopf. Grinsend. Wie immer. Er hatte der Zeitung ein Interview gegeben. Die Medien präsentierten ihn in der Öffentlichkeit immer als erfolgreichen Finanzmagier, der hauptverantwortlich für den steilen Aufstieg von Money Inc. war. Hinter die Fassade blickte niemand. Einzelschicksale interessierten nicht. Kathrines Schicksal war auch nie bekannt geworden.

Er erinnerte sich an jenen Moment, als Kathrine von dem Gespräch mit dem Fondsmanager zurückgekommen war. Sie hatte erfahren, dass das Erbe fast weg war und war nicht ansprechbar, undurchdringlich wie ein tiefer Dschungel. Ihr Gesicht blassgrau. Die Lippen weiß und erstarrt. Das sah unnatürlich und ungesund aus, aber er wusste nicht, ob es Ärger oder Wut, ob es Enttäuschung oder Entsetzen über den Verlust des Geldes waren, was dahintersteckte.

Der erste Schuss traf Dellbrück in die Nase. Das sah lustig aus, fast wie Pinocchio. Und es passte auch zu ihm. Die Lüge war sein Handwerk. Gehörte dazu, wenn es darum ging, neue Kunden zu ködern. Der zweite Pfeil traf Dellbrück unterhalb der Lippen, am Kinn. Die Wangen wölbten sich, das Gesicht war verzerrt. Er lachte. Schuss drei, vier und fünf zerfetzten seine Stirn, sein rechtes Auge und sein linkes Ohr. Insgesamt keine schlechte Ausbeute. Er hatte ein gutes Gefühl. Noch einen letzten Trainingsschuss, sagte er sich, für Kathrine, an die er immer wieder dachte.

Kathrine hatte sich fast zwei Stunden unter die Dusche gestellt, als könnte sie die Schuld am Verlust des Geldes abwaschen. Sie zitterte und schluchzte. Und nachdem er sie trocken gerubbelt hatte, mummelte sie sich in eine Decke ein und verkroch sich aufs Sofa.

Tausendmal hatte er gesagt, sie müssten miteinander reden. Es konnte doch nicht sein, dass sie sie auseinanderreißen. Aber er drang einfach nicht zu ihr durch und er wusste auch nicht, was sich in ihrem Kopf abspielte. Es kamen nur wimmernde Laute, die verzweifelt klangen.

Kathrine zog sich immer mehr zurück, wollte weder essen noch trinken, saß einfach nur da und manchmal kam ein nervöses Lachen, das ihm durch Mark und Bein fuhr. „Papa, verzeih mir! Bitte, bitte, verzeih mir“ hatte sie hundertmal wiederholt, als hätte ihr Vater sie hören können.

Und da war ihm klar geworden, dass sie sich schämte. Vor ihrem Vater, vor ihrer Familie. Ausgerechnet sie, die nie zuvor ein Risiko eingegangen war, hatte das ganze Geld verzockt, verspekuliert, verloren. Ihr Vater wäre bestimmt nicht böse mit ihr gewesen, hätte alles verziehen. Aber sie konnte sich selbst nicht verzeihen.

Sie weinte ununterbrochen und kotzte immer wieder grünen Schleim in einen Eimer. Das ging Stunden. Es schien, als ob sie ihre ganze Abscheu auskotzen wollte und nicht aufhören konnte, bis sie völlig leer war. Alles musste raus: der Ekel, das Angewidertsein. Sie bekam keine Luft mehr, ihre Kehle war wie zugeschnürt. Das unschuldige unbescholtene Leben war wie abgeschnitten. Sie kam sich ausgenutzt vor, wie ein kleines Wesen, ohnmächtig gegenüber dieser Firma.

Sie sei über die Risiken aufgeklärt worden, hatte ihr Berater gesagt. Im Emissionsprospekt stand klar und deutlich, dass auch ein Totalverlust möglich sei. Sie hatten ihr eingeredet, dass es ihre Gier war, die sie zu ihnen geführt hatte, um ihr Geld anzulegen. Dabei gab es niemanden auf der Welt, der weniger gierig war.

Er hatte sie nie zuvor so angewidert gesehen. Sie ekelte sich vor Menschen. Und das war es, was sie so fertig gemacht hat, denn sie hätte nie und nimmer für möglich gehalten, so zu fühlen.

Er ging in seine Kellerwerkstatt, die finster war, und zündete eine Kerze an. Im Kerzenschein flackerten die Bilder der Toten an der Wand. Es kam ihm vor wie ein Altar, den er hier aufgebaut hatte. Er betete für die Seelen der Verlorenen.

Auch ihre Seele war verloren, denn nach und nach hatten ihre Nerven verrückt gespielt. Sie sah Dinge, die nicht da waren. Sie hörte Stimmen, die es nicht gab. Sie fühlte sich verfolgt und gab sich immer wieder selbst die Schuld. Sich allein.

Und er war hilflos. Musste tatenlos zusehen, wie sie sich selbst zerfleischte. Es blieb ihm nichts anderes übrig, als sie ins Krankenhaus zu bringen, wo sie recht schnell in die Psychiatrie verlegt wurde.

Er hasste diese Bilder in seinem Kopf, wenn er daran zurückdachte. Wie sie im Krankenbett lag, apathisch, weggetreten, sediert, ohne Reaktion, still und starr. In den sechs Wochen dort hatten sie sie ruhig gestellt. Sie war nur noch eine Hülle, die nichts mit dem Menschen zu tun hatte, den er von früher kannte.

Als er sie danach aus dem Krankenhaus abholte und sie wieder heimfuhren, war sie durch den hochdosierten Neuroleptika-Cocktail und Diazepam endgültig zur Mumie geworden. Die Frau, die er liebte, saß neben ihm mit starrem Blick, ruhig gestellt, gefühllos.

In gleichem Maße, wie es ihr immer schlechter ging, war seine Verachtung ihnen gegenüber gestiegen. Damals war die Saat gelegt worden für seine heutigen Taten, die noch nicht vollendet waren.

34

Im Konferenzraum hatten sich Tanja Heller, Andreas Rauscher und Jan Krause zur Lagebesprechung zusammengefunden. Krause schenkte Kaffee ein und Tanja Heller ein Lächeln, das sie geflissentlich ignorierte. Rauscher bot er mit einem süffisanten Grinsen ein Croissant an.

„Teufelszeug", wehrte Rauscher entschieden ab. Krause verschluckte sich fast an seinem Kaffee, wagte aber nicht, eine Ess-Diskussion vom Zaun zu brechen.

Rauscher hingegen war schon mit anderem beschäftigt, signalisierte allen, dass sie tatsächlich keine Zeit zu verlieren hatten und Tanja Heller legte dementsprechend los:

„Eine gute Nachricht. Ich habe einen Computerspezialisten aufgetrieben, Herr Rank, freier IT-Berater. Ich kenne ihn, weil er schon für uns gearbeitet hat, und außerdem war er schon öfter im Präsidium im Einsatz und kennt das gesamte Computersystem. Ich habe ihn kurz instruiert, worum es geht. Er erscheint in zwei Stunden und hat sich die nächsten Tage freigehalten. Wir werden uns den Robin-Blog vornehmen. Vielleicht ist ja der Täter auf der Website aktiv."

„Bestens“, pflichtete Rauscher ihr bei, bevor Krause das Wort ergriff:

„So, jetzt passt auf. Ich habe mir Sebastian Kuhl vorgenommen: eigentlich ein unscheinbares Früchtchen. Er war mit den ersten beiden Opfern etwa zwei Jahre bei der Bank angestellt, allerdings in verschiedenen Abteilungen. Es deutet nichts darauf hin, dass sie damals an den gleichen Projekten gearbeitet haben beziehungsweise sich beruflich über den Weg gelaufen sind. Und privat schon gar nicht. Kuhl ist ein normaler Angestellter bei der Bank. Ein kleiner Fisch im Gegensatz zu Terzlaff und Verbeuten, die spielten in einer ganz anderen Liga. Aber ...“ Krause legte eine kleine Pause ein, um den Kollegen Gelegenheit zu geben, Fragen zu stellen. Da das nicht der Fall war, machte er weiter:

„Ich habe seine beiden Kollegen, die mit ihm im Büro saßen und direkt zusammenarbeiteten, auf die Zahlungen von Money Inc. angesprochen. Zuerst wollten sie nicht raus mit der Sprache, aber als ich nachgehakt habe, meinte der eine, dass er schon lange den Verdacht hege, dass Kuhl Klienten an Money Inc. vermittle.“

„Oho! Da hätten wir also den Zusammenhang“, merkte Rauscher an und klang dabei fast schon euphorisch, als wären sie dem Täter unmittelbar auf der Spur.

„Genau. Übrigens meinte er auch, es handele sich bei den Klienten um Privatleute, die überschaubare Summen zur Verfügung haben.“

„Überschaubar? Wie hoch ist das?“

„Bis maximal 500.000 Euro.“

„Die hätte ich auch gern zum Überschauen“, schaltete sich Tanja ein und grinste. „Haben die beiden noch was zu Kuhl ausgesagt?“

„An seinem Todestag gab es hohe Kursverluste an den Börsen“, fuhr Krause fort. „Kuhl war wohl sehr angespannt, was aber nichts Außergewöhnliches war. Ansonsten alles wie gewohnt. Keine Auffälligkeiten.“

„Und die Woche vorher? War Kuhl verändert?“, fragte Rauscher nach.

„Nein. Er war wohl normal drauf: Ein Spruch jagte den nächsten, manchmal war er etwas spröde, besonders, wenn die Geschäfte nicht so liefen. Aber sonst völlig normal. Die beiden können sich absolut keinen Reim darauf machen. Und zum Drogenkonsum haben sie die Aussage verweigert."

„Sieh einer an", meinte Rauscher. „Die Herren Banker genehmigen sich wohl auch ab und zu ein Näschen."

„Wenn wir schon bei Bankern sind", übernahm nun Krause wieder, „ich habe mir Dellbrücks Biographie vorgeknöpft. Terzlaff und Verbeuten haben ihn vor mehr als vier Jahren als Fondsmanager geholt. Studium in den USA, bei Goldman Sachs als Jungspund eingestiegen, Wechsel nach Deutschland in eine verantwortliche Position, fünf Jahre später eine Abteilung von 50 Investmentbankern unter sich. Bei Money Inc. sah er wohl die Möglichkeit, sein eigenes Ding zu machen. Terzlaff und Verbeuten boten ihm die Möglichkeit dazu und so legte er einen Fonds nach dem anderen auf. Er ist der Verantwortliche für die Zusammensetzung dieses Fonds, der praktisch pleite ist." Rauscher schien vorerst zufrieden, obwohl ihm das alles zu viel Zeit in Anspruch nahm. Sie hatten immer noch wenig konkrete Ergebnisse. Umso besser, dachte er, dass Krause endlich motiviert schien, die Aufklärung voranzutreiben, denn er machte weiter:

„Nebenbei bemerkt: In der Seniorenresidenz war nichts zu erfahren. Die können sich absolut keinen Reim drauf machen, woher das Geld stammt. Außerdem habe ich bei Europol eine Anfrage laufen nach den beiden Autos von Terzlaff und Verbeuten."

„Wieso Europol?"

„Na, Wagen ohne Papiere! Irgendwie muss er sie doch gewinnbringend loswerden. Ich gehe davon aus, dass unser Mann sie ins Ausland verschachert hat, oder? Die Auto-Mafia ist fix. Europas Osten bietet sich an, da gehen die meisten hin. Vielleicht hat er sich im Vorfeld kundig gemacht und Kontakte aufgebaut."

„Dann musst du auch die Jungs der OK einschalten. Die sollen sich mal umhören, ob in den einschlägigen Kreisen in den letzten Tagen ein Porsche

Targa 911 und ein Mercedes S-Klasse in Top-Zustand angeboten wurden. Und am besten auch von wem!“

„Bingo“, sagte Tanja. „Das wär ja ein Ding, wenn wir ihn auf diese Weise erwischen würden.“

„Glaube nicht, dass er so blöd ist, unser Robin“, meinte Krause. „Im Gegenteil: Irgendwie glaube ich, dass er ein ganz Ausgebuffter ist.“ Rauscher fuhr dazwischen:

„Warten wir es ab. Ich schlage vor, wir kehren zu den Fakten zurück und konzentrieren uns auf unseren Job. Tanja hat den Beratungstermin, danach setzt sie sich mit Herrn Rank an den Robin-Blog.“

„Genau.“

„Okay. Ich muss noch einmal bei diesem Sommer anrufen, mir dann eine schlagfertige Strategie für den Termin beim HR zurechtschustern und mit Markowsky abstimmen. Was machst du eigentlich, Jan?“

„Feierabend?“ Krause grinste übers ganze Gesicht.

„Date mit Dellbrück“, schlug Rauscher vor und ließ keine Diskussion aufkommen. Krause machte einen Kussmund.

„Du mich auch“, reagierte Rauscher prompt.

Als sie das Büro verließen, hielt Jan die Tür für Tanja Heller auf und ließ ihr, ganz Gentleman, den Vortritt, wofür sie sich mit einem angedeuteten Knicks bedankte. Geht das schon wieder los, dachte Rauscher, und schüttelte den Kopf.

Ein Griff in die Hosentasche und er spürte sein Handy.

35

Tanja Heller stolzierte in einem eleganten Kleid, kurz geschnitten, und hübsch geschminkt ins Büro von Arndt Winkler, seines Zeichens Senior Consultant bei Money Inc.

Die Firma residierte in zehn Etagen eines modernen Glaspalastes mit insgesamt über dreißig Stockwerken. Auf den ersten Blick erkannte Tanja Heller, dass Finanz- und Anlageberatung ein lukratives Geschäft sein musste. Der edle Empfangstresen, ein Glasfahrstuhl und nobles Mobiliar zeugten davon.

Tanja Heller spürte Winklers Blicke auf der Haut, kaum dass er sie überschwänglich begrüßt und ihr einen Platz angeboten hatte.

Winklers Haupthaar hatte längst den Rückzug angetreten, die hellgraue Haut sprach Bände: seit drei Jahren keinen Urlaub und keine Sonne gesehen. Die Kreditraten fürs Häuschen waren hoch und jeden Monat fällig, die Ansprüche der holden Gattin wuchsen parallel mit dem Alter, die Kinder besuchten eine Privatschule, damit sie es zu etwas bringen und den Status quo der Familie aufrecht erhalten konnten. Der interne Verkaufsdruck aus den oberen Chargen bei Money Inc. nahm jeden Tag zu, die Finanzprodukte wurden immer ausgeklügelter und daher auch komplizierter zu vermitteln.

Sein betont freundschaftlicher Ton gespickt mit wichtigtuerischen Phrasen im Business-Slang ging Tanja Heller schon nach einer Minute auf die Eierstöcke. Dieser graue, etwas spießige Mensch tat ihr fast ein wenig leid, wie er dort hinter seinem Schreibtisch und den zwei Bildschirmen versank. Er wirkte auf sie wie ein smarter Geselle, der hinter seiner gespielten Lockerheit einen Haufen Komplexe und Kompromisse verbarg. Sie hatte gerade an ihrer Tasse Kaffee genippt und das erste Smalltalk-Geplänkel war beendet, da sprudelte Winkler schon los. *„Fundiertes Know-how ist die wichtigste Basis für langfristigen Erfolg.“ „Unsere modernen Analysemethoden garantieren eine perfekte Performance.“* Phrase über Phrase brach über Tanja Heller herein. *„Hohe Rendite heißt nicht automatisch hohes Risiko“.* Spätestens nach diesem Unfugsatz tat ihr der Kopf weh und sie bereute ihren Gang hierher, in die Höhle der Finanzlöwen. Das würde Rauscher teuer bezahlen.

Und als hätte Winkler ihre Gedanken erraten, erzählte er ihr nun von Money Inc. Die Entstehung des Unternehmens, die Geschichte, die Idee dahinter, Kunden individueller zu betreuen und deren Gelder sicher anzulegen. Als ob er darauf programmiert war, legte er wieder eine Schippe drauf und warf mit Bankchinesisch nur so um sich: „*Portfoliostrategie*“, „*beste Bonität*“ und gerade als er zum dritten Punkt kommen wollte, haute Tanja Heller – erst zaghaft, dann bestimmter – auf den Tisch und rief „Stopp!“. Und kurz darauf: „Langsam und von vorne!“

Das warf den Berater spürbar aus dem Konzept. Hinter Lachfältchen kam Unsicherheit zum Vorschein. Er sah seine Felle davonschwimmen. Eine unzufriedene Kundin? Eine aufmüpfige Frau? Womöglich kein Verkaufsabschluss.

Er begann von Neuem und fuhr die persönliche Schiene. Fragte nach ihrer individuellen Situation, erkundigte sich nach ihrem finanziellen Spielraum, ihren Bedürfnissen und Wünschen im Alter. Dann ging er dazu über, ihr Prospekte und Charts zu zeigen. Bunte Grafiken, die illustrieren sollten, wie wichtig Altersvorsorge war und wie Geldanlage funktionierte.

Tanja Heller atmete auf. Das Gespräch wurde leichter, aber sie spürte auch, unter welchem Druck Winkler stand. Er kam immer wieder auf seine eigenen Fondsprodukte zu sprechen, die alles abdecken würden, was sie brauchte. Fonds von anderen Unternehmen redete er schlecht oder sparte sie aus. Verkaufen, nicht beraten schoss es ihr durch den Kopf. Eindeutig.

Das Gespräch dauerte über eine Stunde und sie versprach Winkler, sich bei ihm zu melden. Die Enttäuschung, dass er keine Unterschrift unter einen Vertrag bekommen hatte, stand ihm ins Gesicht geschrieben.

Auf der Straße war es warm, die Sonne hinterließ überall glitzernde Punkte und Tanja sog die Luft ein. Puhhhh, dachte sie, der Finanzkrake noch einmal entkommen. Sie hatte sich mit Winkler in diesem Büro unwohl gefühlt und war grenzenlos erleichtert, wieder draußen zu sein. Aber auch wütend und traurig. Was machten all die Menschen, fragte sie sich, die keinen blassen Schimmer vom Finanzmarkt hatten, aber ihr Geld anlegen mussten? Viele davon gerieten wohl früher oder später in die Fänge solcher Firmen wie Money Inc., die nur ihre eigenen Produkte verkaufen wollen. Und deren Berater ihr Bestes gaben, um an das Ersparte der Leute zu kommen und ihre Provision zu kassieren. Was danach mit dem Geld passierte, war den

Beratern wahrscheinlich egal. Dafür waren andere verantwortlich und ihr Gewissen somit reingewaschen. Widerlich, empfand sie.

Aufgebracht machte sich Tanja Heller auf den Weg ins Präsidium und überlegte, wie sie es Rauscher heimzahlen konnte. Apropos: schnuckliges Kerlchen der Soko-Leiter. Das war ihr gleich aufgefallen. Bisschen pummelig vielleicht, aber durchaus reizvoll. Sie erwog, ihn sich zur Brust zu nehmen.

36

Liebe Kathrine,

saubere Sache. Monika hat heute das ganze Haus geputzt. Das macht sie mit Liebe und Hingabe. Ich erkenne es kaum wieder. Du wirst jetzt bestimmt sagen, sie will sich nur einschmeicheln und an dich ranmachen. Womit du sicher recht hast. Ich habe Bammel davor, mich bei ihr zu bedanken. Ich fürchte, sie könnte das missverstehen. Und dafür habe ich momentan überhaupt keinen Sinn.

Ich musste mich in den letzten Tagen wirklich um andere Dinge kümmern. Kuhl zum Beispiel. Als ich ihn dir empfohlen hatte, dachte ich ernsthaft, du wärst bei ihm und mit seiner Beratung in den besten Händen. Schließlich galt er in der Bank, was Geldanlagen betraf, als echter Profi mit dauerhaft guten Leistungen. Ich konnte doch nicht ahnen, dass deine 200.000 Euro für ihn ein zu kleiner Fisch waren und er dich weiter vermitteln würde an Money Inc. Er kümmerte sich nur um Vermögen ab eine Million. Und wie ich jetzt herausgefunden habe, hat er für die Vermittlung 2000 Euro kassiert. Die hat er jetzt auf Heller und Pfennig zurückgezahlt!

In den letzten Tagen spukte ein Name besonders oft in meinem Kopf herum: Dellbrück! Meine neue Zielscheibe.

Seine Mails zu lesen ist wie in einem Roman zu blättern. Er fordert von seinen Beratern immer Nachschub. Damit meint er neue Kunden. Die bezeichnet er gerne als Wichte oder Milchkühe, die man mehrfach melken müsse. Oder auch als Schafherde, die sich beliebig lenken lasse. Abzapfen, schreibt er oft, so viel wie möglich. Oder auch mehr. Und so lange es geht. Auf Kredit dann.

Verschulden liegt im Trend. Hauptsache Money Inc. steigert die Verkaufszahlen.

In den Mails fügt sich eins zum anderen. Privates und Geschäftliches, Öffentliches und Geheimes. Inzwischen kenne ich ihn und sein erbärmliches Leben in- und auswendig. Morgens zwischen sieben und acht erscheint er im Büro. Nachts verlässt er es wieder, fast nie vor zweiundzwanzig Uhr. Außer Haus Termine sind selten, meistens verbringt er seinen Tag hinterm Schreibtisch und in Endlosmeetings. Zwei- oder dreimal am Tag gönnt er sich eine kleine Runde Golf. Dafür hat er in seinem Büro eigens eine zehn Meter lange Zimmer-Golf-Anlage installieren lassen. Braucht er wohl zum Ausgleich.

Mit Ina Terzlaff telefoniert Dellbrück öfter und schreibt ihr auch. Da geht's meistens um die schönen Dinge des Lebens. Heli-Skiing in Kanada, 7-Sterne-Hotels, die sie besuchen oder eine einsame Insel in der Karibik, die sie unbedingt kaufen wollen. Wenn ich daran denke, dass sie das alles mit deinem Blut erkauft haben, dann lodert der Hass wieder mehrere Grad heißer.

Meiner Meinung nach scheint sich zwischen den beiden was anzubahnen. Ich denke, er würde der Witwe gerne über ihre Trauer hinweghelfen.

Mit Rethmann und Arakis meetet er jeden Tag und gemeinsam lassen sich die Lackaffen informieren, wie der Vertrieb der Fonds läuft. Auf welche Komponenten die Kunden Wert legen. Ob sie neue Konzepte entwickeln müssen. Welche Finanzstrategien bei den Leuten angesagt sind.

Weißt du, da sitzen diese Banker zusammen, schreiben danach über ihre Meetings Berichte und verfassen Konzepte, wie es weitergehen soll, und wirken bei allem fast schon depressiv. Sie, die tagtäglich hunderte Millionen transferieren, mit unglaublich hohen Kundengeldern spekulieren und gelernt haben, die Last der Verantwortung zu tragen, wirken ausgelaugt, dünnhäutig, sensibel und bis ins Mark erschüttert von den Morden und Vorfällen der letzten Tage. Jede Zeile verrät Ohnmacht und Angst, die ihnen die Kehle zuschnürt und die Luft nimmt.

Dellbrück scheint übrigens Ralf Terzlaff in Verdacht zu haben. Heute hat er Rethmann und Arakis informiert, dass er ihn beschatten lässt. Bin sehr gespannt, was dabei rauskommt und habe auch schon eine klasse Idee, die Situation für mich auszunutzen.

Im Übrigen laufen die Vorbereitungen. Die Umgebung von Dellbrücks Haus ist erforscht. Er fährt seinen Wagen in die Garage und kommt dann wieder raus. Jeden Tag das Gleiche. Vor dem Haus steht eine Laterne, die die Straße gut ausleuchtet. Immerhin ist es dunkel, bis er nach Hause kommt. Aber das muss ausreichen.

Ich habe mir überlegt, ihn danach zu verstecken und seelenruhig das Haus zu inspizieren. Da gibt's bestimmt viel zu holen. Er lebt alleine, seine Hausangestellte ist um diese Uhrzeit nicht mehr anwesend. Ich würde zwar meine Vorgehensweise ändern, aber es könnte sich wirklich lohnen.

37

Nachdem Rauscher fluchtartig vom Schießgelände hatte aufbrechen müssen, saß er nun in Gedanken an den Besuch bei Querschuss Ginnheim an seinem Schreibtisch und rekapitulierte das Gespräch mit Herrn Sommer. Dessen Bemerkung zu Ralf Terzlaff fachte Rauschers Neugier an. Er machte Sommers Handy-Nummer ausfindig und rief ihn an. Und was er dann hörte war eine einzige Tirade.

Ein Nörgler, ein Querulant, ein notorischer Quertreiber sei er, der Terzlaff Ralf, einer, dem nie etwas recht war, der an allem was auszusetzen hatte, immer seinen Senf dazugeben musste und mit seiner Meinung stets eine Außenseiterposition einnahm. Und zwar aus Prinzip. Für das Vereinsleben eine Katastrophe. Nie lief etwas glatt. Wegen jedem Pups gab es Reibereien. Auseinandersetzungen. Zwist. Bis hin zu handfesten Kämpfen.

Rauscher fragte Sommer, ob er heute noch ins Kriminaltechnische Institut kommen könne, um sich die Pfeilfedern genauer anzuschauen. Der Trainer stimmte zu und Rauscher gab ihm die genaue Adresse.

Sommers Äußerungen zu Terzlaff passten in gewisser Weise ins Bild. Und auch wieder nicht. Denn Terzlaff schien ebenso der Betrogene, der Loser, das

Opfer zu sein. Vielleicht war er gerade dadurch so geworden, wie ihn Sommer geschildert hatte. Rauscher wollte ihn jedenfalls nicht zu früh abstempeln. Wollte sich freimachen von Urteilen und seinem Instinkt vertrauen. Damit war er bislang gut gefahren.

Er konnte den Gedanken nicht ganz zu Ende denken, denn Krause kam herein: „Ich habe gerade nochmal mit dem Finanzmarktexperten der Rundschau telefoniert. Bei denen glühen die Drähte. Money Inc. ist zurzeit die heißeste Story. Er hat erzählt, dass Terzlaffs und Verbeutens Nachfolge noch nicht geregelt ist und gleich mehrere sich darum kloppen, als Partner in der Firma einsteigen zu können. Ein munteres Hauen und Stechen also, worüber sich auch Dellbrück, Rethmann und Arakis in die Haare gekriegt haben. Jeder bevorzugt natürlich seinen Favoriten."

„Nicht uninteressant" resümierte Rauscher, „ist es denkbar, dass die oberen Chargen sich gegenseitig aus dem Weg räumen?"

„Warum eigentlich nicht", meinte Krause. „Denkbar allemal. Und ein Grund, das Ding weiter zu verfolgen."

„Genau", meinte Rauscher, „wir müssen alle befragen."

„An Dellbrück war nicht ranzukommen", sagte Krause. „Dauertermine. Den lade ich vor, sonst kriegen wir ihn nie zu Gesicht, ne!"

„Und die beiden anderen auch. Und wenn die Herren nicht erscheinen, fahren wir hin", stimmte Rauscher zu und lenkte das Gespräch in eine andere Richtung: „Ralf Terzlaff rückt mehr und mehr ins Visier. Er ist bislang der Einzige mit konkretem Motiv. Und er hat kein Alibi. Wir müssten Markowsky und Staatsanwalt Konetzke ins Boot holen und ihnen eine Observation schmackhaft machen."

„Gebongt. Andres hat kurz Bescheid gegeben. Das Robin Hood-Kostüm stimmt nicht überein mit dem von der Videoaufzeichnung. Wo ist denn eigentlich Tanja?"

„Noch bei Money Inc., Beratungsgespräch." Krause fasste sich an den Kopf und lächelte. „Müsste aber jeden Moment wieder hier sein." Kaum hatte er das letzte Wort ausgesprochen, klopfte es an der Tür und Tanja Heller steckte den Kopf herein:

„Und, wie war's?", wollte Rauscher sofort wissen.

„Horror", sagte Tanja, „ich hab' was gut bei dir."

„Und was?"

„Weiß noch nicht. Lass dich überraschen."

„War's denn so schlimm?"

„Unerträglich. Es ist genau so, wie du vermutet hast. Das ist kein Finanzberater, sondern eine Verkaufsmaschine. Der muss auf Teufel komm raus seine eigenen Fonds verkloppen."

„Du meinst, wenn es Fonds von anderen Unternehmen gibt, die für deine Situation passender wären als die von Money Inc., empfiehlt er sie nicht?"

„Genau. Das ist keine unabhängige Beratung, sondern eine Verkaufsmethode. Die Fonds von Money Inc. sind immer die besten, egal was der Kunde braucht."

„Und wie läuft das ab?"

„In klug klingenden Worten verpackt verspricht er finanzielle Unabhängigkeit im Alter und ködert Kunden, um sie auszunehmen, ohne danach selbst belangt werden zu können."

„Und du meinst, er erzählt nicht immer die Wahrheit?"

„Naja, seine Wahrheit halt. Wenn zum Beispiel Otto Normalverbraucher einen Fonds kauft, dann weiß er in der Regel nicht, in was der Fonds wirklich anlegt, sondern nur das, was ihm sein Anlageberater erzählt hat. Und der wird den Teufel tun, die wahren Risiken auszubreiten, eher stellt er die Chancen heraus, weil er ja die Provision kassieren will."

„Also er verdient daran und das wissen nur die wenigsten?"

Tanja nickte und fügte an: „Drüben sitzt übrigens Herr Rank. Wir sollten ihn nicht warten lassen." Rauscher gab sich zufrieden und alle erhoben sich.

Als sie in den Konfi kamen, saß ein schlanker Mann vor einem Laptop, tippte auf der Tastatur und schien in die Materie so vertieft, dass ihn nichts aus dem Konzept bringen konnte. Dann nahm er ein frisches Tempo und säuberte den Bildschirm.

Rauscher musterte den Mann, der Jeans, T-Shirt und kurze gepflegte Haare trug. Rauscher schätzte ihn auf etwa 35 Jahre. Sah ganz normal aus, nicht wie diese halbverrückten Computer-Nerds, die 24 Stunden am Tag nichts anderes taten als vorm Computer zu hocken, Cola oder Energy Drinks zu trinken und ihr Äußeres zu vernachlässigen.

Tanja unterbrach den Computerspezialisten und machte alle gegenseitig bekannt. Nach kurzer Vorstellungsrunde kamen sie schnell zur Sache und auf den Robin-Blog zu sprechen. Rauscher signalisierte, dass ihm die Zeit davonlief, weil er zum Hessischen Rundfunk musste und erteilte Rank das Wort, der sofort ins Thema einstieg:

„Ich hab mir die Gruppe in dem Blog mal angeschaut. Zurzeit haben wir etwa dreihundert aktive User“, sagte er, „und stündlich werden es mehr. Sie melden sich mit Benutzernamen und Passwort an, daher könnte ich alle Email- und IP-Adressen ermitteln und eine Liste zusammenstellen, wer die User sind und woher sie kommen. Vielleicht können Sie dann Rückschlüsse ziehen oder ein Ihnen bekannter Name taucht auf.“

„Wie lange wird das dauern?“, fragte Rauscher. Ohne zu zögern antwortete Rank: „Fünf bis sieben Stunden.“ Und Tanja erklärte: „Wir haben uns schon für eine Nachtschicht entschieden. Ich bleibe dabei und assistiere. Besorge was zu essen, wir schauen deinen Auftritt im Fernsehen an und dann legen wir los.“ Rank tippte auf den Bildschirm:

„Ist schon krass, was die so schreiben. Da werden Abzocker unter den Anlageberatern namentlich genannt und ihnen wird gedroht: Seht euch vor, ihr könntet die nächsten sein! Und der Täter wird immer wieder in den Himmel gelobt.“

„Gibt es auch kritische Stimmen?“

„Hier und da. Aber sobald sich ein User kritisch äußert, wird er von den anderen zurechtgewiesen nach dem Motto: Verpiss dich! Hier hast du nix zu suchen." Rauscher schaute auf die Uhr. Es war bereits kurz nach neunzehn Uhr.

„Ich muss los, die Öffentlichkeit hat ein Recht auf Informationen. Ihr kommt doch klar hier, oder?" Er wandte sich ab, als alle nickten.

„Gib alles!", schickte ihm Krause mit auf den Weg und wünschte alles Gute.

Rauscher verließ das Präsidium, als die Sonne zart Abschied nahm von diesem Tag. Sowohl auf den Fluren als auch in der Eingangshalle, dem Parkplatz und den Straßen um das Präsidium herrschte hektische Betriebsamkeit. So wie immer in dieser Stadt, deren Ruf als Hauptstadt des Verbrechens in ganz Deutschland bekannt war.

38

Liebe Kathrine,

ich habe die Pressekonferenz der Polizei verfolgt. Trauriges Schauspiel. Lächerliche Gestalten. Jeder Satz drückte ihre Unsicherheit aus. Markowsky zum Beispiel, der Leiter der Mordkommission: „Wir haben noch keine konkrete Spur." Hilflos wie ein Schuljunge. „Bitte haben Sie Verständnis dafür, dass wir den vielen Hinweisen akribisch nachgehen müssen." Und ein wenig trotzig sogar. „Wir arbeiten nicht auf der Grundlage von Hörensagen, sondern von Fakten und Beweisen."

Sie sind in der Defensive. Kleinlaut. Wissen nicht, was sie der Öffentlichkeit zumuten können. Und dann kam die letzte Frage von so einem ganz cleveren Journalisten, die mich wirklich amüsiert hat: „Können sich die Frankfurter Bürger auf der Straße noch sicher bewegen?" Markowsky allerdings, der aussah wie ein alter Fuchs, trieb sie zwei drei Schweißperlen auf die Stirn: „Ich bitte Sie, keine Fragen, die Panik schüren könnten." Womit er sie natürlich nur selbst angefacht hat.

Danach kam noch ein Interview mit Kommissar Rauscher. Ihr neuer Hoffnungsträger, den sie an die Front schicken, weil die anderen nichts rausgefunden haben. Er ist Teamleiter bei der Mordkommission und jetzt zum Leiter der Soko

Robin ernannt worden. Ach, das habe ich noch gar nicht erzählt? Ich habe seit kurzem eine eigene Sonderkommission. Ist das nicht toll?

Dieser Rauscher stand also da, sprach gewandt ins Mikro und war darauf bedacht, die Wogen zu glätten. Er hat schmale Lippen und flinke Augen, als wolle er alles und jeden stets im Blick behalten. Mitte dreißig, schätze ich, rasiert, der obere Hemdkragen offen, die kurzen schwarzen Haare adrett. Macht keine schlechte Figur. Diplomatisch, entschlossen, stämmig. Nicht so, wie diese anderen Heinis. Seine Masche heißt Beruhigung. Er setzt auf Entspannung der Lage, beschwichtigt, mäßigt seine Wortwahl, versucht die Situation zu entkrampfen. Die haben Bammel, dass die Öffentlichkeit durch die Medien noch mehr gepusht wird.

Dieser Rauscher ist keiner dieser aufgeblasenen Fatzkes, die sich gerne vor jede Kamera stellen. Eher so ein akribischer Arbeiter, der sich nicht verbiegen lässt. Ein Profi, der zwar vordergründig mitspielt, aber gerne sein eigenes Süppchen kocht. Jedenfalls endlich mal ein Gegner, der einem Paroli bieten kann und mit dem man es gerne aufnimmt. Aber ich lerne ihn ja gerade erst kennen.

Allerdings verzeihe ich ihm nicht, dass er meine Fans beschimpft hat. Ja, du hast richtig gehört. Seit Neustem habe ich auch einen eigenen Fan-Club im Internet. Den Robin-Blog. Die unterstützen mich und jubeln mir zu. Irre, oder? Rauscher allerdings fand das gar nicht witzig und drohte mit rechtlichen Konsequenzen.

Leider sehen meine Fans nicht mich, sondern nur meine Robin-Hood-Taten. Sie wissen nicht, worum es mir geht, warum ich für uns kämpfe. Genauso wie dieser Rauscher. Wie sollte er auch? Die wissen alle gar nichts, aber sie werden es erfahren!

39

„Dein Auftritt hat mir gefallen“, empfing Elke Rauscher im Wohnzimmer.

Sie streckte sich auf dem Sofa und schüttelte die Arme aus, die eingeschlafen waren. „Du wirkst im Fernsehen so selbstsicher.“

„Nur im Fernsehen?“ Er ließ sich neben sie plumpsen, gab ihr einen flüchtigen Kuss und stieß einen Seufzer aus.

„Was war denn mit Markowsky los? Der war ja mit Watte gepudert. So habe ich ihn noch nie erlebt.“

„Deeskalationsstrategie. Um die Gemüter zu beruhigen. Wir kämpfen an mehreren Fronten. Bin ich geschafft!“ Er reckte sich.

„Ach, komm schon. Ich hatte gehofft, du hast Lust auf Sex“, überfiel sie ihn.

„Was?“ Rauscher lachte. Er dachte daran, dass er Sex auf Kommando nicht mochte. „Spielen deine Hormone verrückt?“

„Nö, aber ich hab‘ die Faxen dick. Und es gibt ein paar Tricks, um die Geburt einzuleiten.“

„Aha. Und welche?“

„Sperma. Wenn das an den Muttermund kommt, könnte das die Wehen auslösen.“

„Echt? Nee, komm, ich bin fertig.“ Vögeln nach Zielvorgaben mit seiner hochschwangeren Frau mochte er noch weniger.

„Du könntest auch meine Brustwarzen stimulieren? Oder ich nehme so ein Zäpfchen mit dem Hormon Prostaglandin. Aber das will ich lieber nicht. Treppen steigen ginge auch. Kann ich aber nicht mehr, ohne dass mir der Rücken bricht. Also wenn gar nix hilft, schlucke ich Rhizinus-Öl. Hauptsache, es geht bald los.“ Rauscher fand ihre Verzweiflung süß und strich ihr liebevoll durch die Stoppelhaare:

„Dauert nicht mehr lange.“ Er hatte plötzlich das Gefühl, mit den Veränderungen nicht fertig zu werden. Warum überforderte ihn auf einmal alles? Er war versucht, einen Gruß gen Himmel zu schicken, den Herrn um Gnade zu bitten und um Beschleunigung der letzten Stunden bis zur Geburt. Rein rechnerisch noch ein Tag. Warum dauerte das alles so verdammt lange?

„Ich hau‘ mich hin“, sagte Rauscher und blickte ihr ins Gesicht.

„Wollen wir nicht doch noch …?“, bettelte Elke mit einem reizenden Augenaufschlag.

„Heute nicht.“ Rauscher schüttelte den Kopf, wandte sich ab und hörte Elkes Stimme lauter werden

„Ist ja super! Du lässt mich hier im Stich, ich schmachte und verhungere fast und jetzt willst du mich nicht mal mehr anfassen.“

„Elke, ich ...“

„Weißt du was? Du kannst mich mal.“ Erstaunlich flink schwang sie sich mit ihrem dicken Bauch von der Couch, ging ins Schlafzimmer und warf die Tür hinter sich zu, dass die Gläser in der Vitrine schepperten.

Rauschers Blick blieb an der Holztür kleben. Er hörte das Echo des Knallens leise abebben. Und es hallte lange in ihm nach.

FFREITAG 24.5.

40

Das Kreiseln im Kopf wollte und wollte nicht aufhören. Schließlich setzte sich Rauscher im Bett auf und starrte fassungslos auf die Digitalanzeige des Weckers: 2.28 Uhr!

Er hatte kein Auge zu gemacht. Zu wild waren seine Gedanken hin und her gesprungen. Zwischen Robin Hood und Vater werden, zwischen Fernsehstudio und Schützenverein, internen Ermittlern und undurchschaubaren Bankern. Dabei wäre Schlaf so wichtig gewesen in dieser Phase.

Auf dem Weg in die Küche strich er sich durch Gesicht und Haare und fühlte sich völlig erschöpft.

Babygeschrei, der Aufschrei der Medien, das Geschrei der Internen, die Klagen der Toten, die Fragen der Journalisten: Alles tönte in ihm und fand kein Echo. Die Schreie hetzten ihn. Packten ihn, ließen ihn nicht los und nicht zur Ruhe kommen. Er fragte sich, warum sich das alles bei ihm im Kopf festsetzte, sich zuspitzte und immer wiederkam.

Warum kam er mit Veränderungen so schlecht klar? Elke hatte sich verändert. Aus der strebsamen Polizistin mit hundertprozentiger Einstellung war eine jammernde Frau geworden. Es fiel ihm schwer, sich auf die neue Elke einzustellen. Aber warum eigentlich? Eine Schwangerschaft gestaltet das Leben neu, der Mensch erlebt und durchlebt dabei elementare Vorgänge und natürliche Prozesse. Und sie hatten es bislang gut hingekriegt. Und jetzt würden sie sich die restliche Zeit unterstützen und eine Hilfe sein. Genau, sagte er sich, denn er liebte Elke über alles. Und nur das zählte.

In der Küche mixte er sich einen Sauergespritzten. Runterkommen. Er hatte dieses Chaos im Kopf satt. Oberkante Unterlippe. Stille im Kopf herstellen. Er wollte seinen Kopf leeren, musste ihn leeren. Alles raus! Er brauchte Ruhe, um wieder normal denken und fühlen und sich seinem kriminalistischen Gespür hingeben zu können.

Er trank und schenkte nach. Das Prickeln half. Es vermittelte etwas Vertrautes.

Mit einem vollen Glas begab er sich Richtung Wohnzimmer und kam an seinem Gummibaum vorbei: „Ach Charlie", sagte er, „am liebsten würde ich aussteigen. Den Frühling in Frankfurt genießen, im Niddatalpark Laufen gehen, ein paar Kilos abspecken." Er griff eine kleine Speckfalte an der rechten Seite und spürte die weiche Masse, was ihm sofort eine Gänsehaut über den Rücken jagte.

Wenig später setzte er sich im Dunkeln an den Wohnzimmertisch und starrte vor sich hin. Abschotten. Seinen Kopf verteidigen gegen das Gekreische von außen, gegen die Einflussnahme, die Übernahme der Gedanken durch andere.

Waren seine Synapsen im Hirn besonders sensibel? Machte es sie an, permanent zu denken. War er denkgeil?

Nur Patty war die Ruhe in Person. Er nahm die Schildkröte und setzte sie vor sich auf den Tisch. Vielleicht war sie die Quelle der Kontemplation, die er benötigte, um wieder zu sich selbst zu finden. Aber sie schien ihn zu ignorieren. Also ratterte die Mühle weiter und dazwischen steckte etwas, das zerrieben wurde wie Parmesan.

„Hallo“, sagte er, „Freunde der Nacht. Könnt ihr auch nicht schlafen? Was hält euch wach?“

Sein Magen fühlte sich an, als hätte er seit drei Tagen nichts zu sich genommen. Wie ein Vakuum, das fast schon weh tat. Sollte er einen Blick in den Kühlschrank werfen? Ein oder zwei Brote mit Presskopf und Senf. Herrlich.

Nein! Er musste widerstehen. Dem Verlangen Widerstand leisten. Stark sein. Kampf den Kilos! Die Parole galt mehr denn je.

Er musste endlich schlafen. Einen Moment dachte er ernsthaft darüber nach, eine Schlaftablette zu nehmen, aber er war sich nicht mal sicher, ob er welche im Haus hatte. Vielleicht noch aus Studententagen, wenn er vor lauter Lerndröhnung nicht runterkommen konnte, aber verdammt nochmal schlafen musste. Heute wollte er sich nicht chemisch betäuben.

Brauchte er auch nicht, denn im nächsten Moment klingelte sein Handy. Es war inzwischen 3.48 Uhr. Er überlegte fieberhaft, wer das sein könnte und wünschte dem Anrufer, dass er einen handfesten und plausiblen Grund für seinen Anruf vorbringen konnte.

Es war Tanja Heller.

„Sorry, aber es ist wichtig. Wie schnell kannst du im Präsidium sein?“ Rauscher griff sich an den Kopf und petzte die Augen zusammen.

„Es ist mitten in der Nacht. Hat das nicht Zeit bis morgen früh?“

„Nein. Wenn ich mich jetzt hinlege, wache ich nie mehr auf. Okay?“

„Schon gut. Bin unterwegs.“

Rauscher stand auf, warf sich im Bad Wasser ins Gesicht und fühlte sich wie eine hundertjährige Tonne, die nie von ihrem Platz wegbewegt worden war. Er zog sich an und warf zum Abschied einen Blick ins Schlafzimmer. Elke schlief, atmete gleichmäßig. Die Luft wich durch die Vorderzähne aus und jedes Mal war ein leiser Pfiff zu hören. Sie hatte nicht mitbekommen, dass er aufgestanden war.

Nur noch ein lausiger, beschissener Tag, dachte Rauscher.

41

Wer war Ralf Terzlaff? Der personifizierte Kleinbürger, dachte Jens Dellbrück, und blätterte weiter in der Akte, die er vor sich auf dem Schreibtisch liegen hatte. Wieder einmal konnte er nicht schlafen und da bot es sich förmlich an, sich um sein eigenes Wohl zu kümmern, soll heißen: Gewissheit verschaffen über den Hauptverdächtigen.

Was war Terzlaff für ein Mensch? 43 Jahre alt, Sachbearbeiter bei einer Versicherung, vor kurzem gekündigt worden, verheiratet gewesen, Frau verstorben. Hier machte Dellbrück ein Fragezeichen. Weiter: keine Kinder, kleines Reihenhäuschen, keine chronischen Krankheiten, keine Alkohol- oder Drogenprobleme, keine Vorstrafen, keine besonderen Auffälligkeiten. Langeweile zog sich wie ein roter Faden durch Ralf Terzlaffs Leben. So las es sich jedenfalls für Jens Dellbrück.

Seit etlichen Minuten studierte er die Details, passagenweise den Lebenslauf, die verschiedenen Schulabschlüsse, die Zivildienstjahre und blieb dann an einem Stichwort hängen: Schützenverein! War als Hobby angegeben.

Warum war die Polizei noch nicht darauf gekommen? Die Indizien verdichteten sich. Ralf Terzlaff hatte den Erfolg und Ruhm seines Bruders nicht verkraftet und als er dann auch noch fast sein gesamtes Geld verloren hatte, waren ihm die Sicherungen durchgebrannt und er startete einen Rachefeldzug. Das war es! Dieser Irre, dachte Dellbrück, dieser gottverdammte Nichtsnutz machte tatsächlich Ernst und wollte sie alle auslöschen. Und er, Dellbrück, sollte der nächste sein.

Kuhl indes passte nicht ins Muster. Kannte er womöglich Kuhl persönlich? Aber woher? War ihm Kuhl auf die Schliche gekommen? Egal. Ralf Terzlaff musste gestoppt werden, bevor er sein tödliches Werk fortsetzen konnte.

Dellbrück ging in sich. Zwei Möglichkeiten blieben, die er nun erörterte.

1. Der Polizei einen handfesten Tipp geben, sie weiter ermitteln lassen und sich selbst raushalten.
2. Selbst aktiv werden.

Da es nicht Dellbrücks Natur entsprach, sich auf andere zu verlassen, lag sein Entschluss nahe. Es behagte ihm einfach nicht, sein Schicksal in den Händen Fremder zu wissen und auf deren Fähigkeiten angewiesen zu sein. Er bedauerte nun auch, nicht schon längst geeignete Maßnahmen ergriffen zu haben.

42

Tanja Heller saß im Konferenzraum im Dämmerlicht, schnitt eine Nektarine in zwei Hälften, entfernte den Kern und aß sie in drei Bissen. Mit den nächsten beiden verfuhr sie genauso, allerdings verteilte sie nun Stücke an Herrn Rank, der sie dankbar annahm und hin und wieder einen Blick auf den Laptop-Bildschirm warf, der vor ihnen auf dem Tisch stand. Im gesamten Präsidium war nur dieser eine Raum beleuchtet.

Als Rauscher eintrat, sah er mit einem Blick, dass Krause fehlte. Tanja schien seine Gedanken zu ahnen:

„Jan hat entweder das Klingeln nicht gehört oder er war nicht zu Hause." Nachdem sich Rauscher neben sie gesetzt und eine Tasse Kaffee eingeschenkt hatte, wandte er sich ihr zu:

„Was habt ihr denn so Wichtiges, dass es nicht Zeit bis morgen hat?" Rauscher nippte an seinem Kaffee, der so bitter schmeckte, dass er sich schütteln musste. Er schob die Tasse weg und war nun gespannt, was Tanja und Herr Rank herausgefunden, warum sie dieses nächtliche Treffen anberaumt hatten. Rauscher nippte doch wieder an seinem Kaffee, bereute es sofort und konnte es immer noch nicht glauben, zu dieser nervtötenden Uhrzeit im Präsidium zu hocken. Tanja preschte vor und kam gleich auf den Punkt.

„Ralf Terzlaff beteiligt sich am Blog und zwar mit dem Usernamen Ginnheim und dem Passwort Querschuss." Rauscher verschluckte sich fast: „Wie? Und das ist wirklich er?", bohrte Rauscher nach, worauf Rank antwortete: „Eindeutig. Er hat sich unter seiner Mail-Adresse und seiner postalischen Adresse angemeldet und gar nicht erst versucht, irgendetwas zu verschleiern."

„Und vor allem nimmt er kein Blatt vor den Mund“, ergänzte Tanja. „Einer der schlimmsten Hetzer im Blog.“ Sie gähnte und Herr Rank zitierte Terzlaff aus dem Blog: „Wir kriegen sie alle! Die Schweine müssen zahlen für ihre Verbrechen! Wir dürfen nicht lockerlassen! Und ich weiß auch schon, wer der Nächste ist.“

„Das gibt's doch nicht!“, entfuhr es Rauscher.

„Moment“, ergänzte Rank, „wird noch besser. Als sich nämlich einige User beschweren, er solle sich nicht so aufspielen, schreibt er: Ich nenne sogar seine Initialen ‚J.D.‘ Wartet ab, am Freitagabend!“

„J.D.? Wer kann das sein? Mist!“ Rauschers Ausruf ließ die anderen zusammenzucken. „Damit kann nur Jens Dellbrück gemeint sein. Wenn wir eins und eins zusammenzählen, kommt er bei Money Inc. direkt nach Terzlaff und Verbeuten und ist jetzt der Nächste auf Robins Liste. Der Termin wäre heute Abend.“

Rauscher schaute die beiden eindringlich an. „Danke für die Infos. Das reicht für einen Haftbefehl. Ich fahre zum Staatsanwalt. Einen Durchsuchungsbeschluss brauche ich auch. Verdammt, hoffentlich können wir ihm was nachweisen!“ Und Tanja ergänzte: „Wenn wir ihn gehörig unter Druck setzen, wird er vielleicht weich und wir holen ein Geständnis aus ihm raus.“ Sie nahm ihre Tasse in beide Hände, als wolle sie sich daran wärmen, und sah Rauscher ernst an: „Ich habe noch was, was passen könnte. Am späten Abend haben wir endlich Wolfgang Andres‘ Bericht zur Analyse des Tatort-Videos aus der Roten Villa auf den Tisch bekommen. Der Täter ist zwischen 1,85 und 1,88 m groß. Anhand der Statur und der Bewegungen handelt es sich hundertpro um einen Mann.“

Es war nun 5.33 Uhr. Zu spät, um sich noch einmal schlafen zu legen.

„Ich fahre nachher zum Staatsanwalt und sobald ich den Haftbefehl habe, nehmen wir Terzlaff fest und lassen sein Haus durchsuchen. Jetzt könnten wir seine Vernehmung vorbereiten. Was meinst du?“

„Klingt gut!“

„Erinnere mich bitte daran, dass ich Krause Bescheid gebe. Er hat Dellbrück einbestellt, aber nach dem aktuellen Stand müssen wir Dellbrück von zu Hause abholen lassen, ihm Polizeischutz gewähren und ihn einweihen, dass er das nächste potentielle Opfer ist.“ Tanja notierte sich Rauschers Ansage. „Herr Rank, Sie kommen hier klar?“ Er nickte:

„Ich bin gerade in meinem Element und habe eine Idee. Vielleicht komme ich dem Betreiber des Blogs auf die Spur. Ich fahre dann später nach Hause und lege mich hin.“

„Prima Arbeit“, meinte Rauscher, trank seine Tasse leer und erhob sich. Auf den Fluren herrschte Dunkelheit und Stille. Die typische abgestandene Luft war nun besonders deutlich wahrzunehmen.

Tanja folgte Rauscher in sein Büro, schloss die Tür hinter sich und er hörte sie sagen:

„Der Staatsanwalt schläft bestimmt noch. Hast du Lust zu vögeln?“

Keine drei Sekunden später kreiste ihre Zunge in seinem Mund.

43

Die Morgensonne bedeckte Monikas Haut mit zarten Küssen. Der Wind streifte sie in noblem Gewand, als hätte er einen geheimen Schleier an. Sie fühlte sich wie eine Fee, federleicht, auf dem Weg in ihr Reich.

In einem kurzen knappen Sommerkleid, das aussah, als wolle Monika zur nächsten Open-Air-Party aufbrechen, betrat sie das Nachbarhaus. Es war noch sehr früh am Morgen, aber Jerrys Auto stand nicht im Hof. Er war scheinbar schon arbeiten.

Waschen. Bügeln. Umschauen. Diese Reihenfolge hatte sie sich vorgenommen. Denn ganz geheuer war ihr die gestrige Entdeckung nicht.

Nicht dass sie neugierig gewesen wäre, aber sie interessierte schon, was Jerry trieb. Jetzt, wo er ganz alleine war in dem Haus, in dem ihre beste Freundin Hand an sich gelegt hatte.

Mit Jerry konnte sie nicht über Kathrines Tod reden. Dreimal hatte sie es versucht, dreimal hatte er abgeblockt. In dieser Hinsicht war er verschlossen und unzugänglich wie der Vatikan.

Mit diesen Gedanken im Kopf widmete sie sich der Wäsche und hatte im Nu eine Maschine angestellt. Dann stellte sie das Bügelbrett auf und begann über seine Hemden zu fahren. Glatt und rein. Sie stellte sich vor, wie er aus dem Bett, ihrem gemeinsamen, aufstand, eines davon anzog und zur Arbeit ging. Ein Traum, den sie genoss.

Er arbeitete zurzeit bei einer Bank, obwohl er kein Banker war. Er war irgendwas wie Administrator. Mehr wusste sie nicht. Wollte sie auch nicht. Nur er selbst, er als Mensch, interessierte sie. Dabei kannte sie ihn gar nicht so gut. Sie wusste weder, woher er kam, noch ob er Geschwister hatte oder seine Eltern noch lebten. Über diese Dinge hatten sie nie gesprochen. Aber das würde sie nachholen. Das war ihr wichtig.

Sie merkte gar nicht, wie die Zeit verging und die Bügelwäsche stetig abnahm, bis auch Jerrys letzte Socke gebügelt war. Die Waschmaschine machte die letzten Drehungen und sie ging ins Obergeschoss. Die Vorhänge in Jerrys Arbeitszimmer waren über den Winter gelblich geworden. Vor langer Zeit schienen sie einmal weiß gewesen zu sein. Sie musste dringend Abhilfe schaffen. Sie nahm einen Stuhl und trat mit dem rechten Fuß auf den Schreibtisch, um an die Aufhängung der Vorhänge zu gelangen. Vor dem Laptop lag ein Blatt mit einigen Zeilen darauf. Die Überschrift lautete *Liebe Kathrine.*

Die Neugier sprang sie an wie ein hungriges Tier auf der Jagd nach Beute. Sie schaute sich um. Natürlich war sie alleine im Haus. Und sie konnte sich nicht zurückhalten. Sie musste lesen:

meine Liebe zu dir ist wie ein gerade geschlüpfter Schmetterling, der anfängt die Welt zu entdecken.

Monika war augenblicklich so ergriffen, dass ihr eine Träne die Wange herunterrann und ein kleiner Seufzer über die Lippen kam.

Heute habe ich von deinem Blut geträumt. Wie es auf den Boden tropfte und zum See wurde, in den ich eintauchen wollte, um darin zu versinken. Aber es gelang mir nicht. Über und über mit Blut bespritzt tauchte ich immer wieder auf, als wollte mich irgendetwas dem See entreißen.

Ich schreibe dir, weil du der einzige Mensch bist, der mir zuhört, auch wenn du nicht hier an meiner Seite bist. Dem ich mich anvertrauen kann. Ich habe niemanden mehr, dem ich mich mitteilen kann.

Es gibt diese Geschichte aus meiner Kindheit. Ich bereue es, sie dir nicht erzählt zu haben. Vielleicht deshalb nicht, weil ich Angst davor hatte, dadurch beschädigt zu sein. Aber das ist jetzt egal.

Mein Vater hatte früher einen Spitznamen. Er wurde von seinen Kumpeln Jäger genannt...

Weiter kam sie nicht, denn plötzlich hörte sie etwas Rascheln hinter sich. Sie drehte sich um und sah ihn. Eine Heidenangst flog in ihr Herz.

44

Vögeln. Das Wort klang verheißungsvoll. Nach Wärme und süßer Sünde. Es hüllte seine Sinne ein und er verschmolz damit.

Tanjas vielsagender Blick hatte zunächst eine Lähmung verursacht, sich aber sogleich entladen in einem Drang, den er lange nicht gespürt hatte. Wie neunundneunzig Luftballons im Bauch, die den Weg ins Freie suchten.

Dann folgten verhaltene Küsse, etwas unbeholfen. Umarmungen, gegenseitiges Ausziehen, mehr schlecht als recht. Tasten, fühlen. Sie roch nach einem Parfum mit orientalischer Note und ihre Haut schmeckte leicht salzig. Ein kleines tätowiertes Kätzchen auf ihrer Schulter strahlte ihn an und fuhr eine Kralle aus.

Als Tanja seinen Bauch berührte, kam er sich nackt vor, korpulent, und als sie ihn an sich zog, um die Hüften griff und zupackte, war er schnell erregt. Ihr schlanker Nacken, ihre straffe Haut. Was er berührte, gefiel ihm. Im Zimmer war es warm und er glaubte zu schwitzen. Sie lagen auf dem Teppich, er auf ihr und er bewegte sich in ihr. In einem kleinen Jauchzer beendete er die Sache.

Der Akt in seinem Büro hatte keine zehn Minuten gedauert. Als sie voneinander abließen, breitete sich eine Gänsehautstimmung in dem etwa fünfundzwanzig Quadratmeter großen Raum aus. Fremder Körper, fremder Geruch. Freier Fall.

„Ich sehe Sterne", sagte Rauscher und holte Luft.

„Jetzt nur nicht romantisch werden", antwortete Tanja, schubste ihn zart, fast liebevoll, von sich und drückte ihm einen flüchtigen Kuss auf die Wange.

Das Ankleiden, wortlose Bewegungen in Zeitlupe. Rauscher konnte sich nicht überwinden, Tanja in die Augen zu blicken. Er befürchtete, jeden Augenblick zu kollabieren. Und er bereute. Schon jetzt.

Als er am Wandspiegel vorbeilief und sich sah, bekam er einen Schreck. Kreidebleich. Er kniff die Augen zu. Was hatte er getan? Was war über ihn gekommen?

Sie hatte ihn überrumpelt, er sich nicht gewehrt.

Einen Tag vor dem Entbindungstermin.

Abgang. Ausgang. Albtraum.

Wer war schuld? Gab es überhaupt einen Schuldigen?

Warum suchte er Ausflüchte? Keine fünf Minuten, nachdem es passiert war.

Tanja trat an ihn heran und fuhr ihm über die Wange:

„Hey, Andreas. Ich weiß, in welcher Situation du steckst. Aber das musste irgendwie sein. Hab' ich gebraucht."

Aus ihrem Mund hörte sich das alternativlos an. Aber das war es ganz und gar nicht. Das wusste er genau. Er hatte sich vollkommen gehen lassen und noch wusste er nicht, wie er damit klarkommen würde. Ob er je damit klarkommen würde.

Naja, versuchte er sich zu beruhigen, es war einfach Sex, ein One-Night-Stand, eigentlich keine große Sache. Jedenfalls nichts, worüber man sich ernsthaft Sorgen machen müsste. Also galt es nun, einen kühlen Kopf zu bewahren. Sie hatten schwierige Aufgaben vor sich. Er musste dringend zum Staatsanwalt, schauen, ob Konetzke schon im Büro war.

Als hätte Tanja seine Gedanken erraten, sagte sie: „Wenn du vom Staatsanwalt zurück bist, fahren wir zusammen zu Terzlaff, okay?" Dann verließ sie das Büro, ohne sich umzuschauen.

Rauscher gab ein trauriges Bild ab. Strich sein Hemd glatt, zog die Schuhe an. Auf dem Weg aus dem Präsidium, kam er am Empfang vorbei.

„Morsche, Härr Rauschä", begrüßte ihn der wachhabende Beamte, „falsch Richdung, gelle!"

Das traf es genau, dachte Rauscher, als er sich in den Wagen setzte und zur Staatsanwaltschaft in die Innenstadt fuhr, unweit der Konstablerwache.

45

Er kam nach Hause und war ziemlich erledigt. Duschen, sagte er sich, eine gute Idee! Im Haus lag – neben dem Putzmittelgeruch – noch ein anderer. Da hatte jemand gebügelt. Außerdem roch es nach frisch gewaschener Wäsche. Monika war hier gewesen.

Er ging die Treppe hoch und hatte plötzlich das Gefühl, nicht allein zu sein. Und als er in sein Schlafzimmer trat, entdeckte er sie.

Sie stand am Schreibtisch und kehrte ihm den Rücken zu. Sie las etwas, einen seiner Briefe an Kathrine.

Mist, schoss es ihm durch den Kopf. Er hätte Monika von Anfang an nicht hereinlassen sollen. Sie fing an herumzuschnüffeln. Und jetzt erwischte er sie mit dem Intimsten, das es gab: seine Gedanken an Kathrine. Seine Aufarbeitung der vergangenen Monate. Seine Offenbarungen. Sein Inneres.

Sie fuhr herum, weil sie ihn bemerkt hatte, und er spürte sofort, wie unangenehm ihr die Situation war.

„Ich habe ...", stotterte sie los. „Ich habe nur den Anfang gelesen und musste sofort weinen. Der ist so schön." Oh Gott, war er ein Trottel. Er hatte den Brief offen neben der Tastatur liegen lassen. Er riss ihn Monika aus den Händen, die sich erschreckte und augenblicklich zusammenzuckte.

Er überflog den Brief. Es stand zum Glück nichts drin, wodurch sie

Rückschlüsse hätte ziehen können. Aber er musste in Zukunft vorsichtiger agieren, sonst gefährdete er alles.

Monika stand vor ihm und heulte noch immer. Kathrine hatte sie immer „die Schwärmerin“ genannt. Monika träumte sich in Opern hinein, in denen sie die Hauptrolle spielte. Versetzte sich auf Theaterbühnen, ohne einen Funken Talent für die Schauspielerei zu besitzen. Sie erträumte sich ständig neue Liebhaber und sah sich als Frau an der Seite von Johnny Depp oder Antonio Banderas. Sie neigte dazu, sich alles schönzureden, und war, um es knallhart zu sagen, naiv bis zur Schmerzgrenze. Aber vielleicht gerade deshalb so liebenswert?

Was sollte er nun mit ihr machen?

Ahnte sie etwas?

Gefährdete sie sein Vorhaben?

Er könnte sie töten. Aber wenn die Polizei ihre Leiche fände, würde er sie damit auf seine Fährte locken. Sie würden ihn als Nachbarn vernehmen, blöde Fragen stellen. Das musste er vermeiden.

Wie also sollte er mit ihr umgehen? Er durfte auf keinen Fall seine Mission riskieren. Es gab nur eine Möglichkeit, die wirklich in Frage kam. Er musste sie um den Finger wickeln. Sie abhängig machen von sich, bis sie sich nicht mehr wehren konnte gegen ihre Gefühle. Erst dann konnte er ihr die volle Wahrheit offenbaren. Denn dann würde sie Verständnis aufbringen und schon so gefangen sein, dass sie zu ihm halten und aus der Sache nicht mehr herauskommen würde.

46

Staatsanwalt Konetzke war ein Frühaufsteher. Er mochte es, noch vor Sonnenaufgang oder zumindest mit aufgehender Sonne im Büro zu sein, wenn die Flure noch ruhig, die Büros noch leer und das Telefon noch still war.

Menschenseelenallein machte er sich auch gerne auf Wanderungen durch die heimischen Mittelgebirge, die einige schöne Flecken zu bieten hatten.

Er liebte die Tromm im Odenwald, eine Art Hochplateau, das Jammertal im Taunus, dunkel, verwinkelt und fast schon mystisch, das bis hoch zum Kloster Arnstein und zur Lahn führte, oder das wild-romantische Jossa-Tal im Spessart bis zu den Barackenhöfen.

Auch heute saß Konetzke früh am Schreibtisch. 6.59 Uhr zeigte die Uhr, als seine Bürotür mit einem Ruck aufsprang und die Ruhe dahin war.

Andreas Rauscher stand vor ihm. Nanu? So früh hatte er den Kommissar noch nie gesehen. Und schon gar nicht in einem solch erbärmlichen Zustand. Total übernächtigt. Hatte er getrunken? Sein Allgemeinzustand wirkte ebenfalls bedenklich. Er hatte zugenommen seit der letzten Zusammenkunft. Deutlich, richtig dicke rote Bäckchen bekommen. Rauscher stürzte herein und sammelte sich:

„Ich brauche einen Haftbefehl und einen Durchsuchungsbeschluss für Ralf Terzlaff."

Trotz der ärgerlichen Störung zu früher Morgenstunde blieb Konetzkes Laune gut:

„Na, dann überzeugen Sie mich mal."

Das erste Argument musste sitzen, deshalb entschied sich Rauscher, nicht drum herum zu reden, sondern die Katze gleich aus dem Sack zu lassen:

„Ralf Terzlaff hetzt auf dem Robin-Blog und geht sogar soweit, den nächsten Mord anzukündigen. Für heute Abend. An einem gewissen J.D. Wir gehen davon aus, dass Jens Dellbrück gemeint ist. Terzlaff ist ein guter Bogenschütze und Mitglied bei Querschuss Ginnheim. Außerdem etwa 1,85 m groß, das entspricht der Größe des Täters, wie wir aus dem Tatort-Video wissen." Und mit dem letzten Punkt wollte er Konetzke endgültig packen: „Er hat kein Alibi für keine der Tatzeiten. Brauchen wir wirklich noch mehr?"

Konetzke senkte die Augen. Dann hob er betont den Kopf, schaute gemächlich aus dem Fenster, ließ daraufhin seinen Blick langsam durchs Zimmer schweifen, bis er wieder bei Rauscher angekommen war. Schließlich kramte er ein Formular aus seiner Schreibtischschublade.

Er braucht diese Theatralik, dachte Rauscher, sonst fühlt er sich nicht wohl.

„Gut“, meinte Konetzke, „ich verlasse mich auf Sie.“ Er unterschrieb das Papier und übergab es dem Kommissar.

„Und Rauscher, Sie trinken doch nicht etwa? Achten Sie in Zukunft etwas mehr auf sich und ihr Auftreten. Das kann ich Ihnen nur ans Herz legen.“

Kaum war Rauscher wieder auf der Straße, rief er Elke an, denn er musste ihr noch erzählen, wo er war und warum er nicht zu Hause war. Er ließ es zehnmal klingeln, aber sie nahm nicht ab. Sein Puls stieg. Komm schon, geh ran. Was ist los? Er legte auf und wählte ihre Handynummer. Seiner Körpersprache nach zu urteilen, breitete sich gerade Hektik in ihm aus. Er zappelte mit dem Oberkörper und schlug sich auf den Oberschenkel. Sprach ihr auf die Mailbox. Sein Herz schlug wild. Er fluchte innerlich. Was sollte er tun? Wollte sie nicht mit ihm reden? Konnte sie nicht? War sie ohnmächtig geworden? War sie gestürzt und lag hilflos in der Wohnung?

Zu viele Fragen, zu wenig Antworten. Er musste hinfahren und nachsehen. Spontan disponierte er um.

47

In den Ginnheimer Gärten blühten Bäume und verdorrte Gras. Die Sonne hatte in den letzten Tagen ganze Arbeit geleistet.

Tanja Heller und Jan Krause gingen einen schmalen Weg über Steinplatten direkt auf Ralf Terzlaffs Haustür zu, flankiert von drei Kollegen des SEKs, die sie nach allen Seiten absicherten. Rauscher hatte ihnen den Haftbefehl übergeben und sie beauftragt, die Festnahme ohne ihn vorzunehmen. Krause hatte freudig zugestimmt. Ein Einsatz mit Tanja war ihm allemal lieber als ein ödes Gespräch mit Dellbrück. Zumal der Banker den Termin wegen dringender geschäftlicher Verpflichtungen nicht hatte wahrnehmen können und jeglichen Polizeischutz kategorisch abgelehnt hatte, um kein unnötiges Aufsehen zu erregen. Er würde wachsam sein und war den ganzen Tag ohnehin in Begleitung. Alles sollte normal weiterlaufen. Das war sein Wunsch, dem Krause nicht ganz entsprochen hatte. Denn er hatte einen Beamten im Empfangsbereich von Money Inc. platziert und einen weiteren auf Dellbrücks Etage, in der es nur drei Büros gab. Mehr konnte er vorerst nicht tun.

Auf Terzlaffs Grundstück war niemand zu sehen. Sie rückten schnell vor und Tanja drückte den Klingelknopf.

Terzlaff öffnete die Tür und Krause ergriff sogleich das Wort:

„Sie sind vorläufig festgenommen wegen dringenden Mordverdachts an Armando Terzlaff, Konstantin Verbeuten und Sebastian Kuhl. Wir nehmen Sie mit ins Präsidium.“ An Terzlaffs Gesichtsausdruck konnten sie deutlich die Überraschung ablesen, als er das Wort Mordverdacht aus Krauses Mund gehört hatte, der ihm auch gleich Konetzkes Formulare überreichte.

Ein Zucken Terzlaffs genügte. Die Kollegen sprangen sofort auf ihn zu, verstellten ihm die Rückzugsmöglichkeit und legten ihm Handschellen an. Ein dumpfes Brummen entglitt seiner Kehle, undefinierbar. Er setzte an, sich lauthals zu beschweren, ließ es aber bleiben. Scheinbar scheute er die Kraftanstrengung.

Stattdessen fragte er, ob er sich wenigstens noch ein paar Schuhe anziehen dürfe, bevor sie ihn mitnähmen. Tanja gestattete es und winkte den Kriminaltechnikern, die sogleich ins Haus strömten und sich ausbreiteten. Wolfgang Andres blieb bei ihr stehen und betrachtete das Reihenhaus:

„Müsste in drei Stunden zu schaffen sein. Ich melde mich gleich, wenn wir was finden.“ Tanja nickte und begleitete die anderen zum Wagen. Terzlaff saß schon darin und seiner Miene war abzulesen, dass er damit ganz und gar nicht einverstanden war.

48

Die Morgensonne streichelte die Dächer Bockenheims. Einzelne Strahlen schauten herüber und begrüßten den Tag. Der Berufsverkehr war in vollem Gange und an den Ampeln gab es Rückstau. Eine leichte Mattheit lag über der Stadt, die warme Luft trug dazu bei. Die Leute auf den Bürgersteigen, die zur Straßenbahn gingen, bewegten sich bedächtig. Die allermeisten von ihnen hätten lieber einen anderen Weg eingeschlagen als den ins Büro.

Rauscher gähnte und streckte sich. Er sah fahl aus, wirkte geschafft.

Nachdem er Krause und Tanja instruiert hatte, fuhr er nach Hause. Gespannt stieg er die drei Stockwerke hoch, klingelte an der eigenen Tür. Sie öffnete nicht. Er schloss schnell auf und rief Elkes Namen. Stille. Er ging in die Küche und ins Wohnzimmer. Nichts. Im Bad war sie auch nicht. Er rief wieder ihren Namen, diesmal lauter. Keine Reaktion. Auch im Schlafzimmer keine Spur von ihr. Im Büro ebenfalls nicht. Ausgeflogen.

Er lief alle Räume nochmals ab, suchte nach einem Zettel, einem Zeichen. Vergeblich. Er fand nur leere Räume, in denen ein Hauch ihres Parfums hing.

War sie beim Arzt? Hatte er einfach den Termin vergessen? Nein, daran würde er sich erinnern. Außerdem: Warum hatte sie ihn nicht angerufen, als sie morgens aufgewacht war und ihn nicht vorgefunden hatte? Er kontrollierte sein Handy. Kein Anruf heute Morgen.

Langsam begannen seine Gedanken, Tango zu tanzen. Drehten sich eng umschlungen um Fakten und Zweifel, mal langsam, mal schneller, rieben ihre Wangen aneinander oder hielten sich auf Distanz.

War Elke womöglich so sauer, dass sie abgehauen war? Nach Hamburg gar? Nein, das war nicht möglich. Eine solche Reise hätte sie in ihrem hochschwangeren Zustand nicht auf sich genommen. Aber wo konnte sie sein?

Sorge um zwei Menschen ergriff ihn. Packte ihn mit voller Wucht. Hinterließ ein Gefühl chaotischer Ohnmacht und Hilflosigkeit. Er spürte seine innere Hemisphäre ins Wanken geraten und aus dem Gleichgewicht kippen. Das Leben ist ein einziges Balancieren, schoss es ihm durch den Kopf.

Bestimmt war alles ein Missverständnis, würde sich einfach und bald aufklären. Telefon nicht gehört und Handy verlegt. Er wählte wieder Elkes Nummer. Wieder sprang der Anrufbeantworter an. Er schrie fast, sie solle sich sofort melden.

Rauscher musste nachdenken. Außerdem hatte er Hunger und Durst. Er tippte rasch eine SMS: *Melde dich bitte. Ich möchte mit dir reden.*

Er verließ die Wohnung, ratlos und rastlos. War sie etwa schon auf dem Weg ins Krankenhaus und nicht mehr in der Lage ans Handy zu gehen?

Er klopfte sich an die Stirn, rannte zum Wagen, schaltete das Martinshorn ein und parkte drei Minuten später vorm Markus-Krankenhaus. Eine weitere Minute später stand er atemlos vorm Empfang.

„Ich suche Elke Erb", rief er. Eine Dame mittleren Alters schaute ihn durch ihre Brille, die nach Fielmann aussah und dicke Gläser hatte, an und blätterte dann seelenruhig weiter in einer Zeitschrift.

„Sie ist hochschwanger. Ist sie hier eingeliefert worden?" Die Fielmann-Dame bemühte sich, ein Lächeln aufzulegen und brachte ein gezwungenes „Immer mit der Ruhe, der Herr" heraus. Sie legte die Zeitschrift beiseite, fuhr mit der Maus über ihren Computerbildschirm und klickte einige Male.

„Bei uns ist keine Elke Erb verzeichnet. Wann soll sie denn eingeliefert worden sein?"

„Das weiß ich ja eben nicht. Ich weiß nicht einmal, ob sie überhaupt hier ist."

„Ach so. Und jetzt?"

„Haben Sie auch richtig nachgeschaut?"

„Na hören Sie mal, junger Mann." Rauscher hob die Hände. Er merkte, dass er hier wohl falsch gelegen hatte. Aber wo war Elke dann? In einem anderen Krankenhaus? Unwahrscheinlich.

Rauscher bedankte sich bei der Empfangsdame und ging zurück zum Wagen.

Aufs Geratewohl fuhr er durch Frankfurt und überlegte fortwährend, was um Himmels willen mit Elke war.

Er fuhr durchs Westend und das Bahnhofsviertel, runter zum Main, schaute über den Fluss, den Eisernen Steg und Sachsenhausen am anderen Ufer. Sein Frankfurt. Hauptstadt des Ebbelwois, Hibbdebach und Dribbdebach. Alles war da, wie immer, nur Elke fehlte.

Dann fuhr er weiter durchs Gutleutviertel über die Eisenbahnbrücke ins Gallus, wo er an einer Ampel das Fenster runterließ und warme Luft hereinströmte. Auf dem Bürgersteig fragte ein Passant im Anzug einen Jugendlichen im Rapperlook in weiten Hosen und Kopfhörern auf den Ohren nach dem Weg. Er nahm sie ab:

„Hey, man. This is fucking Gallus, you know", schnappte Rauscher auf und weiter: „Da lang. Tatütata, Trallala. Oh boy, life is shit!" Der Junge setzte die Kopfhörer wieder auf, warf im Rapperstil Kopf und Arme hin und her und zog seines Weges. Der Passant schüttelte den Kopf, verstand die Welt nicht mehr und Rauscher vermutete, dass er nie zuvor diesen Stadtteil beehrt hatte.

Bei Grün ging's weiter, an der Baustelle Europaviertel und der Messe vorbei, rein nach Bockenheim bis kurz vor den Westbahnhof. Hier bremste er abrupt und stieg aus. Lange her, dass er zum letzten Mal hier war in einer seiner Lieblingsapfelweinkneipen. Und was er sah, sah nicht gut aus. Ein großes Stoffbanner zierte die Hausfassade. Die darauf gedruckten Worte versetzten ihm einen Stich: ‚Neu: Steakhouse. Argentinisches Rind ab 9,99'.

„Das darf doch nicht wahr sein. Alles geht den Main runter", fluchte er und fuhr bald weiter. Richtung Festhalle. *Du kannst mich mal.* Elkes Worte kamen ihm in den Sinn. Keine Reaktion auf die SMS. Sie war verdammt sauer!

Nach dem Messeturm, dessen Spitze grell in der Sonne schimmerte, bog er rechts ab und hielt etwas später an einer Imbissbude. Keine gewöhnliche, sondern ein umgebauter Linienbus, eingehüllt in Metall: *Die Frankfurter Wurstbörse.*

Rauscher stieg aus und bestellte eine Bratwurst mit Brötchen. Er war der erste Gast. Der Mann hinter der Theke lächelte ihn an. Scheinbar erinnerte er sich an Rauscher, der schon zwei- oder dreimal hier gewesen war.

Viele wollten von unten nach ganz oben. Der Besitzer der Imbissbude hat's umgekehrt gemacht. Saß im 20. Stock des Messeturms als Investmentbanker, heute steht seine Imbissbude unten im Schatten. Früher verdiente er sechsstellige Beträge als Broker, heute kassierte er 2,70 pro Wurst.

Auf dem Grundstück nebenan zogen Bauarbeiter gerade ein neues Hochhaus hoch, Tower 185. Rauscher nahm Senf und Ketchup, biss ein Stück Brötchen ab.

„Sie kennen sich doch in Bankkreisen aus?", fragte er den Mann, der ihn um einiges überragte und eigentlich immer lächelte.

„Und wer will das wissen?" Rauscher zog seinen Dienstausweis.

„Die Mordkommission. Rauscher mein Name."

„Oh. Sind Sie etwa wegen der toten Banker hier?"

„Nein. Wegen der Wurst, aber ein paar Fragen hätte ich schon."

„Schießen Sie los!" Rauscher biss ein Stück Wurst ab und spürte den Senf in der Nase, der bitzelte.

„Kennen Sie einen Fonds namens Money Value?"

„Haben Sie Ihr Geld verpulvert?"

„Ich nicht, aber viele Kunden von Money Inc. Gibt es eine Möglichkeit, das Geld zurückzubekommen?"

„Kaum. Soweit ich gehört habe, sind die Klagen gescheitert. Ich denke, dass es nichts bringt, in die zweite Instanz zu gehen. Money Inc. hat einwandfreie Prospekte geliefert. Im Kleingedruckten steht, dass es zum Totalverlust kommen kann. Höchstens Schadenersatz, aber das ist ein Bruchteil."

„Warum ist der Fonds abgeschmiert? War das Versagen der Fondsmanager?"

„Schwer zu beurteilen. Sie haben sicher nicht das glücklichste Händchen gehabt bei der Auswahl der Immobilien zum Beispiel. Aber dass die Frachtraten massiv sinken und so die Schiffsbeteiligungen quasi nichts mehr wert waren, konnte keiner voraussehen. Da hat sie die Finanzkrise kalt erwischt." Rauscher aß das letzte Stück Wurst und überlegte, eine zweite zu bestellen. Er hatte plötzlich Bärenhunger. Als er aber an seinen Bauch dachte, verging ihm der Appetit.

„Danke sehr." Rauscher wischte sich den Mund ab. „Köstlich übrigens. Wie laufen die Geschäfte?"

„Nicht so volatil wie die Börse. Gegessen wird immer! Sehen Sie doch." Rauscher drehte sich um und ein ganzer Schwung Anzugträger war im Anmarsch. Frühstückspause. Er verabschiedete sich:

„Gute Performance noch", sagte er, setzte sich in den Wagen und schloss die Tür. Kaum umgab ihn die Stille, war Elkes Stimme wieder da: *Du kannst mich mal.*

Wieder schrieb er eine SMS: *Ich verstehe, dass du sauer bist. Aber bitte gib mir eine Chance.*

Er drehte den Zündschlüssel, fuhr los Richtung Präsidium und bemerkte gar nicht, wie schnell er dort angekommen war. Frankfurt schrumpft, dachte er, kaum fährt man los, ist man schon da. Ein kleines Dorf verglichen mit dem globalen Metropolenkonzert. Ein hessischer Fliegenschiss auf der Landkarte. Aber genau das fand er gut. Alles war übersichtlich, vertraut, absehbar. Attribute, die er wesentlich mehr schätzte als global, großflächig, weitläufig, endlos, labyrinthisch. Aber er mochte die Stadt auch wegen ihrer Kontraste. Schampus und Sauergespritzter, Städel und Sudfass, Geld und Gallus. Der Mix wurde nie langweilig. Wie sein Leben.

49

Im Vernehmungszimmer stand nichts außer einem quadratischen Tisch und zwei Stühlen. Kahle Wände, abgestandene Luft. Funktional eingerichtet, hatte Krause einmal dazu gesagt.

Ralf Terzlaff wurde von zwei Wachbeamten hereingeführt und nahm Platz. Er starrte die Wand an, legte ein Bein übers andere und tat entspannt, aber alle zehn Sekunden wechselte er seine Position.

„Was soll das hier?", brauste er auf, als Rauscher eintrat. „Ich hab doch schon gesagt, dass ich mit den Morden nix zu tun habe. Mehr habe ich nicht zu sagen." Rauscher setzte sich. Terzlaffs Haare standen ab, er schwitzte, trug ein dünnes ungebügeltes Hemd. Der Mann wirkte verlottert und heruntergekommen, zudem ausgemergelt und matt. Sitzt vielleicht nur noch vorm

Computer und bloggt, überlegte Rauscher und merkte, dass es ihm schwerfiel, sich auf sein Gegenüber zu konzentrieren. Immer wieder die Bilder des Morgens. Elkes Verschwinden. Und Tanjas Überfall. Die Wildheit in ihren Augen. Ihre Entschlossenheit, sich ihn einzuverleiben. Das hatte er in der Form noch nicht erlebt. Aber es faszinierte ihn, welche Macht sie von einer auf die andere Sekunde über ihn gehabt hatte. Und gleichzeitig erschreckte es ihn.

Er stieß sich an den Kopf, schüttelte den Gedankenstrom ab wie Brotkrümel von einer Tischdecke. Das Jetzt war wichtig. Hier war Konzentration gefragt. Er achtete darauf, in Augenhöhe mit Terzlaff zu sein. Nahm jetzt genau dessen kalte Blicke und das fiese Zucken des rechten Augenlids wahr.

„Terzlaff", begann er, „Sie kennen den Robin-Blog im Internet?"

„Klar, na und?"

„Sie haben sich dort angemeldet mit dem Usernamen Ginnheim."

„Ist das ein Verbrechen?"

„Nein. Aber das, was Sie dort schreiben. Schließlich kündigen Sie den nächsten Mord an." Terzlaff beugte sich über den Tisch und Unruhe machte sich in seinen Augen breit: „Von was reden Sie eigentlich, Mann?" Rauscher legte ihm ein DINA4-Blatt hin. Terzlaff begann zu lesen und beim letzten Teil wurde er immer lauter:

„Die Schweine müssen zahlen für ihre Verbrechen! Und ich weiß auch schon, wer der Nächste ist. Ich nenne sogar seine Initialen ‚J.D.' Wartet nur ab auf heute Abend!" Er schaute Rauscher entsetzt an: „Das wollt ihr mir unterjubeln? Nicht mit mir, Freunde!"

„Das haben Sie geschrieben."

„Hab ich nicht!" Terzlaff schlug auf den Tisch. „Also den ersten Teil, ja, geb ich zu. Aber nur bis ‚Verbrechen'. Der Rest ist nicht von mir."

„Das ist ganz klar unter Ihrem Usernamen geschrieben worden." Terzlaff merkte, dass er in die Defensive geriet:

„Leute, Leute. Ich bin doch nicht total bescheuert! Wer soll das denn sein J.D.?"

„Jens Dellbrück. Das liegt doch auf der Hand.“ Terzlaff verstummte und Rauscher konnte gut erkennen, wie sein Gehirn ratterte, wie er überlegte, aus dieser brenzligen Situation herauszukommen.

„Keine Ahnung, wie ... echt ... Scheiße aber auch. Da will mir einer was unterjubeln. Merkt ihr denn nicht, was hier läuft?“

Rauscher war für einen Moment versucht, ihm zu glauben. Die Person, die ihm gegenüber saß, war plötzlich ängstlich, fast schon kleinlaut. Terzlaff hatte realisiert, dass es um seinen Kopf ging und eng für ihn werden konnte.

„Mensch“, sagte er nun in einem ganz anderen, eher sanften Ton, „glaubt mir. Das habe ich nicht geschrieben. Das kenne ich überhaupt nicht. Ihr müsst den finden, der das da reingesetzt hat. Ehrlich. Das ist der Typ, den ihr sucht. Der will mir einen Mord in die Schuhe schieben. Das ist doch offensichtlich.“ Er schlug mit der Handkante wieder auf den Tisch und tat sich dabei weh. „Autsch, Mist.“

„Moment.“ Rauscher stand auf und signalisierte nach draußen, dass jemand Kaffee und Wasser bringen sollte. „Bedienen Sie sich. Bin gleich wieder da.“ Terzlaff schüttelte den Kopf.

Rauscher verließ den Raum und stellte sich zu Tanja Heller und Jan Krause, die das Verhör von draußen verfolgt hatten.

„Was meint ihr?“ Schweigen. Sie warfen sich gegenseitig Blicke zu. Niemand schien ein endgültiges Urteil parat zu haben.

„Meinungen, los!“, drängte Rauscher. „Wir müssen weiterkommen.“ Als erste ließ Tanja ihren Gedanken freien Lauf.

„Er sagt die Wahrheit. Ich habe gerade eben mit Andres telefoniert. In seinem Haus gibt es bislang nicht den kleinsten Hinweis, der auf ihn als Täter hindeuten könnte.“

„Ich glaube ihm kein Wort“, rief Krause dazwischen, „schließlich ist es sein Username, der das im Blog geschrieben hat. Er ist Bogenschütze. Er ist über einsachtzig groß. Er wurde um viel Geld betrogen vom eigenen Bruder, hat also ein Motiv. Gibt es sonst noch jemanden mit echtem Motiv?“

„Ungefähr 500 angeblich betrogene Kunden von Money Inc.“, ergänzte Tanja. „Die klopfen wir gerade ab.“

Ein Klingeln unterbrach die Runde. Rauschers Handy, an das er gar nicht schnell genug rangehen konnte.

„Ach Quast, du bist es. Aha, die Kriminaltechnik hat Neuigkeiten. Prima, schon unterwegs.“ Er legte auf. „Wir brechen hier ab. Lasst ihn abführen. Wir müssen ihn hierbehalten. Jan, lass seine Fingerabdrücke nehmen. Vielleicht stimmen sie mit denen auf dem Briefumschlag überein. Ich verhöre ihn später weiter. Wer kommt mit?“

50

„Adler und Canadian Goose“, sprach Quast die Hereintretenden an. Rauscher und Tanja schauten sich an, als ob sie an Quasts Geisteszustand zweifelten.

„Die Federn“, ergänzte Quast, der neben einem Beamer stand. „Herr Sommer war hier. Wir haben uns die Pfeile noch einmal genau angeschaut. Und er hat tatsächlich die Federn identifiziert.“

Quast war ein erfahrener Rechtsmediziner. Seit annähernd zwanzig Jahren hatte er die Stelle im Kriminaltechnischen Institut inne und in dieser langen Zeit alles gesehen, was sich Menschen vorstellen und was sie sich keinesfalls vorstellen konnten. Nicht dass der Job ihn langweilte, er versuchte ihm hin und wieder ein paar schöne Momente abzutrotzen. Lebte für dieses Gefühl – nach Tagen der Erfolglosigkeit, des Suchens und Nichtfindens, des Bangens und der Enttäuschung – wenn plötzlich eine Idee, ein Hoffnungsschimmer auftauchte. Oft nur eine Kleinigkeit. Ein Detail. Eine Ahnung.

Denn was er auf den Tod nicht ausstehen konnte, ja was seine Ehre kränkte, war, keine Spur zu finden. Diese Schmach konnte und wollte er nicht auf sich sitzen lassen und deshalb legte er sich gerade bei diesen Fällen immer besonders ins Zeug.

Ein solcher Fall lag vor. Sie hatten bis heute Morgen wahrhaftig nichts in der Hand, was direkt vom Täter stammen und er an den verschiedenen Tatorten zurückgelassen haben könnte oder was sie auf seine Spur hätte führen können. Als sei er nie vor Ort gewesen und das hatte Quast mehr gewurmt, als er sich eingestehen wollte. Doch dank der Hilfe des Trainers waren sie nun einen Schritt weiter.

„Sie stammen von einem Adler ..." Weiter kam er nicht, denn Rauscher sprach dazwischen:

„Vielleicht von Attila, dem Eintracht-Maskottchen. Ich glaube, der hat sein Gehege im Wildpark ‚Alte Fasanerie', in Klein-Auheim bei Hanau."

„Könnte sein, aber Sommer meinte, es gäbe mehrere Möglichkeiten, im Rhein-Main-Gebiet an Adlerfedern zu kommen. Es gibt noch den Falkenhof auf dem Großen Feldberg im Taunus und die Falknerei auf der Ronneburg in der Wetterau. Interessanter sind übrigens die anderen Federn."

„Aha", meinte Rauscher. „Wieso?"

„Sie stammen von einer bestimmten Gänseart", sagte Quast, „der Canadian Goose, auf Deutsch Kanadagans, die in freier Wildbahn lebt und in unseren Gefilden sehr selten ist." Tanja zuckte die Achseln:

„Nie gehört. Ich kenne nur die deutsche Hausgans und die schmeckt an Weihnachten ziemlich lecker." Sie grinste und schob hinterher: „Und was machen wir jetzt mit dieser Information?" Quast stellte den Beamer an und deutete auf das Bild an der Wand, das mehrere Gänse zeigte, die an einem See auf Gras watschelten: „Das weiße Kinnband rechts und links am Kopf. Daran erkennt man sie sofort. Laut Sommer ist es eher ungewöhnlich, diese Art Federn zu benutzen, ganz einfach, weil man nur schwer an sie rankommt."

Rauscher bedankte sich bei Quast: „Könnte eine Spur sein, wenn wir zurückverfolgen können, woher die Federn stammen. Und du meinst, sie werden nicht gezüchtet?"

„Genau", antwortete Quast. „Ist wohl schwierig, sie hier anzusiedeln." Rauscher überlegte: „Mein Vater hatte früher einen Kollegen, der Gänse gezüchtet hat. Vielleicht weiß er, wo man hier in der Nähe Canadian Goose-Federn auftreiben kann. Ich rufe ihn an."

Rauscher ging in den Flur und wählte die Nummer seines Vaters.

„Darf man gratulieren?“ empfing ihn eine freudig-erregte Vaterstimme.

„Nein, nein. Ich rufe wegen etwas anderem an.“ Doch sein Vater konnte sich gar nicht beruhigen:

„Wir freuen uns ja so für euch. Einfach toll. Ich hab schon ganz viele Sachen ge ...“

„Vater“, sagte Rauscher in Normallautstärke, „lass uns später ...“

„Das wird bestimmt ein schönes Baby und wir haben ...“

„Jetzt reicht‘s!“ schrie er nun, „ich habe eine sehr wichtige dienstliche Frage.“

„Ach so. Sag das doch gleich.“

„Du lässt einen ja kaum zu Wort kommen. Also: Du hattest früher einen Bekannten, der Gänse gezogen hat.“

„Du meinst Alfred? Macht er immer noch.“

„Hast du seine Nummer parat? Ich brauch sie und es ist dringend.“

51

Spiegelglattes Wasser. Sonnenblitze reflektierten auf dem Kollmann-Weiher, einem Nidda-Altarm im Frankfurter Westen in der Nähe Sossenheims. Ringsherum standen Bäume, rankten sich Sträucher und Äste bis ins Wasser. Nah am gegenüberliegenden Ufer schwamm eine Schwanenfamilie in Rautenform. Ein Graureiher glitt übers Wasser. Im Schilf dümpelten Sumpfschildkröten. In einiger Entfernung schwammen Gänse. Ihr Gefieder war hellgrau, der Hals dunkler. Und ein weißer Fleck zierte rechts und links den Kopf. Canadian Goose.

Der Anlegesteg, an den das Ruderboot festmachte, lag im hellen Nachmittagslicht. Ernst Reul, Rentner und Gänsezüchter, setzte einen Fuß auf den Steg und schwang sich hinauf. Er trug eine alte, graue Mütze und einen Blaumann. Rauscher kam auf ihn zu und streckte die Hand aus:

„Guten Tag, Herr Reul. Mein Name ist Rauscher, von der Kripo Frankfurt. Schönen Gruß von Alfred Hauptmann. Er ist ein Freund von meinem Vater und hat mir Ihre Adresse gegeben. Sie züchten Gänse?“ Herr Reul machte den Eindruck, als schätze er es nicht sehr, hier gestört zu werden.

„Seit über vierzig Jahren. Aber nicht die hier.“ Reul deutete hinaus auf den See. „Die kann man nicht züchten. Aber immerhin ist es mir gelungen, sie hier anzusiedeln. Vor fünf Jahren habe ich mit zwei Paaren begonnen, heute sind es etwa zehn. Warum interessiert sich die Kripo für Gänse?“ Ernst Reul gab nun auch Tanja Heller die Hand und begrüßte sie mit einem knappen Hallo.

„Genaugenommen interessieren uns die Federn“, erwiderte Rauscher.

„Aha. Nun ja, ich sammle Federn, weil sie einfach schön sind.“

„Wir ermitteln in einem Fall, bei dem ein Pfeil die Mordwaffe ist. Und der ist mit Federn geschmückt. Unter anderem Canadian Goose-Federn.“

„Und jetzt verdächtigen Sie mich?“ Ernst Reul tat erheitert und tief aus seinem Bauch heraus erklang ein Lachen.

„Nein, nein“, schüttelte Tanja Heller den Kopf, „wir möchten wissen, wo man hier in der Gegend solche Federn kaufen oder bekommen kann?“

„Schwierig“, meinte Reul, „vielleicht unmöglich. Soviel ich weiß, gibt es die nicht zu kaufen. Mit viel Glück finden sie unten am Main welche, da watscheln hin und wieder ein paar Gänse rum.“

„Sie meinen“, ergänzte sie, „es gibt kein Geschäft, in dem man die Federn kaufen kann?“

„Genau. Aber ...“ Ernst Reul stutzte und hielt einen Moment inne, schaute in die Sonne und machte mit seiner rechten Hand einen Sonnenschirm über den Augen. „Neulich war jemand hier. Er hat gesagt, dass er einen indianischen Federschmuck basteln will und mich gefragt, ob ich ihm dafür Federn geben könnte.“

„Wann war das?“ fragte Rauscher und man sah, dass sich in ihm eine gewisse Aufregung ausbreitete.

„Vor sieben oder acht Wochen ungefähr. Genau kann ich das nicht mehr sagen.“

„Haben Sie ihm Federn gegeben?", fragte Rauscher nach. „War es denn überhaupt ein Mann?"

„Ja, habe ich und es war ein Mann."

„Wie groß war er? Wie sah er aus?"

„Naja, größer als ich, aber das ist ja nicht schwer". Reul lächelte. „Er hatte eine Mütze auf und trug einen Mantel. Aber sonst? Mir ist nichts weiter aufgefallen."

„Können Sie sich an sein Gesicht erinnern?"

„Schwer zu sagen." Herr Reul zuckte mit den Achseln. „Ist ja schon ein paar Tage her." Rauscher schaute Tanja an. Sie nickte.

„Herr Reul, ich würde Sie bitten, uns ins Präsidium zu begleiten. Wir möchten, dass Sie sich verschiedene Personen anschauen und gegebenenfalls denjenigen identifizieren, dem Sie die Federn gegeben haben." Herr Reul nahm die Mütze ab und kratzte sich am Kopf mit den spärlichen Haaren: „Ich wollte eigentlich ... aber gut. Das ist wohl jetzt wichtiger. Na schön, wenn es einem guten Zweck dient."

Reul begleitete die beiden Kriminalbeamten zum Wagen, setzte sich hinein und schaute zurück auf die Kanadagänse, die mit ihren Schnäbeln die Wasseroberfläche bearbeiteten, und den See, der dalag, natürlich und unschuldig, als läge das Geheimnis der Pfeilfedern in der Tiefe verborgen.

52

Abgelenkt von der Ermittlungsarbeit hatte Rauscher das Thema Elke in den letzten Stunden völlig verdrängt. Umso heftiger überfiel ihn nun die Sorge um sie und das ungeborene Baby. Er malträtierte schon seit geraumer Zeit seine Unterlippe, so dass sie schmerzte und rotes Fleisch zum Vorschein kam. Kaum war er wieder in seinem Büro, rief er ihre Handynummer an, doch er vernahm nur die bekannte Mailbox-Stimme.

Es war zum Verzweifeln. Wo war sie? Wollte sie ihm eins auswischen? Zuzutrauen war es ihr. Und wie lange sollte diese Ungewissheit anhalten?

Liebe Elke, hackte er in sein Handy, *was auch immer geschehen ist, melde dich sofort!* und klickte auf senden.

Kaum hatte er die SMS weggeschickt, bereute er den Tonfall des letzten Halbsatzes. Auch sein schlechtes Gewissen machte sich bemerkbar. Sollte er seinen Fehltritt noch vor der Entbindung beichten? Kurz danach ginge es auf keinen Fall. Oder lieber überhaupt nicht? Auch keine gute Lösung. Tanja und Elke würden sich zwar bestimmt nicht so schnell über den Weg laufen, also bestand kein Risiko, dass Elke es herausfinden würde. Aber was, wenn Tanja mehr wollte?

Er steckte wieder einmal fest und musste sich befreien. Raus aus dem Sumpf der Gefühlsverwirrungen, sagte er sich. In dreißig Minuten sollte die Gegenüberstellung stattfinden, die Krause derweil organisierte. Ein wenig Zeit, um einige Krankenhäuser anzurufen. Immerhin bestand ja die Möglichkeit, dass Elke woanders hingebracht worden war. Er googelte die Frankfurter Krankenhäuser und kam auf 46 Stück. Davon sortierte er alle aus, die ein spezielles Fachgebiet anboten, zum Beispiel Psychosoziale Einrichtungen, Augenkliniken oder Palliativmedizin. Es blieben noch 21 übrig. Er stöhnte, aber er wollte die Zeit nutzen. Einen Versuch war es wert. Zunächst rief er die Krankenhäuser in der näheren Umgebung an. Er wählte die Nummer des Elisabethen-Krankenhauses in der Ginnheimer Straße an. Eine junge Frauenstimme trällerte ihm ein „Guten Tag. Was kann ich für Sie tun?“ entgegen. Rauscher fragte nach Elke und die Frau vertröstete ihn für einen Moment. Nach zwei Minuten bekam er die Antwort, dass eine Frau Erb im Aufnahmeverzeichnis nicht enthalten war.

Fünfundzwanzig Minuten später hatte Rauscher in sieben weiteren Kliniken angerufen und erfahren, dass Elke nirgends eingeliefert worden war. Manche Empfangsdame wollte ihm erst keine Auskunft am Telefon erteilen, aber er sprach eindringlich auf sie ein und beteuerte, Kommissar bei der Frankfurter Polizei zu sein, was die Damen sofort erweichte.

Nach dem achten Gespräch spürte er seinen Kopf, den fehlenden Schlaf. Seine Augenlider trieb es nach unten. Er ließ sich in den Schreibtischsessel sinken und genoss für einen Moment die süße Ruhe, endlich.

Doch augenblicklich flog die Tür auf und Krause stand vor ihm.

„Hey, fängst du jetzt an wie ich früher?“ Er grinste. „Hoch, müder Bruder. Markowsky erwartet dich. Ihr habt einen Termin bei den Internen.“

„Jetzt? Scheiße! Ist doch Markowskys Part. Ich wollte gerade noch einige Krankenhäuser ...“ Er gähnte und streckte sich.

„Krankenhäuser, wieso?“ Krause schaute ihn fragend an.

„Elke ist verschwunden. Ich habe keinen Schimmer, wo sie steckt. Zu Hause ist sie nicht und ans Handy geht sie auch nicht.“

„Und jetzt?“, fragte Krause. Rauscher richtete sich beschwerlich auf.

„Wir hatten ein wenig Stress in letzter Zeit. Die bevorstehende Geburt und der abgebrochene Urlaub, du weißt schon. Ich glaube, sie ist sauer. Wenn sich das Gespräch mit den Internen in die Länge zieht, dann übernimmst du mit Tanja die Gegenüberstellung. Ich drück euch die Daumen. Über Elke reden wir im Anschluss.“

„Hmmmm“, machte Krause, „muss hart für dich sein, ne?“

„Ist es.“ Rauscher bekräftigte seine Worte mit einem theatralischen Nicken.

„Okay, bis nach dem Termin. Ich denke drüber nach. Und übrigens: Terzlaffs Fingerabdrücke sind nicht auf dem Briefumschlag“, sagte Krause und verließ das Büro.

Mist, dachte Rauscher, und begab sich schwerfällig Richtung Markowskys Büro. Als er eintreten wollte, kam der Chef gerade heraus und beäugte ihn.

„Wie sehen Sie denn aus?“ Er zupfte an Rauschers Hemd, das vorne nicht ganz in der Hose steckte. „Dass das alles nicht einfach für Sie ist, weiß ich. Aber reißen Sie sich bitte zusammen. Los!“ Rauscher ordnete sein Hemd und stopfte es notdürftig in die Hose. Seine Haare versuchte er mit einigen Fingergriffen zu ordnen.

Solms und ein weiterer Beamter von der Internen Ermittlungsabteilung warteten bereits in einem großen, modern eingerichteten Büro. Offener Blick durch hohe Fenster auf den Fernsehturm, die Sonne fiel herein und beleuchtete Wände und Möbel. Doch Rauscher hatte keinen Sinn für optische Reize, selbst strahlendes Licht konnte seine Laune nicht erhellen.

„Wir haben die Aussagen und die Akte des Beamten Ingo Thaler sorgfältig geprüft“, begann Solms, „und sind zu dem Schluss gekommen, dass ein schwerwiegendes Vergehen vorliegt, das wir nicht einfach unter den Teppich kehren können.“ Er legte eine Pause ein, als wolle er damit sagen, dass sich alle Anwesenden seine Worte gut durch den Kopf gehen lassen sollten. „Bevor wir zu einer abschließenden Beurteilung kommen können, benötigen wir daher Herrn Rauschers Aussage in seiner Funktion als Herrn Thalers Vorgesetzter.“ Schmierentheater, dachte Rauscher, aber notwendig. Also mitspielen. Sie mussten eine gemeinsame Lösung finden, die für alle Beteiligten tragbar war. Rauscher ging sofort auf Solms Vorschlag ein:

„Was wollen Sie wissen?“

„Sind Ihnen an Herrn Thaler fremdenfeindliche oder nationalistische Äußerungen aufgefallen beziehungsweise“, Solms holte Atem und verlieh seinen weiteren Worten Bedeutung, indem er jedes einzelne Wort stark betonte, „hat sich Herr Thaler im Umgang mit Mitbürgern ausländischer Nationalität schon früher nicht korrekt verhalten?“ Rauscher konnte dieses schwülstige Gelaber nicht leiden, er bevorzugte die direkte Rede und klare Aussagen:

„Thaler ist kein Rassist. Wenn es das ist, was Sie meinen. Der Vorfall mit dem Kurden ist eine absolute Ausnahme. Ansonsten hat er sich stets korrekt verhalten, egal wem gegenüber. Er leistet einen tadellosen Dienst und ist loyal gegenüber seinem Dienstherrn. Ich habe selten einen solch gewissenhaften und zuverlässigen Beamten gesehen. Es gab nie einen einzigen Grund, ihm gegenüber misstrauisch zu sein. Meiner Meinung nach ist Thaler über alle Zweifel erhaben. Für ihn würde ich meine Hand ins Feuer legen. Noch Fragen?“

Solms konterte: „Dennoch ist dieser Vorfall mit dem Kurden von Gewicht. Auch die Öffentlichkeit hat Notiz davon genommen. Herr Markowsky, wie beurteilen Sie eigentlich den Beamten Thaler und das Geschehene?“

Markowsky, der harte Hund, war plötzlich sanft wie ein Lämmchen. Und diplomatisch, wie ihn Rauscher noch nie erlebt hatte. Er nickte freundlich, wisse um die Schwere des Vergehens, bürge aber für Thaler. Markowsky sprach von einem einmaligen Fehltritt ohne Wiederholungsgefahr. Dafür kenne er den Beamten zu gut und werde ihn sich auch noch persönlich zur Brust nehmen. Zu guter Letzt schlug Markowsky eine Art Rehabilitationsprogramm vor. Thaler könne wöchentlich einige Stunden seiner Dienstzeit abzweigen und mit ausländischen Strafgefangenen arbeiten. Ihm schwebe ein Modell zur Wiedereingliederung in die Gesellschaft vor. Darum könne sich Thaler kümmern.

Solms besprach sich kurz mit seinem Kollegen und meinte dann, sie würden die Vorschläge beraten und gegebenenfalls eigene machen. Kollege Thaler bleibe solange suspendiert, aber schon in den nächsten Wochen könnten sie mit einer Entscheidung rechnen.

„In den nächsten Wochen? Was soll das?“, erboste sich Rauscher und schob den Stuhl einen halben Meter nach hinten. „Wir brauchen ihn früher.“ Markowsky nahm ihn am Arm und versuchte ihn zu beschwichtigen.

„Rauscher seien Sie vernünftig. So kenne ich Sie gar nicht. Was ist denn los mit Ihnen?“

„Ach, das ist doch alles Schikane hier. Also ich steige aus!“ Der Kommissar erhob sich wortlos und drei Sekunden später war er aus dem Zimmer draußen. Eine monotone Stille überzog das Büro. Markowsky und die beiden Beamten wirkten ein wenig verloren. Sie sahen sich an:

„Wir haben ein Problem“, durchbrach Solms die Ruhe.

„Sie haben ein Problem“, konterte Markowsky, „wenn Sie nicht sehr bald diesen Fall vom Tisch schaffen.“ Und ohne sich zu verabschieden, ließ er die Internen sitzen.

Auf dem Flur fing er Rauscher noch ab, der gerade um die nächste Ecke biegen wollte:

„Rauscher! Wir waren so nah dran. Wenn wir nicht kooperieren, zerlegen die uns. Sie wissen doch genau, wie hier die Machtverhältnisse sind.“

„Aber Chef, die Fakten liegen doch auf dem Tisch. Warum bohren die weiter? Die könnten Thaler ohne Probleme wieder in den Dienst lassen."
Markowsky schäumte:

„Sie müssen diplomatischer werden, Rauscher. Ich versuche, Thaler so schnell wie möglich zurückzuholen, aber versprechen kann ich nichts. Sie hingegen werden mir jetzt versprechen, dass Sie sich voll und ganz dem Robin-Fall widmen. Ich will Ergebnisse! Erfolge! Und zwar bald. Und auf keinen Fall von diesem ganzen Mist noch länger behelligt werden. Kapiert?"

Markowsky stürmte weg und Rauscher blickte ihm hinterher. Die Dinge spitzten sich zu. Die Zügel waren längst entglitten. Er hatte nichts mehr selbst in der Hand und genau diese Situationen hasste er. Er musste wieder zu sich finden. Seinen Kopf neu justieren.

Auf dem Weg zu Krauses Büro dachte er krampfhaft darüber nach, wie ihm das gelingen konnte. Am besten mit handfesten Indizien, die sie weiterbrachten. Er setzte alles auf die Gegenüberstellung, seine große Hoffnung.

Fast wäre er an Tanja vorbeigelaufen, aber sie hielt ihn am Arm fest:

„Hey, wie geht's denn?

„Ich bin ziemlich durch. Wie es aussieht, kommt Thaler erst in ein paar Wochen zurück. Aber gerade ihn könnten wir gut gebrauchen, um die Kläger gegen Money Inc. zu überprüfen. Gibt's was Neues?"

„Kurze Info von Andres: Bei Terzlaff im Keller hängen drei Bögen, sogenannte Compoundbögen, das sind moderne Wettkampfbögen. Pfeile, mit denen die Opfer durchbohrt wurden, sind nirgends zu finden. Dafür haben wir eine Gaspistole bei ihm gefunden, aber die ist seit geraumer Zeit unbenutzt und steht in keinem Zusammenhang mit dem Fall. So, und jetzt kommt's: In der untersten Schublade seines Schreibtisches haben die Kollegen ein großes Foto seines Bruders gefunden. Jemand hat eine Schlinge darauf gemalt, die ihm um den Hals liegt."

53

Liebe Kathrine,

in den letzten Tagen träumte ich ständig von früher. Diese Bilder gehen mir nicht aus dem Kopf. Es gibt diese Geschichte aus meiner Kindheit, die ich dir nicht erzählt habe. Aber ich bereue es, weil sie zu mir gehört. Deshalb hole ich es jetzt nach.

Mein Vater hatte einen Spitznamen. Er wurde von seinen Kumpeln Jäger genannt, und das war er auch von Beruf. Er nahm mich oft mit in den Wald, sein Revier. Jeden Baum, jeden Strauch kannte er. Die Schleichwege hatte er selbst angelegt. Jede Wildsaukuhle beobachtet, in jeder Lichtung Rehe äsen und am Waldrand auf Feldern Hasen springen sehen. In der Wetterau gab es Bussarde, die Mäuse jagten, und Störche, die auf Scheunenschornsteinen ihre Nester bauten. Abgelegene Bacharme, in denen Forellen in Hülle und Fülle schwammen und darauf warteten, geangelt zu werden. Auch Dachse siedelten sich manchmal an. Für mich gab es für das alles nur ein Wort: Paradies.

Ich war acht oder neun und diese Welt war so spannend, dunkel und geheimnisvoll. Auf unseren Wegen durchs Gestrüpp und Unterholz erzählte Vater die tollsten Geschichten. Einmal stand er einer Wildsau Auge in Auge gegenüber. Er ergriff die Flucht und nur ein gezielter Sprung ins Fenster eines Forsthauses rettete ihn.

Schon freitags in der Schule konnte ich es kaum erwarten. Endlich Wochenende und mit Vater unterwegs sein. Auf die Jagd gehen mit Pfeil und Bogen. Mein Vater baute sie selbst, was er mir im Laufe der Jahre beibrachte. Nur ein Problem gab es: Ich traute mich nicht zu schießen. Mir taten die Tiere leid. Ich liebte sie. In den Anblick von Rehen und Füchsen hätte ich versinken können und wenn ich nur daran dachte, dass sonntags manchmal Hasenbraten auf den Tisch kam, wurde mir hundeelend.

Ich mochte kein Blut sehen, das aus den Wunden der leblosen Körper floss und hätte mir nicht vorstellen können, dass ich je der Verursacher von Blut und Tod werden könnte.

Mein Vater spürte sehr genau, dass ich damit nicht klar kam und es passte ihm überhaupt nicht in den Kram. Ja, er verachtete es. Und ich hatte Angst, dass er mich deshalb verachtete.

Die Situation bei unseren nächsten Expeditionen spitzte sich zu. Er zeigte mir gewissenhaft, wie man schießt. Versuchte mir, eine halbwegs passable Technik beizubringen. Er brachte Geduld auf, lehrte mich Griff und Zug. Zielen. Nichts half. Ich schoss unwillkürlich vorbei und nach einiger Zeit fragte ich mich selbst, ob ich nicht unbewusst extra vorbeischoss, um den Anblick toter Tiere zu vermeiden.

Ich hegte die Hoffnung, dass mein Vater aufgeben, es gut sein lassen und mich für unfähig erklären würde. Ein Trugschluss. Denn leider hatte ich den Willen und die Motivation meines Vaters unterschätzt.

Eines Tages lagen wir im Unterholz und beobachteten ein Reh auf einer Lichtung, in die helle Sonne fiel. Es sah majestätisch aus, wie es äste und beim Kauen immer wieder flink den Kopf hob. Voller Liebreiz und Grazie. Seine feine Gestalt und die zarten Glieder, manchmal zuckten seine Muskeln und jeder kleine Laut, sei es ein Holzknacken oder ein Motorengeräusch eines entfernt vorbeifahrenden Wagens, ließ es hochschrecken und in „Hab acht“-Stellung gehen. Der Zauber des Rehs wärmte mein Herz, am liebsten hätte ich es mitgenommen und zu Hause im Garten gestreichelt.

Wir lagen eine Weile da und nichts passierte. Ich sah einige Birken zwischen den Buchen stehen und die weißen Stämme leuchteten. Der frische Geruch des Frühlingsholzes kitzelte meine Nase, und auch die Maiglöckchen, die hier am Boden in Massen wuchsen, strömten einen klaren, friedlichen Duft aus.

Schon fragte ich mich, warum Vater ausgerechnet hierher wollte. Schließlich hatte ich zu diesem Zeitpunkt bereits zwanzig oder dreißig Rehe beobachtet.

Ich zupfte an seiner grünen Jacke und bedeutete ihm, gehen zu wollen, zumal ich dringend hinter die Büsche musste. Doch er hielt mich zurück und befahl mir, mich zu gedulden. Ich zuckte zusammen und meine Gefühle schwankten zunehmend zwischen Unbehagen und Ungewissheit.

Rundherum war nun alles ruhig. Das Reh äste seelenruhig weiter, als ich neben mir eine Bewegung wahrnahm. Vater holte einen Pfeil aus dem Köcher und zeigte mir an, langsam aufzustehen. Jetzt ahnte ich, dass eine neue Schießübung bevorstand und ich bekam sofort eine Gänsehaut am ganzen Körper. Ich und auf ein Reh schießen? Niemals! Oder doch? Was blieb mir übrig, denn jetzt erkannte ich, dass mein Vater den Bogen nahm, sich so hinter mir platzierte, dass er meine Schusshand greifen und gleichzeitig für mich zielen konnte. Er wollte tatsächlich, dass ich eigenhändig mein erstes Wild erlegte.

Ich fing an zu zittern, glich nun selbst einem Reh, das seine Außenwelt mit den Augen aufmerksam abtastete auf der Suche nach Gefahr. Mir wurde heiß und kalt und je länger ich nachdachte, desto deutlicher wurde, dass ich aus dieser Situation nicht mehr herauskommen würde. Meine Blase war prall gefüllt und ein Druck legte sich auf meinen Unterkörper, der mich zu sprengen drohte.

Der feste Griff meines Vaters ließ kein Entrinnen zu. Der Pfeil lag bereit. Er legte seine Hand über meine, spannte die Sehne bis zum Anschlag und als er sicher war zu treffen, ließ er los und der Pfeil schoss davon. In diesem Moment petzte ich die Augen zu. Ich hörte einen dumpfen Aufprall und wusste im nächsten Augenblick, dass wir, also ich, getroffen hatten. Für eine Toilette hätte ich in diesem Moment mein Leben gegeben.

Mein Vater klopfte mir auf die Schulter und als ich einen Blick riskierte, sah ich als erstes sein erfreutes Gesicht. Ja, er war wirklich froh und noch mehr: stolz.

Wir gingen zu dem gefallenen Reh, das mit dem Oberkörper in eine kleine grüne Senke mit Gräsern und Moosen gefallen war. Der Pfeil steckte tief in der Brust. Das Fell rundherum war rot. Mein erstes Blut.

Das Tier tat mir unendlich leid. Und so, wie das Blut weiterlief, ließ ich nun das Wasser zwischen meinen Beinen entlanglaufen, bis meine Hose pitschnass war. Es war mir egal. Es erleichterte meine Pein. Im Nu verschwand der Druck. Ich war irgendwie froh, dass alles vorbei war.

Doch ich irrte mich. Die Lehrstunde ging weiter. Vater hatte noch mehr in petto. Scheinbar wollte er mich abhärten auf alle Ewigkeit. Er zog das Tier aus der Vertiefung, bis es plan vor uns lag, entfernte den Pfeil und wischte das Blut im Gras ab. Dann holte er sein Jagdmesser aus der Scheide, die Klinge glänzte scharf in der Sonne. Ich stand wie gebannt da, wagte nicht, mich zu rühren und konnte mich angesichts dieses Anblicks nicht bewegen, sonst wäre ich längst weggerannt.

Ich verfolgte also, wie er das Messer ansetzte und als er schon zustoßen wollte, überlegte er es sich anders und schaute mich an. Ja, auch dafür hatte er mich auserkoren. Heute sollte der Tag werden, an dem ich meine Scheu ablegen und für immer ins Universum der Jäger eintreten sollte.

Er winkte mich zu sich und ich konnte nicht nein sagen. Dicht stand ich bei ihm, und es folgte ein ähnliches Ritual wie zuvor. Gemeinsam griffen wir das Messer, rammten es in den Bauch des Tieres, ein schneller Schnitt, Gedärme flossen heraus und ein widerlicher Gestank verpestete binnen weniger Sekunden die Luft. Gemeinsam mit meinem Vater weidete ich mein erstes Reh aus.

Ich sah nur noch Blut und Matsch und hätte mich fast übergeben. Stützte mich auf seine starke Schulter, kurz vor der Ohnmacht, und war doch froh, mich halbwegs aufrecht zu halten. Ich wollte ihn nicht enttäuschen. Wollte, dass er stolz war auf mich und Mutter was zu erzählen hatte. Und als er den Körper des Rehs über die Schulter legte und von dannen schritt, blickte ich tief in die toten Rehaugen. Trottete mit nassen Hosen hinter ihm her, nicht fähig, einen Mucks zu tun.

Später sah ich dieses einschneidende Erlebnis oft vor mir. Die Schocktherapie trug Früchte. Meine Angst vor Blut und Tod war plötzlich weg, ja ich entwickelte sogar Freude am Schießen und mein Talent brachte mir die eine oder andere Urkunde ein.

Vielleicht habe ich dir das nie erzählt, weil ich Angst davor hatte. Weil ich darin einen Makel sah, der mich in deinen Augen weniger Wert sein ließ. Vielleicht schämte ich mich auch dafür, weil dieser Vorfall mein Wesen zum Vorschein brachte? Aber das ist jetzt egal. Heute zählt nur mein Können. Meine Treffgenauigkeit. Meine Überwindung der Angst, des Todes.

54

Jan Krause kam gut gesättigt aus der Kantine in den Konferenzraum.

„Lecker, Forelle heute“, sagte er und fuhr sich über den Bauch.

Rauscher schenkte sich einen Kaffee ein, Tanja wollte auch welchen. Der Soko-Leiter nahm eine weitere Tasse und überreichte sie ihr.

Die Müdigkeit sprang Rauscher wieder an. Er ließ zwei Stück Zucker in den Kaffee fallen und trank. Dann sah er Krause an und tat noch zwei hinein.

Es war stickig und heiß. Rauschers Stirn glänzte. Er hatte zunehmend das Gefühl, vollkommen aus der Spur geraten zu sein.

Umso mehr setzte er auf Ernst Reul, der gerade hereingeführt und vor die Scheibe platziert wurde. Im Nebenraum standen fünf Männer nebeneinander. Alle zwischen 1,80 m und 1,90 m groß. Der zweite von rechts war Ralf Terzlaff.

Rauscher richtete das Wort an Herrn Reul: „Haben Sie einem von diesen Männern die Federn gegeben?“ Reul nahm die Mütze ab und wischte sich über Haare und Stirn. Er hieß nicht nur Ernst, jetzt wirkte er auch so.

Er schaute die Gesichter der Männer lange an, während die Kommissare in gespannter Erwartung seinen Blicken folgten. So still war es im Raum selten gewesen.

Nach etwa zwei Minuten wandte er sich an Rauscher: „Ich bin mir nicht sicher.“

Das war genau der Satz, den Rauscher nicht hören wollte.

„Lassen Sie sich Zeit. Es wäre wichtig, wenn Sie den Mann identifizieren könnten.“

Noch einmal drehte sich Reul zu den Männern und fixierte sie. Dann schüttelte er den Kopf. „Noch am ehesten der zweite von rechts. Aber das kann ich beim besten Willen nicht mit Bestimmtheit sagen.“ Er setzte seine Mütze wieder auf.

„Okay, wir erlösen Sie jetzt.“

„Tut mir leid, dass ich Ihnen nicht weiterhelfen konnte.“

„Schon gut. Ich lasse Sie mit einem Wagen zum Weiher fahren.“

Sie bedankten sich und verabschiedeten ihn. Als Reul den Raum verließ, kam Herr Rank herein.

„Hey“, sagte Tanja zu ihm, „wo kommen Sie denn her?“

„War kurz zu Hause und habe mir eine kleine Auszeit gegönnt.“ Er wurde übertönt von Rauscher: „Könnte mal jemand einige Liter Red Bull besorgen?“, rief er durch den Raum, ohne dass die anderen darauf eingingen. „Okay, wie machen wir jetzt weiter?“

„Vielleicht hilft Ihnen der Initiator des Robin-Blogs weiter“, mischte sich Herr Rank ein. Alle drehten ihre Köpfe in seine Richtung. „Ich habe ihn heute Morgen ausfindig machen können. Ein gewisser Heiner Kern. Außerdem betreibt er noch etwa zehn andere Blogs im Netz. Scheint so eine Art Aufrührer zu sein. Fast alles politische Themen, um nicht zu sagen Hetze. Gegen das System. Gegen Zeitungen. Gegen die Medien im Allgemeinen. Und er scheint erfolgreich damit zu sein. Aber sein mit Abstand erfolgreichster Blog ist bislang der Finanzblog. Und die neue Gruppe Fans of Robin wächst auch ständig weiter. Nirgends gab es in so kurzer Zeit so viele User. Damit scheint er einen Nerv getroffen zu haben. Das brennt den Leuten unter den Nägeln und es scheint viel Gesprächsbedarf zu geben.“ Rauscher wurde hellhörig.

„Jan und Tanja“, sprach er die beiden an „ihr stattet diesem Heiner Kern einen Besuch ab. Was mich vor allem interessiert: Hat er eine Verbindung zu einem Schützenverein oder zum Bogenschießen? Und traut ihr ihm zu, für seine Sache und seine politischen Ziele einen Mord zu begehen?“

„Verstanden“, sagten beide im Chor und mussten lachen. Sie verließen gemeinsam den Raum.

Dann wandte sich Rauscher wieder an Rank: „Können Sie eigentlich auch die Leute ausfindig machen, die sich die Seite nur anschauen, ohne sich anzumelden?“

„Sie meinen die stillen Mitleser?“

„Genau.“

„Sicher kann ich das. Nur: Das können Hunderttausende sein.“

„Ach so, daran habe ich nicht gedacht. Macht also keinen Sinn." Er grübelte und sagte zu sich selbst. „Mal abwarten, was Jan und Tanja herausfinden. Eine Sache beschäftigt mich immer noch: das Bild in Terzlaffs Schreibtisch." Er sprang auf, lief zu dem Zellentrakt, in dem die Untersuchungshäftlinge untergebracht waren, und ließ sich Ralf Terzlaffs Zelle aufschließen, der zwischenzeitlich zurückgebracht worden war, rücklings auf dem Bett lag und die Decke anstarrte. Als Rauscher eintrat, erhob er sich.

„Wann komme ich endlich hier raus? Sie haben nichts gegen mich in der Hand."

„Ihre Morddrohung gegen Dellbrück ist ein klares Indiz."

„Wie oft soll ich Ihnen noch sagen, dass ich das nicht geschrieben habe?"

„Außerdem habe ich noch was." Der Kommissar konfrontierte Terzlaff mit der gemalten Schlinge um den Hals seines Bruders. Er fragte ihn noch einmal und sehr deutlich, ob er mit dem Mord etwas zu tun habe.

Ralf Terzlaff ließ sich Zeit, holte tief Luft und es schien, als spule er erneut Jahrzehnte einer Vergangenheit, die längst begraben war, in seinem Kopf ab. Dann öffnete er langsam den Mund und sagte sehr bedächtig:

„Sicher. Ich habe meinen Bruder getötet. Ich habe mir ausgemalt, wie ich ihn leiden lassen kann und wie er vor mir um Gnade winselt. Aber leider nur in meiner Fantasie."

55

Das Frankfurter Ostend galt als Paradebeispiel für die Durchmischung von Wohn- und Gewerbegebiet, wobei hier noch nicht die schicken Designerlofts und Büroetagen Einzug gehalten hatten, sondern nach wie vor das graue, verrostete Industrieflair der sechziger und siebziger Jahre vorherrschte.

Ein trister Hinterhof. Einige Utensilien eines Schrotthändlers lagen herum, der inzwischen pleite gegangen war und um dessen Hinterlassenschaften sich niemand kümmerte.

Es war Viertel nach drei und der Tag eigentlich ideal, um sich an einen See zu legen und die Sonne auf den Bauch scheinen zu lassen. Stattdessen stiegen

Jan Krause und Tanja Heller aus ihrem Wagen und betrachteten den Eingang zu einer kleinen Lagerhalle, die ihre beste Zeit hinter sich hatte. Fensterscheiben, die zuletzt vor einem Jahrzehnt geputzt worden waren, eine Regenrinne, die sich zu zwei Dritteln gelöst hatte, herunterhing und viele Löcher aufwies und eine schmiedeeiserne Tür, die schwere Kratzer hatte, entstanden bei verschiedenen Einbrüchen, beziehungsweise Einbruchsversuchen.

„Ist echt ein Traumjob", sagte Krause zu Tanja, ging zur Tür und drückte sie vorsichtig auf.

„Hilft ja nix."

Tanja ging hinein und rief laut ‚Hallo', erhielt aber keine Antwort. Drinnen war es kühl und düster. Ein schmaler Gang führte ins Innere der Halle.

Krause folgte, klopfte ihr auf die Schulter und deutete auf seine Heckler & Koch, die er mittlerweile gezogen hatte und in der rechten Hand hielt. Tanja nickte und tat es ihm nach.

Soweit sie erkennen konnten, war am Ende des Ganges eine geschlossene Eisentür. Sie huschten vorwärts, acht mal drei Meter, und bezogen Stellung. Schwungvoll und mit einem kräftigen Ruck stieß Krause die Tür auf, lief in den Raum mit vorgehaltener Waffe und sicherte die rechte Seite. Tanja blieb dicht hinter ihm und sicherte links.

Sie standen in einem abgedunkelten, etwa vier Meter hohen und langen, aber schmalen Raum, der an einen vollgestellten Käfig erinnerte und einer Denkfabrik glich. Die einzige Lichtquelle bildeten etwa zehn Bildschirme. Computer brummten und ein Mann, hagere Gestalt, kam mit erhobenen Händen hinter einem Schreibtisch hervor. Er zitterte und sein versteinerter Gesichtsausdruck zeugte von echter Überraschung.

„Was ... äh?" Mehr brachte er nicht über die Lippen, konnte seinen Körper dabei nicht ruhig halten und war wie aufgedreht.

„Heiner Kern?", fragte Krause. Der Mann nickte und wirkte, als hätte er permanenten Adrenalinausstoß oder sei auf Koks. Ganz schön hibbelisch, dachte Krause und musste selbst lachen über den hessischen Slang.

„Sind Sie der Initiator des Blogs ‚Fans of Robin'?" Wieder ein Nicken:

„Aber ... verbrochen hab ich nix, gell!" Tanja schaute sich um. Niemand sonst war im Raum. An den Wänden erkannte sie Plakate für Demonstrationen: Anti-Atom-Demo, Anti-Nazi-Demo, Anti-Banken-Demo ‚Wir zahlen nicht für eure Krise'. Auch einige Konzertplakate waren darunter. Punk- und Trash-Metal-Bands. Ganz hinten standen Metallspinde. Rechts daneben war ein Kasten, in dem ein Feuerlöscher sein Dasein fristete. In der Ecke lag eine verschlissene Matratze ohne Bezug. Davor standen ein paar leere Wasser- und Whiskyflaschen, ein Aschenbecher quoll über.

Krause und Tanja ließen ihre Dienstwaffen sinken und konnten in dem Moment die Erleichterung von Heiner Kern hören. Nachdem sie ihm ihre Dienstausweise gezeigt und sich noch etwas umgeschaut hatten, setzte er sich entspannt in einen historischen Sessel, dessen Polster abgewetzt waren und dessen Füllung aus einigen Schlitzen herausschaute.

„Puhhhh", gab er von sich, „netter Besuch."

„Scheinen sich ja nicht gerade viele hierher zu verlaufen?", sagte Tanja.

„Nur ich und zwei Mitarbeiter. Die sind aber nicht immer hier." Krause lief an eine Wand und deutete auf ein Graffiti „Banker = Zombies".

„Was soll das?"

„Na, die saugen die Leute aus."

„Und was soll das alles hier sein? Eine Art Firma?", hakte Tanja nach.

„Unsere Kommandozentrale."

„Sowas hatte ich mir immer anders vorgestellt." Krause sah sich wieder in der Halle um.

„Blogger United heißen wir. Fight for your right". Kern ballte die Hand zur Faust und erhob sie. Danach kramte er eine Schachtel Zigaretten aus der Hemdtasche und bot den Beamten eine an, die aber ablehnten.

„Und was machen Sie genau?", übernahm Tanja wieder.

„Stimmung." Er steckte eine Zigarette an, zog und deutete mit dem Finger Richtung Fenster. „Im Netz schlummert Potenzial, verstehen Sie? Mit unseren Blogs erwecken wir die Masse aus ihrem Dornröschenschlaf. Nix mehr rosarote Brille, nee, Augen öffnen. Darum geht's. Die meisten haben es nämlich satt, immer nur die gleiche Sülze in den Zeitungen zu lesen."

„Sie betreiben mehrere dieser Blogs?"

„Yes. Wir bauen ein Netzwerk von Gleichgesinnten auf. Organisieren und wehren uns. Für die meisten werden die Zustände immer schlechter. Nur die oberen zehn Prozent kriegen davon nichts mit."

„Wer beteiligt sich daran?"

„Netzjunkies, die immer online sind. Die lesen mehr facebook als jedes andere Buch. Ihre Beziehungen führen sie im Internet, andere Menschen brauchen sie nicht mehr."

„Und die haben alle eine politische Meinung?"

„Weil sie anders sind. Anders denken. Also wählen sie auch anders. Gegen den Mainstream, gegen die Elite."

„Und der Robin-Blog ist ihr jüngstes Baby?", schaltete sich nun Krause wieder in das Gespräch ein.

„Exakt. Als ich von dem Typen gelesen habe, der die Banker umlegt und deren Kohle verteilt, und auch das Interview mit dieser Kita-Leiterin, ist mir das Herz aufgegangen. Ich wusste sofort, dass man daraus was machen kann und Bingo! Ein Riesenerfolg schon nach wenigen Tagen. Aber was wollen Sie eigentlich von mir?" Er nahm einen letzten Zug, drückte die Kippe auf dem Steinboden aus und ließ sie liegen.

„Als Administrator dürfte Ihnen nicht entgangen sein, dass in Ihrem Blog zunächst zum Mord aufgerufen und danach ein konkreter Mord angekündigt wurde."

„Ach Quatsch!" Er winkte ab. „Kinderkram. Die heizen sich gegenseitig an. Das darf man nicht so ernst nehmen. Sowas in der Art kommt ständig vor."

„Ist Ihnen nicht klar, dass Sie sich strafbar machen, indem Sie eine solche Plattform zur Verfügung stellen. Beihilfe zum Mord."

„Was einer schreibt, ist eine Sache. Was er tut, eine ganz andere. Glauben Sie mir, so crazy ist von denen keiner."

„Und wenn sich der Mörder bei Ihnen beteiligt? Schon mal darüber nachgedacht?" Kern blieb einen Moment still, schien nachzudenken. Deshalb fragte Tanja nach:

„Kann sich jemand von außerhalb in Ihr System einloggen und die veröffentlichten Beiträge ändern?" Kern überlegte: „Nein, nur ich, also der Administrator, kann Texte ändern, löschen ..."

„Manipulieren?"

„Was wollen Sie mir eigentlich unterstellen?"

„Vielleicht heizen Sie die Diskussion mit besonders scharfen Beiträgen an?"

„Da ist genug Zunder drin." Er hielt inne, als sei ihm gerade eine Erleuchtung gekommen: „Also wenn sich jemand richtig auskennt, könnte er mein Passwort hacken für den Zugang zum Content Management System. Dann kommt er in jeden Blog und kann alles manipulieren."

„Jeden Blog?"

„Jedes Unternehmen, jede Bank, jeden Geheimdienst, jeden Staat. Hacker und Blogger sind die neue Macht."

56

Liebe Kathrine,

als ich zehn war, baute ich meinen ersten eigenen Bogen. Ich besitze ihn heute noch. Eine Erinnerung an meinen Vater, die gemeinsamen Streifzüge im Wald und die Jagdausflüge. Er war nur 1,20 m lang, aus Ulmenholz, das mir mein Vater besorgt hatte. Die Nocken habe ich mit dem Horn einer Kuh verziert, die Sehne selbst gedreht. Die Pfeile sind bunt lackiert und mein ganzer Stolz waren die Bussardfedern, die ich ebenfalls von Vater bekommen hatte. Ein Freund von ihm arbeitete auf der Ronneburg, so war es ein Leichtes für ihn, an die Federn zu kommen. Das Einzige, was ich nicht selbst gemacht habe, waren die Pfeilspitzen. Da ich nicht schmieden konnte, habe ich einfach genommen, was Vater übrig gelassen hat.

Bis ich zwölf war, schoss ich in der Regel unter seiner Aufsicht und Anleitung im Garten oder der freien Natur auf Zielscheiben und verfeinerte meine Schusstechnik. Ich vermied es aber, noch mal auf Tiere zu schießen und Vater fragte auch nicht mehr danach. Er spürte, was mit mir los war und außerdem war er stolz, dass sich mein Schießen stetig verbesserte und ich schnell zum guten Schützen reifte.

Erst mit dreizehn trat ich in den Bogenschützenverein Büdingen ein. Ich bekam meinen ersten Wettkampfbogen. Mein Talent sprach sich herum und gleich beim ersten Turnier errang ich den dritten Platz und erhielt eine bronzene Medaille und eine Urkunde.

Ich entwickelte ein leicht manisches Verhältnis zum Schießen. Noch vor der Schule feuerte ich mindestens zwanzig Pfeile auf die Scheibe im Garten. Dabei variierte ich den Abstand, probierte verschiedene Bögen und Pfeile aus, um mein Schießen zu optimieren. Ich lebte versunken in meiner Welt, las Mittelalter-Romane, aber nur Geschichten, in denen Pfeil und Bogen vorkamen.

Doch dann kam ein Einschnitt. Meine Mutter trennte sich – für mich überraschend – von meinem Vater und wir zogen nach Frankfurt. Das Umherstreifen in den Wäldern hatte ein Ende, auch weil ich in den ersten beiden Jahren meinen Vater nicht besuchen durfte. Aufgrund der Trennungsstreitigkeiten hassten sich meine Eltern und ich weiß bis heute nicht, was vorgefallen war.

Als Folge steigerte ich mich immer mehr in das Bogenschießen hinein, trat Querschuss Ginnheim bei, fand einen Förderer im Verein, der meine Stärken erkannte und mich trainierte. Und dann ging alles wie von selbst. Kreismeister. Bezirksmeister. Hessischer Jugendmeister. Jugendnationalmannschaft. Sobald ich eine Zielscheibe sah, musste ich schießen und traf nach Belieben.

Erst als ich die Computer entdeckte, ließ mein Interesse am Sport spürbar nach. Ich investierte mehr Zeit vor dem Bildschirm als auf dem Schießstand. Die Schussergebnisse verschlechterten sich. Ohne Training und viele Übungsschüsse leidet die Genauigkeit, die Routine verschwindet, da hilft auch das Talent nicht weiter.

Als ich dich kennenlernte, hörte ich zwischenzeitlich ganz auf. Bis ich entdeckte, dass mir der Bogenbau fehlte und er so etwas wie Kontemplation war. Rückzug, Einkehr, Entspannung. Zum Glück habe ich ihn nie ganz aufgegeben, sonst wäre ich heute nicht in der Lage, Rache zu üben. Für dich. Für uns.

57

Rauscher hatte tatsächlich einen jungen Kollegen aus dem Betrugsdezernat, der der Soko Robin zugeteilt war, erweichen können, in den nächstgelegenen Supermarkt zu springen und einige Dosen Red Bull zu holen. Am liebsten hätte er sich für zwei Stunden aufs Ohr gehauen. Ihm war bewusst, dass es ein langer Abend und wenn es ganz schlecht lief, sogar eine lange Nacht werden konnte. Nur, fragte er sich, wie er das durchstehen sollte.

In der Zwischenzeit hatte er mehrfach Elke angerufen. Vergebens. Zur Müdigkeit gesellte sich Ratlosigkeit. Was sollte er tun? Beten, dass ihr nichts passiert war? Oder sollte er sie als vermisst melden und nach ihr fahnden lassen?

Rauscher entschied sich, weitere Krankenhäuser abzutelefonieren. Nach dem vierten Gespräch warf er das Telefon resigniert auf den Schreibtisch. Wieder nichts!

Ein Gefühl von Hilflosigkeit breitete sich in ihm aus. Trotzdem blieben die Krankenhäuser seine einzige Hoffnung. Kaum hatte er wieder das Telefon in die Hand genommen, klingelte es. War das vielleicht eine der Empfangsdamen, die in ihrer Kartei doch noch auf Elkes Namen gestoßen war? Nein. Es war Krause, der mit Tanja aus dem Ostend zurückgekehrt war. Sie saßen im Konferenzraum mit Herrn Rank und warteten auf Rauscher. Er ließ alles stehen und liegen und ging schnurstracks in den Konfi.

„Kern ist ziemlich durchgeknallt", eröffnete Tanja, während sie sich auf einen Stuhl schwang, „aber er ist nicht der Typ dazu, Leute umzubringen. Mehr so ein Idealist, ein Möchtegernweltveränderer." Krause stimmte zu: „Genau. Der möchte vielleicht, aber ihm fehlen Mut und Format. Er verkriecht sich im Dunkeln hinter seinen Computern und meint, dadurch etwas bewegen zu können."

„Immerhin erreicht er ganz schön viele Leute", sagte Tanja.

„Ja, und? Was machen wir jetzt damit?" Rauschers Ton changierte zwischen Ironie und Sarkasmus. Seine fragenden Augen wirkten abgespannt und bettreif.

Bevor jemand antworten konnte, klingelte das Telefon im Konfi. Rauscher ging ran. Es war Kaminski vom KDD: „Herr Rauschär, hier is ein Herr Dellbrück, der sacht, er will zur Soko Robin."

58

Monika kostete von dem Rucola-Pesto, das sie frisch für Jerry zubereitet hatte. Eine Prise Salz und Pfeffer, einen Schuss Olivenöl, noch ein wenig Parmesan und ein Hauch Muskat. Voilà. Perfetto!

Hoffentlich würde er pünktlich sein. Zwischen sieben und halb acht hatte er gesagt. Sie warf einen Blick aus ihrer Küche hinüber zu seinem Haus. Kein Anzeichen, dass er schon von der Arbeit zurückgekommen war. Aber es war ja noch nicht einmal sechs. Sie musste sich etwas zusammenreißen, denn das bevorstehende, erste gemeinsame Essen ließ ihre Gefühle explodieren und es fiel ihr schwer, ruhig zu bleiben.

Sie schenkte sich einen „Küchenwein" ein, so jedenfalls bezeichnete Alfred Biolek jenen Wein, den er beim Kochen trank, und ärgerte sich, dass es seine Kochsendung, deren Folgen sie alle liebte, nicht mehr gab. Sie trank einen großzügigen Schluck und war sofort ruhiger.

Konnte man den heutigen Abend als Date bezeichnen? Eigentlich schon. Mit Jerry an einem Tisch. Ohne Kathrine. Das war noch nie vorgekommen und bei dem Gedanken zog es ihr wieder das Herz zusammen.

Sie war ganz aus dem Häuschen gewesen, als Jerry sie gefragt hatte, ob sie für ihn kochen würde. Nichts lieber als das, hatte sie sich gesagt.

Sie konnte kaum in Worte fassen, wie sie sich auf das Abendessen mit ihm freute.

Monika tunkte die Fingerspitze ins Pesto und probierte noch einmal. Zur Sicherheit. Köstlich. Dann bereitete sie einen Rohkostsalat zu, den es als Vorspeise geben sollte. Sie wusch Paprika, Tomaten, Radieschen, schälte Karotten, schnitt alles, öffnete eine Dose Mais und gab alles zusammen in eine Schüssel. Extra besorgt hatte sie zudem Argan-Öl, das aus der Frucht des Arganbaumes gewonnen wurde, als besonders kostbar galt und leicht nussig schmeckte. Es würde den Salat abrunden. Sie war sehr gespannt, ob Jerry es bemerken, ob er so etwas überhaupt registrieren würde. Oder die Qualität des Weines? Immerhin hatte sie einen Barolo gekauft, den sie sich nur ganz selten leistete. Hach, sie kannte Jerry noch so wenig.

Hübsch hatte sie sich auch gemacht. Ein wenig Rouge aufgelegt, Lippenstift würde sie noch auftragen. Und außerdem war es die ideale Gelegenheit, die neue Bluse und den neuen Slip zu tragen. Man konnte ja nie wissen.

Ein erneuter Blick auf die Uhr zeigte ihr, dass gerade einmal sechs lausige Minuten vergangen waren. Die Zeit kroch heute langsamer als jede Schnecke. Ihr fiel aber auch nichts ein, was sie noch machen könnte, vorbereitet war alles, also entschied sie, bereits jetzt hinüberzugehen, das Pastawasser aufzusetzen und den Tisch zu dekorieren.

Sie packte die Sachen zusammen. Mit Kerzen, einer netten Tischdecke und hellblauen Servietten bewaffnet, ging sie los. Das Pesto und den Salat trug sie auf einem Tablett.

Kaum im Nachbarhaus angekommen, schaute Monika wieder auf die Uhr. Von Jerry noch keine Spur. Ihr wurde ein wenig heiß. Sie öffnete ein Fenster, denn sie hatte das Gefühl, dass es wieder sehr stickig war. Er kümmerte sich wirklich um gar nichts, dachte sie, es wurde Zeit für eine neue Frau im Haus. Angenehm empfand sie allerdings seinen Geruch, der in den Räumen hing. Oder bildete sie sich das nur ein? Ach ja, sie war tatsächlich etwas verwirrt, seit er sie gefragt hatte, oder sogar verliebt? Sie lächelte bei dem Gedanken. Warum eigentlich nicht? Sich wieder verlieben hatte sie sich immer gewünscht. Und er wäre sicher der Richtige.

In den nächsten zehn Minuten richtete Monika den Esstisch her. Sie tippte mit den Fingern an ihre Wange. Zeit vertreiben war nicht ihre Stärke. Sie öffnete den Barolo. Ein kleiner Test konnte nicht schaden, schließlich sollte Jerry heute besonders verwöhnt werden. Der Wein floss rubinrot ins Rotweinglas, sie wartete extra lange, bis er seinen Duft entfaltet hatte, und dann löste der rote Stoff auf ihrer Zunge eine wahre Geschmacksorgie aus. Den hätte sie nicht besser auswählen können.

Was bot die Wohnung denn noch? Sie nahm das Glas mit und setzte sich im Wohnzimmer in einen Sessel. Ein Blick in den Fernseher brachte sie auch nicht auf andere Gedanken. Genauso wenig wie das Blättern in zwei Wochenmagazinen. Ein weiterer Schluck bestätigte ihre Wahl und sie konnte nicht umhin, sich selbst zu loben. Aber länger hielt sie es nicht mehr aus auf ihren vier Buchstaben, sprang auf und ging ins Obergeschoss. Das Schlafzimmer zog Monika an und kaum war sie eingetreten, stellte sie fest, dass das Bett unberührt war. Hatte Jerry auswärts übernachtet? Traute sie ihm gar nicht zu. Sie strengte ihre Gehirnzellen an. Gesagt hatte er nichts, nur wann er hier sein würde. Ihr Interesse, was Jerry anging, war schier unerschöpflich. Sie konnte ihren Forscherdrang kaum bremsen. Der Inhalt der Nachttischschublade, hatte sie neulich in einem Frauenmagazin gelesen, sage viel über Wesen, Charakter und Neigungen der dazugehörigen Herren aus. Und schwupp: Im nächsten Moment hatte sie sie geöffnet. Auf den ersten Blick wenig ergiebig. Etwa sechs Paar Socken, graue und blaue. Ein Ring, ja, es war der Ehering. Handschellen. Ohlalala. Sollte das eine seiner sexuellen Neigungen offenbaren? Oder war es Kathrine, die sich beim Spiel gerne fesseln ließ? Ein wenig Krimskrams lag auch noch darin. Tesa. Drei Briefmarken. Eine Art Amulett aus Silber. Und in der vorderen Ecke unter einem Socken fand sie einen Schlüssel. Sollte der womöglich zur Kellerwerkstatt gehören? Sie steckte ihn ein. Um Gottes willen. Jetzt hatte sie tatsächlich die Zeit vergessen. Kurz nach sieben. Das Essen sollte auf jeden Fall bereit stehen, sobald er die Tür hereinkam. Sie eilte die Treppe hinunter und in die Küche, kochte Wasser im Wasserkocher und goss es dann in einen großen Topf. Zwanzig Sekunden später gab sie die Nudeln dazu. Sie betrachtete das sprudelnde Wasser und konnte es kaum erwarten, testete eine Penne, al dente! Beim Abgießen war sie etwas hektisch und ungeschickt und da passierte es. Sie hatte den heißen Griff des Topfes aus Versehen berührt und er rutschte ihr aus der Hand. Kochendes Wasser floss über ihre rechte Hand. Autsch! Der Handrücken zeigte augenblicklich eine Rotfärbung und brannte wie die Hölle. Sie ließ den Topf in die Spüle fallen, wobei zwei Teller, die daneben standen, zu Boden fielen, und stellte kaltes Wasser an. Es lief über die Hand und milderte den Schmerz. Sie brauchte eine Brandsalbe. Sollte sie hinübergehen? Aber sie war nicht sicher, ob sie eine zu Hause hatte. Fieberhaft überlegte sie. Kathrine hatte immer großen Wert auf ihren Medizinschrank gelegt. Wenn sie sich recht erinnerte, hing er im Badezimmer.

Sie nahm ein Abtrockentuch, befeuchtete es mit kaltem Wasser und band es um ihre pochende Hand. Im Bad, gegenüber des Spiegelschranks, fand sie auf Anhieb, was sie suchte. Eine Brandsalbe. Kathrine war wirklich prächtig ausgestattet.

Auf der Haut hatten sich inzwischen erste Brandbläschen gebildet. Das durchsichtige Gel kühlte sofort. Ein angenehmes Gefühl machte sich breit. Sie atmete auf und in der nächsten Sekunde dachte sie schon wieder an das Essen und an Jerry. Er musste jeden Moment erscheinen und sie würde nicht fertig sein. Warum musste das ihr passieren? Sie hasste ihre Ungeschicklichkeit.

Im Spiegel kontrollierte sie ihren Lippenstift und zog ihn nach. Auch ihre Frisur saß noch. Wenigstens etwas. Aber sie schwitzte jetzt, was ihr gar nicht behagte. Ihr Deo lag bei ihr drüben. Aber vielleicht hatte Jerry Kathrines noch nicht weggeworfen. Sie schaute im Spiegelschrank und fand welches. Ein Zerstäuber soft & care. Prima. Sie fühlte sich sofort frisch und schwungvoll wollte sie das Bad verlassen, als sie auf einem kleinen Schränkchen neben dem Klo eine Zeitung liegen sah. Ein Artikel fiel ihr ins Auge. Zu den Banker-Morden. Und daneben ein Bild, untertitelt mit den Worten: *Soko-Leiter Rauscher tappt weiter im Dunkeln.* Jerry schien sich für das Thema zu interessieren. Warum eigentlich? Sollte sie ihn darauf ansprechen?

59

Rauscher stand hinter der Scheibe und beobachtete das Geschehen im Vernehmungsraum. Vor Krause stand ein Maßanzug, aus dem eine Hand hervorschnellte.

„Dellbrück“, hörte Rauscher. „Und Sie?“

„Jan Krause, Mordkommission. Schön, dass Sie Zeit für ein Gespräch gefunden haben.“

„Nicht viel“, antwortete der Banker schmallippig, „die Termine warten nicht. Aber …“ Dellbrück schien zu überlegen, wie er sein Kommen begründen konnte. „Aber mir sind einige Dinge durch den Kopf gegangen und es scheint ja zunehmend wichtiger zu werden.“

Rauscher schloss daraus, dass Dellbrück im Laufe des Tages endgültig realisiert hatte, ins Visier des Mörders gerückt zu sein. Anders war sein Erscheinen hier im Präsidium kaum erklärbar.

Rauscher wollte zunächst Krauses Verhör von draußen mit anhören und gegebenenfalls hinzustoßen. Möglichst zu einem Zeitpunkt, der geeignet schien, den Banker zu verunsichern und ihm so Informationen zu entlocken, die er im Normalfall nicht von sich geben würde.

Krause nahm vis-à-vis zu Dellbrück Platz und sprach ihn ohne viel Federlesen auf die Todesfälle an. Dellbrück wirkte zerknirscht.

„Ja, in letzter Zeit ist einiges auf uns eingeprasselt. Die Entwicklung macht mir große Sorgen. Es steht viel auf dem Spiel. Wir stehen vor komplexen Entscheidungen, die das Fortbestehen von Money Inc. sichern sollen.“

„Was genau meinen Sie damit?“

„Interne Umstrukturierungen und logistische Nachbesserungen sind notwendig. Immerhin haben wir zwei unserer Führungskräfte verloren. Außerdem müssen wir die Zeit überbrücken, bis sich der Sturm, den

Terzlaffs und Verbeutens Tode in der Presse und der Öffentlichkeit auslöste, gelegt hat."

Der Banker wirkte auf Rauscher wie ein blasierter Blasebalg, aber auch unsicher. Wie er ihn dort sitzen sah, übernahm plötzlich ein Gedanke die Regie in seinem Kopf. War Dellbrück skrupellos genug, einen Mord in Auftrag zu geben? Wäre er fähig, seine Kompagnons hinrichten zu lassen, um sich die Firma unter den Nagel zu reißen? Rauscher zweifelte. Wie war er überhaupt darauf gekommen? Dellbrücks Erscheinung wirkte auf den ersten Blick normal, eben wie ein hochrangiger Banker aussah. Straffer Anzug, edle Krawatte, leicht gebräunter Teint. War das alles nur die Fassade eines Menschen, der um der Karriere willen über Leichen ging?

Krause lenkte das Gespräch nun auf Ralf Terzlaff. Als der Name fiel, bemerkte Rauscher eine Veränderung in Dellbrücks Gesicht. Vielleicht täuschte ihn sein Eindruck, aber er erkannte eine winzige Bewegung in seinen Augen. Dellbrücks Lächeln erstarb. Verbarg er etwas? Oder war er gar verlegen? Warum? Hütete Dellbrück ein Geheimnis oder hatte er ein schlechtes Gewissen? Ein Banker, der so reagierte und damit seine Fassade aufgab, kam Rauscher spanisch vor. Und genau danach wollte er ihn nun fragen.

Rauscher öffnete die Tür, trat forsch ein, stellte sich vor und setzte sich. Dellbrück schien einen Augenblick irritiert, es war ihm gar nicht recht, dass ihn jetzt zwei Kommissare vernahmen. Schweiß stand auf seiner Stirn. Rauscher begann zügig und direkt: „Ralf Terzlaff wirft seinem Bruder und Ihrem Unternehmen Betrug vor."

„Sie sollten auf Ihre Wortwahl achten", entgegnete der Banker. „Terzlaff hat Anteile an einem unserer Fonds erworben, der bedauerlicherweise herbe Verluste erlitten hat. Worüber, und das möchte ich ausdrücklich betonen, niemand mehr verbittert ist als das Unternehmen Money Inc., beziehungsweise all seine Mitarbeiter."

Rauscher blieb seiner Linie treu: „Dann sagen wir es so: Er fühlt sich um sein Geld betrogen."

„Die Vorwürfe, die er geäußert hat, sind absurd."

„Sie haben persönlich mit ihm gesprochen?"

Dellbrück wand sich etwas, bevor er antwortete: „Gezwungenermaßen. Normalerweise pflege ich mit solchen Individuen nicht zu sprechen", sagte Dellbrück unverhohlen arrogant, „aber ... aber als ich in den Lauf seiner Pistole blickte, zog ich ein sachliches Gespräch vor." Der letzte Teil klang ungewohnt kleinlaut.

„Er hat Sie bedroht? Und damit rücken Sie erst jetzt raus? Warum sind Sie nicht früher zu uns gekommen?"

„Ich wusste nicht, dass das irgendeine Bedeutung hat." Er wischte sich mit einem Taschentuch über Stirn, Nasenrücken und Oberlippe. Inzwischen machte er insgesamt einen verschwitzten Eindruck.

„Herr Dellbrück, bitte stellen Sie sich nicht dümmer als Sie sind." Rauscher legte eine Pause ein, um sich zu sammeln. „Was ist denn eigentlich mit Ihnen los? Sie schwitzen ja wie verrückt."

„Das lassen Sie bitte meine Sorge sein. Kümmern Sie sich lieber darum, dass der Fall gelöst wird."

„Machen wir. Herr Krause hat Ihnen Polizeischutz angeboten, den Sie abgelehnt haben. Aber wir haben das nicht ohne Grund getan. Es gibt Hinweise, dass Ihr Leben in Gefahr ist."

„Wie kommen Sie eigentlich darauf?"

„Der vermeintliche Täter hat sein Vorhaben in einem Blog angekündigt."

„Und was habe ich damit zu tun?"

„Der Täter hat als nächstes potenzielles Opfer die Initialen J.D. genannt. Und wenn er damit nicht Sie im Visier hat, dann frage ich mich, wen dann?" Der Schrecken, der Dellbrück in die Glieder fuhr, war massiv. Er wollte gerade aufbrausen, überlegte es sich aber anders.

„Trauen Sie Ralf Terzlaff die Mordserie zu?", setzte Rauscher seine Befragung fort. Ohne nachzudenken, sagte Dellbrück nur ein einziges Wort: „Unbedingt."

60

Das gesamte Präsidium war hell erleuchtet, denn die Sonne schien, über dem Taunus stehend, in alle Fenster, die nur zum Teil abgedunkelt waren.

„Mir raucht der Kopf." Rauscher hatte bereits das dritte Red Bull intus. Seine Zunge klebte, aber Kaffee konnte er keinen mehr sehen. Eine erste Idee, wie sie weiter vorgehen konnten, festigte sich langsam in seinem Hirn. Rauschers Einschätzung nach hatten sie nur eine Chance. Es war vielleicht etwas riskant. Er brauchte Rat und drängte Krause und Tanja zu einem Gespräch. Sie saßen schon eine Weile im Konferenzraum beisammen, in dem auch Herr Rank noch immer im Robin-Blog forschte, aber Rauscher blieb still und es sah aus, als ob er nachdachte.

„Ist Elke eigentlich aufgetaucht?" Krauses Frage schreckte Rauscher auf, bohrte sich in seinen Gehörgang und hinterließ ein dumpfes Gefühl.

„Immer noch verschwunden. Hab fast alle Krankenhäuser abtelefoniert."

„Wollen wir sie zur Fahndung ausschreiben?"

„Ich glaube, ich muss mit Markowsky darüber reden." Krause nickte und schien ungeduldig.

„Also was ist jetzt mit dem Fall? Wir hören dir zu, ne!" Rauscher schlug plötzlich auf den Tisch und alle zuckten zusammen:

„Okay! Jetzt geht's ans Eingemachte. Wir haben nichts in der Hand, das bedeutet, wir müssen andere Maßnahmen ergreifen. Ralf Terzlaff ist unser Hauptverdächtiger. Er hat ein Motiv. Und das Bild in seinem Schreibtisch ist auch ein Indiz, sind wir uns da einig?" Krause stimmte ihm zu.

„Genau", auch Tanja pflichtete ihm bei, „es muss Terzlaff sein. Wir müssen es ihm nur noch nachweisen."

„Genau deshalb schlage ich vor", sagte Rauscher, „wir lassen Ralf Terzlaff wieder frei."

61

Um Punkt sieben Uhr abends machte sich die Sonne auf die Reise – dem Horizont entgegen. Abendstimmung legte sich langsam über Dellbrücks Grundstück, die Hofeinfahrt, den Rasen und die Bäume.

Die Soko Robin hatte sich mit vier Leuten im Haus verschanzt. Rauscher und Tanja saßen auf der Empore, gegenüber des großzügigen Eingangsbereiches, und hatten die gläserne Doppeltür stets im Blick. Krause machte es sich im Wohnzimmer in einer Nische bequem, so dass er nicht auf Anhieb gesehen werden, aber augenblicklich einschreiten konnte. Egon Bartsch, ein weiterer Ermittler, war in der Küche direkt hinter der Tür positioniert, um flugs vorrücken zu können. Alle kauerten angespannt in ihren Verstecken und erwarteten den Täter, um dessen Absicht, Dellbrück zu töten, zu vereiteln und ihn auf frischer Tat zu schnappen.

Vor dem Nachbargrundstück wartete ein Kollege als Handwerker getarnt in einem Lieferwagen, der per Funk mit dem Inneren des Hauses verbunden war, um rechtzeitig Warnung geben zu können, sobald Ralf Terzlaff erscheinen würde.

Eine Stunde zuvor hatte Rauscher dem Team seine Sichtweise dargelegt: da sie in absehbarer Zeit höchstwahrscheinlich keine Beweise gegen Terzlaff finden würden, mussten sie versuchen, ihn bei der Ausführung seines Planes festzunehmen. Dazu war es notwendig, den Hauptverdächtigen laufen zu lassen und Dellbrück in dessen Haus zu schützen.

Tanja hatte dem Plan sofort zugestimmt. Krause intervenierte und sorgte dafür, dass Markowsky ins Boot geholt wurde, der seinerseits umgehend sein Einverständnis gegeben hatte und Staatsanwalt Konetzke und Polizeipräsident Zimmermann informierte, die wiederum, nach Abwägung aller Indizien, dem Unternehmen ihren Segen gegeben hatten.

Ralf Terzlaff war zwar erstaunt über die schnelle Entlassung, konnte aber die Begründung nachvollziehen. Es lag kein Beweis gegen ihn vor, der eine weitere Inhaftierung gerechtfertigt hätte. Er hatte sich von einem Polizeiwagen nach Ginnheim bringen lassen und war wortlos und erhobenen Hauptes ins Haus gegangen, als sei er persönlich beleidigt.

Als sie grünes Licht von oben bekommen hatten, übernahm Rauscher die Einsatzleitung und teilte die Kollegen vor Ort in Dellbrücks Haus ein. Seit zehn Minuten waren alle auf ihren Einsatzposten. Die Warterei hatte Rauscher zu allem Überfluss noch gefehlt. Zum Glück breitete sich langsam etwas wie eine gespannte Ruhe in ihm aus.

Rauscher empfahl Jens Dellbrück, sich im ersten Stock aufzuhalten, da es im Erdgeschoss zu riskant war. Dellbrück war einverstanden und zog sich ins Schlafzimmer zurück. Er wirkte nicht ängstlich, eher resigniert, hoffte aber, der Spuk möge in wenigen Stunden ein unblutiges Ende nehmen. Er versuchte, sich zu entspannen und ging früh schlafen. Solange die Soko in seinem Haus war und sein Grundstück überwachte, fühlte er sich zumindest semi-sicher.

Stille zog ein im gesamten Haus, nur ab und zu knackte ein Funksprechgerät.

62

Ina Terzlaff kam in einem Hauch von nichts aus dem Badezimmer, stellte sich vor das große Bett und ließ auch noch die letzten Hüllen fallen.

„Hoffentlich kommst du jetzt auf andere Gedanken." Sie beugte sich lasziv über seine Lendengegend, strich über die Innenseiten seiner Oberschenkel, signalisierte ihm, er solle die Beine ein wenig weiter spreizen, damit sie besseren Zugang hatte und begann mit dem oralen Liebesspiel.

Er nahm mehrere Kissen, schob sie unter seinen Kopf, starrte die Decke an und wollte sich ihr hingeben. Durch die offenstehende Terrassentür drang laue Frühlingsluft herein. Alles in allem, dachte er, ein idealer Abend der Entspannung und des Genießens sexueller Freuden.

Sein Schlafzimmer war nagelneu eingerichtet, aber mit der Innenarchitektin musste er unbedingt reden. Das Weinrot der Tapete, das sie ihm gezeigt hatte, war heller gewesen. Jetzt wirkte der Raum dunkel, selbst bei Sonnenschein.

Das gefiel ihm nicht. Da musste er sich was überlegen. Apropos überlegen. Er musste über so vieles nachdenken. Die Morde. Die Kollegen. Das Unternehmen. Die Nachfolgeregelung von Terzlaff und Verbeuten. Die Frau, die gerade zwischen seinen Beinen kniete und sich wirklich Mühe gab.

Ina Terzlaff mochte es, wenn sie die Männer in der Hand hatte, wenn sie ihre Erregung steuern, den Druck erhöhen und senken konnte. Bis kurz vor den Wahnsinn treiben, zappeln lassen und dann noch ein kleines bisschen weiter. Genau so hatte sie es gern. Doch heute ging nichts.

„Entspann dich", hauchte sie ihm entgegen. Sie spürte nichts hart werden, kein Blut einströmen. Sie fühlte überhaupt keine Reaktion, dabei waren ihre oralen Künste weithin gerühmt. Ihr Ehemann Armando und ihre Ex-Lover hatten sich nie beschwert. Im Gegenteil.

Heute war alles vergeblich. Da war nichts zu machen. Das spürte er. Immer wenn ihm zu viele Dinge durch den Kopf schossen, ging es ihm so. Erbärmlich eigentlich. Aber wiederum auch egal. Was lag ihm daran? Es gab wesentlich Wichtigeres. Die nächsten Wochen würden entscheidend sein. Für seine Karriere. Sein Leben. Seine Träume. Was war dagegen schon ein schlaffer Schwanz?

63

In Dellbrücks Haus wurde es langsam dunkel.

„Alles Roger bei dir?" Rauschers Stimme kam draußen verzerrt an, das Funkgerät knisterte.

„Alles ruhig, nichts Auffälliges", meldete der Beamte, der in einem Blaumann in dem Kleintransporter saß, ungefähr vierzig Meter neben Dellbrücks Haus.

Rauscher legte das Funksprechgerät neben sich auf den Boden. Er wirkte etwas abwesend und schaute Tanja Heller an.

„Seid ihr eigentlich verheiratet?", fragte sie leise und unerwartet.

„Nein."

„Habt ihr‘s vor?“ Rauscher wusste nicht, was er sagen sollte. Stattdessen sprach Tanja in einem wehmütigen Tonfall: „Seit ich bei der Polizei bin, hat sich mein Privatleben quasi erledigt. Also kralle ich mir ab und zu einen leckeren Bullen.“

Rauscher grinste: „So wie mich?“

„Genau.“ Sie machte eine kleine Pause, um dann zu fragen: „Und bei dir?“

„Ich erreiche Elke nirgends.“ Rauscher dachte wieder an Elke und ärgerte sich über sich selbst. „Sie ist wie vom Erdboden verschluckt. Ich bin kurz davor, sie zur Fahndung ausschreiben zu lassen. Und dieser beschissene Fall trägt auch nicht gerade zur Erheiterung bei. Wäre ich doch im Urlaub geblieben, ich Idiot.“ Es war der Versuch, ein Gespräch zu führen, um die Zeit zu überbrücken und die Konzentration nicht ganz zu verlieren. Kurzzeitig rauschte es im Funk, aber es meldete sich niemand. Rauscher fragte bei den Kollegen im Haus nach, ob alles klar sei. Beide bestätigten.

Wie im Reflex sah Rauscher auf das Display seines Handys. Weder ein Anruf noch eine SMS. Die Digitalanzeige erinnerte ihn daran, dass es schon nach sieben war. Er seufzte etwas übertrieben.

Tanja hatte es sich gemütlich gemacht und hielt ein Taschenbuch in Händen:

„Hast dich auf eine lange Nacht eingerichtet?“, sprach Rauscher sie an. Sie nickte. „Was liest du?“

„Houellebecq.“

„Der ist doch anstrengend.“

„Manchmal brauche ich es, dass mir einer die Birne freipustet.“ Rauscher wunderte sich über Tanja, schwieg und kehrte in sich. Der heutige Abend konnte entscheidend sein. Wenn alles glatt lief, konnten sie endlich den Albtraum beenden.

Da es immer finsterer wurde, stand er auf und machte Licht im Obergeschoss, das bis hinunter in den Eingangsbereich schien. *Wartet ab auf heute Abend!* Der Text im Blog ermahnte Rauscher zu erhöhter Aufmerksamkeit. Was hieß heute Abend? Terzlaff konnte auch erst um elf oder zwölf Uhr zuschlagen. Rauscher spürte schon jetzt kaum mehr seine Glieder und musste aufpassen, dass ihm seine Augen nicht zufielen. Mit Tanja wechselte er wortlose Blicke, als er wieder zu ihr kam. Sie war ruhig, fast in sich gekehrt, löste ab und zu ihren Blick vom Buch und beobachtete die Haustür.

„Der Typ lässt sich Zeit“, sagte sie nach zehn Minuten.

In der nächsten Stunde bekam Rauscher drei Meldungen aus dem Lieferwagen. Vier Autos waren vorbeigefahren und ein Fußgänger hatte sich genähert, war aber an der Einfahrt vorbei gegangen. Ein Mann, schlank, groß gewachsen, dichtes Haar. Keine Ähnlichkeit mit Ralf Terzlaff.

Tickende Sekunden, verrinnende Minuten, lähmende Stunden. Rauscher tat alles weh und er suchte verzweifelt nach einer Möglichkeit, wach zu bleiben. Einfach dasitzen konnte verdammt anstrengend sein. Und außerdem quälten ihn immer wieder die Gedanken an Elke. Spätestens jetzt verfluchte er die Aktion. Nur das Übliche fiel ihm ein. Er ging vorsichtig hinunter in die großräumige Küche und setzte einen Kaffee auf. Stark, stärker, Rauscher, dachte er und beobachtete, wie die tiefschwarzen Tropfen in die Glaskanne flossen. Er musste wieder die Oberhand gewinnen über seine Energie. Er hoffte so sehr, dass er ihnen heute tatsächlich ins Netz gehen würde.

Durchs Funkgerät gab er bekannt, dass es in der Küche frisches Koffein gab und vernahm jauchzende Jubellaute. Mit zwei vollen Tassen in der Hand bewegte er sich Richtung Treppe, als er das Wort ‚Alarm‘ aus dem Funk hörte. Er verschüttete die Hälfte, stellte die Tassen auf einem Schränkchen im Flur ab und spurtete die Treppe hoch.

„Großer Mann in Hofeinfahrt“ meldete das Funkgerät. „Geht aufs Haus zu.“ Rauscher merkte auf. Endlich ging es los.

„Könnte Zielperson sein.“ Stille. Adrenalinexplosion. Die Müdigkeit wich auf der Stelle einem ordentlichen Hormonschub. Rauscher bedankte sich bei seinen körpereigenen Drogen.

„Jetzt an der Tür.“

„Er kommt“, flüsterte Rauscher und hielt den Atem an. Plötzlich klingelte es.

Scheiße nochmal, durchfuhr es Rauscher. In diesem Augenblick zuckte er zusammen und wusste, dass sie hier falsch lagen. Der Täter würde nicht klingeln, nein, niemals. Hatte er sie an der Nase herumgeführt? Wo lag der Fehler? Und: Wer war der Mann an der Tür?

Krause pirschte sich mit gezogener Heckler & Koch an die Eingangstür. Bartsch, Tanja und Rauscher gaben ihm Feuerschutz. Krause riss die Tür auf und hielt die Pistole direkt vor ein mehr als erstauntes Gesicht. Der Mann hob die Hände und Krause warf sich postwendend nach vorne, überwältigte ihn und fixierte ihn auf dem Boden:

„Nette Begrüßung“, stieß der Mann unter Krauses Ellenbogen hervor. Rauscher stürmte die Treppe herunter:

„Wer sind Sie?“

„Peter Rethmann.“

„Und was machen Sie hier?“

„Das Gleiche könnte ich Sie fragen“, stöhnte er. „Ich wollte zu Jens.“ Krause ließ von ihm ab und hätte am liebsten die Pistole in eine Ecke gefeuert und seinen Frust herausgeschrien.

In diesem Moment klingelte Rauschers Handy und schon bevor er annahm, zog sich sein Magen zusammen: „Kaminski vom KDD. Isch hab Abbeid für eusch, Tötungsdelikt.“ Im Nu war Rauscher rabenschwarz vor Augen und in Dellbrücks Haus herrschte Stille wie in einem Familiengrab.

64

Ina Terzlaff ließ sich ein Bad in die Wanne, die einem kleinen Pool glich, und ging verschwenderisch mit dem Badeöl um. Ein süßer Duft nach Lavendel, Orange und Mandelblüten schwebte augenblicklich durch den Raum, der mit Fliesen in Anthrazit gekachelt und teuren Armaturen ausgestattet war. Seine Innenarchitektin besaß Geschmack und ein Händchen für Arrangement und Form. Und sein Geldbeutel imponierte ihr.

Weniger seine Potenz. Trotz aller Anstrengung hatte sie ihn nicht erregen können. Zum Glück hatten die blauen Pillen doch noch Wirkung gezeigt. Und was für eine. Das hatte ihm sicher gut getan. Sie nahm sich vor, sich künftig mehr um ihn zu kümmern und bedankte sich für den Segen der ans Magische grenzenden Möglichkeiten moderner Medizin.

Das Wasser hatte eine herrliche Temperatur erreicht, sie lehnte sich entspannt zurück und genoss den sanften Badeschaum auf ihrer Haut.

Jetzt fehlte eigentlich nur noch etwas Chill-Out-Musik, dann wäre die Wonne nicht mehr zu übertreffen. Ina Terzlaff wollte ihn gerade darum bitten, als sie deutlich ein Klirren wie von Glas hörte. Sie schreckte auf. Dann vernahm sie ein Zischen und ein dumpfes Geräusch wie von einem Aufprall.

„Dimitri?"

War da noch jemand?

„Schatz?", rief sie lauter.

Sie erhob sich und hörte Schritte. Schaum tropfte ins Wasser.

„Hallo? Warum sagst du nichts?" Sie band sich ein Badetuch um, öffnete unschlüssig und zögerlich die Tür. Huschte da jemand hinaus? Durch den Spalt sah sie fast nichts, also stieß sie die Tür weiter auf, lief ein oder zwei Schritte ins Schlafzimmer und schrie sich im nächsten Moment die Seele aus dem Leib.

65

Das Chaos in der Küche löste bei Monika Beklemmungen aus. Jerry konnte jeden Moment hier sein und die Pasta lag verstreut in der Spüle, der Topf im Sieb. Wasser war auf den Boden gespritzt. Zwei Teller zerbrochen, deren Scherben auf dem Boden verteilt. Aufräumen, sagte sie sich, aber zackig. Wo blieb er denn nur? Die Uhr lief plötzlich viel zu schnell. Halb acht durch. Jetzt aber. Durchschnaufen. Anpacken.

Sie läutete die zweite Runde ein und nach zwanzig Minuten waren die Pasta tischfertig, die Küche wieder hergerichtet und nett. Für ihn. Nur: Wo blieb er? Kurz nach acht. Normalerweise war er die Pünktlichkeit in Person.

Überhaupt war er korrekt und genau, um nicht zu sagen präzise. War ihm etwas zugestoßen? Musste sie sich Sorgen machen? Das unbenutzte Bett. Die Zeitung. Hier stimmte was nicht, dachte sie.

Und jetzt kam die Enttäuschung hinzu. Sie war zum zweiten Mal heute Abend soweit, doch er war nicht da. Erste Tränen kamen am Küchentisch, rannen einzeln die Wange hinunter. Sie spürte auch wieder die verbrühte Hand, schmierte Gel nach und rieb es ein. Eine Erleichterung. Wie hatte sie sich auf den Abend gefreut und nun lief irgendwie alles schief.

Gerade als sie sich erheben wollte, hörte sie ein Auto vorfahren. Sie jubilierte innerlich, wischte die letzten Tränen ab. Oh Gott, jetzt war bestimmt alles verschmiert. Auch egal. Sie blickte aus dem Küchenfenster. Tatsächlich. Er war es. Er parkte den Wagen im Hof, stieg aus und trug bei der Hitze einen Trenchcoat. Aus dem Kofferraum holte er etwas Langes, was sie nicht genau sehen konnte und verstaute es unter dem Mantel. Um sich blickend ging er zur Haustür, schloss auf und kam herein.

Etwas hilflos stand sie im Flur, erwartete ihn mit einem Lächeln und rosigen Wangen. Jerry sagte weder Hallo noch sonst etwas und ging direkt mit schnellem Schritt in den Keller. Drei Minuten später setzte er sich an den gedeckten Tisch und schnupperte.

„Hmmmm, riecht lecker." Jerrys Stimme war Seide in ihren Ohren. Sie gickelte wie ein pubertierender Teenie und gab ihm Penne und Pesto auf den Teller. Während er aß, betrachtete sie ihn, als wolle sie unverzüglich in ihm versinken. Sie registrierte überhaupt nicht, dass sie ihn regelrecht anstarrte, war einfach nur glücklich und zufrieden, dass dieser Abend eine solch unverhoffte positive Wendung genommen hatte, stellte weder Fragen noch hegte sie irgendwelche Zweifel. Sie würde heute Nacht seine Frau werden.

Zu diesem Zeitpunkt sah Jerry das ein wenig anders.

66

Dimitrios Arakis lag nackt im Bett seines opulenten Schlafzimmers mit vielen Kissen unter Oberkörper und Kopf und einem Pfeil in der Brust, mit dem die Soko Robin nun bereits zum vierten Mal konfrontiert wurde. Aus der Einschusswunde trat kaum noch Blut aus.

Als Rauscher den Raum betrat, saß eine aufgelöste Ina Terzlaff in einem Sessel. Sie trug einen Herrenbademantel, zerfloss in Tränen und nahm keinerlei Notiz von ihm. Während ein Beamter sich um sie kümmerte, verschaffte sich Rauscher ein Bild des Tatorts.

Wie Arakis im Bett lag, hatte etwas Buddha-artiges. Erhaben wirkte er noch im Augenblick seines Todes. Das Gesicht war nicht verzerrt, eher erfreut. Welche Freuden hatte er wohl zuvor genossen? Links neben dem Bett lag zersplittertes Glas.

Rauscher ging durch die offene Terrassentür hinaus und schaute sich im Garten um. Ein weitläufiges Grundstück. In der Gegend schien Geld keine Mangelware. Der Täter musste über die Terrasse hereingekommen sein. Ein idealer Einstieg. Wenn er im Vorfeld das Terrain hinter dem Haus analysiert hatte, war es ein Leichtes für ihn gewesen, hereinzukommen und Arakis zu töten. Wahrscheinlich unerkannt, denn hinter dem Haus waren genug Bäume und Sträucher, die Schutz boten. Rauscher schüttelte den Kopf und betrachtete den Rasen. Wenigstens ein paar Fußspuren wird er hinterlassen haben, dachte Rauscher.

Zehn Kollegen klapperten derweil die Nachbarn ab und befragten alle, ob sie etwas bemerkt, gesehen oder gehört hatten.

Karsten Quast war in der Zwischenzeit eingetroffen, nickte Rauscher zu, zog Handschuhe über und machte sich an Arakis zu schaffen. Die Witwe blickte hoch und entfernte mit einem Taschentuch die Tränenbäche auf ihren Wangen.

„Hätte nicht gedacht“, schluchzte Frau Terzlaff, „Sie so schnell wiederzusehen.“ Sie nahm ein weiteres Taschentuch aus einer fast leeren Packung und schnäuzte sich.

„Haben Sie jemanden gesehen?“, fragte Rauscher. Sie schüttelte den Kopf.

„Ich lag in der Wanne und habe ein Geräusch gehört. Als ich hereinkam, war niemand mehr da, also außer ... außer Dimitri natürlich.“ Ihre Stimme tönte eine Oktave höher.

„Und die Scherben hier unten?“

„Als ich ins Bad bin, stand eine Glasvase auf der Kommode. Da, links neben dem Bett.“

„Das bedeutet, nur der Täter kann sie runtergeworfen haben. Er muss demnach ziemlich weit hier drin gewesen sein?“ Ina Terzlaff schaute Rauscher länger an:

„Auf dem Nachttisch lag immer Dimitris goldene Rolex und ich meine mich zu erinnern, dass er heute auch zwei Ringe dort hingelegt hatte.“

„Dann hat der Täter die Vase vielleicht abgeräumt, als er die Rolex und die Ringe mitgenommen hat.“ Rauscher machte Quast darauf aufmerksam, den Nachttisch, die Kommode und die Umgebung links vom Bett besonders in Augenschein zu nehmen.

Rauscher sprach noch eine Weile mit Ina Terzlaff, fragte sie nach Art und Dauer ihres Verhältnisses zu Dimitrios Arakis, erfuhr dabei aber nichts, was er sich nicht auch denken konnte. Immer das Gleiche eben und er fasste sich dabei an die eigene Nase.

Danach informierte er Krause und Tanja, die im Präsidium ausgeharrt hatten und angesichts der Neuigkeiten sämtliche Illusionen auf einen schnellen Abschluss des Falles fahren ließen.

Bei der Verabschiedung von Ina Terzlaff musste Rauscher ständig an Elke denken und ihm war hundeelend. Als er nach Hause fuhr, hätte er sich auf dem gesamten Weg permanent in den Arsch beißen können.

67

Liebe Kathrine,

sie haben immer noch keine Ahnung. Tappen völlig im Dunkeln. Wie leicht es doch ist, sie an der Nase herumzuführen. Lustig zu sehen, wie sie in die Irre laufen, wie sie verzweifelt versuchen, eine Strategie zu finden. Einen Weg, der zum Täter führt.

Sie wirken wie Gehetzte, die sich von den Ereignissen überrennen lassen. Sie alle sind gefangen in ihrem Job, ihrem Dienstgrad, in sich selbst. Und ich spiele mit ihnen. Dass das so einfach ist, hätte ich nicht für möglich gehalten. Auch dieser Kommissar Rauscher scheint jetzt die Nerven zu verlieren. Irgendwie tut er mir leid.

Heute war ich gezwungen, meinen Plan kurzfristig zu ändern, denn die Pfeifen saßen in Dellbrücks Haus. Die Finte im Robin-Blog hat prima funktioniert. Sie sind voll darauf eingegangen. Ich habe Arakis vorgezogen und ihm die gerechte Strafe verabreicht. Und er hat mich dafür reichlich entlohnt. Ich denke, die Uhr und die Ringe bringen genug, um zwei Einrichtungen zu helfen. Leider konnte ich mich nicht länger umsehen und musste spontan abhauen, denn nebenan hörte ich etwas. Und ich wollte ja nicht noch jemanden zu Schaden kommen lassen.

Jetzt bleiben noch zwei. Wie ich sie hasse! Und wie ich mir gleichzeitig wünsche, wieder bei dir sein zu können, meine Liebe!

68

Den ersten Sauergespritzten trank er auf ex. Schenkte nach. Der zweite ging ebenfalls ex über die Lippen. Das zischte.

Rauscher griff sich die Apfelwein-Flasche, leerte den Rest ins Gerippte und nahm eine volle mit ins Wohnzimmer. Der Versuch, die Welt auszublenden, scheiterte.

Achten Sie in Zukunft etwas mehr auf sich. Versunken in Gedanken an Konetzkes Worte saß Rauscher da und trank das nächste Glas auf ex. Er hatte sich selbst in die Scheiße geritten, also musste er zusehen, alleine wieder rauszukommen.

Rauscher klammerte sich an das Gerippte, als besäße er sonst nichts auf der Welt. Sein Herz fühlte sich an wie ein getrockneter Kürbis, dem sämtliche Flüssigkeit entzogen worden war. Seine Liebe dahin. Sein Kind noch ungeboren, das wusste er allerdings nicht genau. Sein Job ein Trauma. Sein Leben ein

Trümmerhaufen. Strenggenommen konnte es nicht viel schlimmer kommen.

Er stellte sich Elke vor, wie sie irgendwo saß und sich ins Fäustchen lachte. Ihm heimzahlte, dass er in letzter Zeit so abweisend und unaufmerksam gewesen war. Wie konnte sie ihm das antun? Aber irgendwie hatte er das auch verdient, dachte er.

Oder wusste sie schon von seinem Fehltritt mit Tanja? Dieser Gedanke traf wie ihn wie ein Klitschko-Punch mitten in die Fresse. Wenn ja, woher? Von Tanja? Niemals. Aber niemand anderer wusste davon. Es sei denn, Tanja hätte geplaudert.

Er schenkte nach und wieder schmeckte er das saure Getränk auf der Zunge, das ihn durchs Leben begleitete wie ein bester Freund.

Neben der großen Sorge spürte Rauscher aber noch etwas Weiteres aufkommen, das er zunächst nicht zu deuten wusste, das aber mehr und mehr Kontur gewann: Enttäuschung. Ja, das war es. Er war von sich selbst enttäuscht. Die Sache mit Tanja hätte ihm nicht passieren dürfen. Aber genauso war er von Elke enttäuscht. Er hätte ihr nicht zugetraut, ihn so im Ungewissen zu lassen. Zumindest nicht einen Tag vor dem Geburtstermin.

Rauscher war kurz vorm Platzen. Und was er fühlte, war die Abwesenheit jeglicher Energie. Seine positive Lebenseinstellung war dahin, zunichte gemacht innerhalb weniger Tage. Stattdessen breitete sich eine milde Depression aus, die ihn lähmte. Er war nicht mehr imstande, sich aufzuraffen. Alle Kräfte schienen aus den Muskeln gewichen und er goss einen Sauergespritzten nach dem anderen in sich hinein. Am liebsten hätte er sich unter einen Tankstutzen gelegt, aus dem Apfelwein kam. Komasaufen war ja sehr beliebt, zumindest unter Jugendlichen.

Es war inzwischen nach Mitternacht. Heute sollte Rauscher Vater werden und er konnte sich nicht einmal mehr selbst im Spiegel anschauen. Dabei hatte er sich die Vaterschaft so schön vorgestellt. Mit sich und der Welt im Reinen. Frau, Kind und ein zugegebenermaßen problematischer Job. Alles in allem hätte er eigentlich zufrieden sein können, mehr als das: glücklich. Wäre ihm da nicht die letzte Woche in die Quere gekommen, die so vieles verändert hatte. Er holte das Ultraschallbild hervor und lächelte. Lange sah er es an, küsste es innig und legte es neben sich.

Es gab eben keine Gleichung für einen geradlinigen Lebenslauf. Das Leben ließ sich in keine Formel packen, mit der man bequem ausrechnen konnte, was als nächstes geschieht. Und das war auch gut so.

Hier saß er jetzt, völlig isoliert von der Außenwelt. Allein im Frankfurter Space, im Weltraum der Metropole. Und da entdeckte er etwas in seinem Gefühlshaushalt, was er nie zuvor empfunden hatte: Traurigkeit, die ihm das Herz zuschnürte wie ein Korsett die Taille einer Kurtisane des 18. Jahrhunderts. Sie schnitt ihm ins Fleisch bis es blutete. Bis der Schmerz, der gekommen war, ihn übermannte und ihm die Luft nahm.

Als stünde die Zeit still, ploppte plötzlich ein Gedanke hoch, der wie eine Erlösung schien: schlafen! Ja, Rauscher wollte schlafen, um sich zu reinigen und ein neuer Mensch zu werden. Morgen würde er in der Lage sein, eine Idee zu entwickeln, wie es weitergehen konnte.

Er zog sich nicht aus. Ehe er sich im Bett ausstreckte, nahm er noch einmal das Ultraschallbild und küsste es wieder. Und das Einzige, was er kurz vorm Einschlafen noch wahrnahm, war der angenehm saure Nachgeschmack des Apfelweins.

SAMSTAG 25.5.

69

Rauscher hörte ein Brummen und spürte ein Vibrieren in der Hose. Er fühlte sich wie ein Fabelwesen, das gerade dabei war, aus einem tausendjährigen Schlaf aufzuwachen.

Es war stockdunkel. Sein Kopf dröhnte. Er schwitzte stark, rappelte sich mühsam hoch und machte Licht. 1.59 Uhr. Himmel!

Er konnte höchstens eine Stunde geschlafen haben. Der Tiefschlaf war zäh, ließ sich nicht so leicht abschütteln.

Auf dem Handydisplay blinkte das Briefzeichen. Elke! Panisch klickte er auf die SMS und hielt die Luft an: *Keine Sorge. Mir geht's gut. Hormone spielen verrückt. Brauche Auszeit. Baby lässt auf sich warten. Melde mich.*

Rauscher schnappte nach Luft, las ein zweites Mal. Nicht zu fassen. Und ein drittes Mal. Kein Wort darüber, wo zum Teufel sie war. Sie ließ ihn weiterhin auf glühenden Kohlen sitzen. Er wusste nicht, ob er sich darüber freuen oder ärgern sollte und hatte auch nicht die Muße, es zu entscheiden.

Schnell schrieb er zurück: *Bitte, bitte komm sofort her. Und keine Widerrede!*

Er legte sich wieder hin, doch schon nach wenigen Sekunden sprang sie an, die Gedankenmaschine. Wo hatte sich Elke versteckt? Wo war sie untergekommen? Wer besaß die Frechheit, sie aufzunehmen und ihn nicht zu informieren?

Er schaute aufs Handy. Nichts. Er konnte einfach nicht abschalten, nicht in dieser Situation. Rauscher kniff die Augen zu und wollte in seiner Verzweiflung damit beginnen, Schäfchen zu zählen. Aber das kam ihm albern vor.

Er stand auf und verbrachte die nächsten Stunden damit, durch die Wohnung zu schleichen und den Fall neu aufzurollen. War Ralf Terzlaff unschuldig? Bislang hatten sie nur den Blog-Eintrag gegen ihn in der Hand. Aber er hatte ein lupenreines Motiv. Rache. Die töten, die ihn in den Ruin getrieben hatten. Von den vier Morden fiel nur einer aus der Reihe, der an Kuhl. Kuhl wurde im Bahnhofsviertel getötet. Alle anderen fanden in oder an den Wohnhäusern der Opfer statt. Die drei anderen Opfer waren bei Money Inc., Kuhl nicht. Kuhl war bei der Bank beschäftigt und schickte Kunden zu Money Inc., wofür er großzügig entlohnt wurde. Rauscher dachte darüber nach, die Mitarbeiter der Bank unter die Lupe zu nehmen. Immerhin war es denkbar, dass der Täter mit Kuhl zusammengearbeitet hatte. Und so wäre auch erklärbar, woher der Täter die beiden ersten Opfer kannte.

Später setzte sich Rauscher auf den Parkettboden wie Buddha und streichelte seine Schildkröte „Patty", die ihn an die glückliche Anfangszeit mit Elke erinnerte. Den Moment, als er von der Schwangerschaft erfahren hatte.

Das Gefühl überwältigte ihn derart, dass er kaum Luft bekam. In seinem Kopf rauschte ein Donnerhall wie ein ICE auf freier Fahrt. Hinter ihm lief der Fernseher, in dem gerade ein Sportreporter den letzten Eintracht-Sieg über die Bayern rekapitulierte. Doch dem schenkte Rauscher nicht die geringste Aufmerksamkeit. Seine Stirn glänzte. Nach einer halben Stunde stand er auf und zog seine Laufklamotten an. Es war späte Nacht. Die Morgendämmerung ließ noch auf sich warten. Unten auf der Straße begab er sich Richtung Niddatalpark. Kaum hatte er den ersten Parkweg betreten, rannte er los. Wie um sein Leben.

70

Ernst Reul war am Samstag früh auf den Beinen, aber er konnte den Tagesanbruch nicht wie gewohnt genießen. Normalerweise stand er vor allen anderen auf, ging in seinen großen Garten, nahm die Stille wahr, ohne Auto- oder Flugzeuglärm, beobachtete die Sonne, wie sie den Horizont hochkletterte, die Gärten langsam in helles Licht tauchte und fütterte seine Gänse. Das Schnattern war ihm vertraut. Im Garten zog er weiße Hausgänse, hauptsächlich für die Vorweihnachtszeit. Jetzt waren sie noch sehr klein. Ein paar Enten und Kaninchen hatte er auch. Um die kümmerte er sich im Anschluss.

An diesem Samstag allerdings sah er alles mit anderen Augen. Er dachte zurück an den gestrigen Tag, als dieser Kommissar mit seiner hübschen Kollegin plötzlich und unerwartet vor ihm gestanden und ihn in diesen Fall mit hineingezogen hatte. Das ließ ihn nicht mehr los. Die ganze Nacht hatte er darüber nachgedacht, was sehr ungewöhnlich für ihn war. Trotz seines Alters hatte er gewöhnlich einen erholsamen und tiefen Schlaf. Worauf er stolz war. Und den er stets als Grund für seine Gesundheit anführte. Die frische Luft, sagte er gerne, den ganzen Tag draußen, das stärkt und macht müde.

Heute war es anders, er fühlte sich groggy. Er mochte es nicht, von seinem gewohnten Tagesplan abrücken zu müssen. Die zwei Stunden mit den vielen Leuten im Präsidium waren zu viel gewesen. Die ganzen Eindrücke.

Wahrscheinlich hatte er sogar dem Mörder direkt gegenüber gestanden, auch wenn dieser ihn nicht sehen konnte. Keine schöne Vorstellung. Ein ungutes Gefühl hatte sich in seinem Magen eingenistet und er war es seitdem nicht wieder losgeworden.

Apropos Präsidium. Da war etwas, was ihn sehr beschäftigte und zu seiner Verunsicherung ein gehöriges Stück beitrug. Als er gestern Nachmittag das Präsidium verlassen hatte, war ihm auf dem Flur ein Mann entgegen gekommen, der ihm bekannt vorkam. Die Gesichtszüge. Die Statur. Die ganze Nacht hatte er hin und her überlegt und jetzt war er sicher: Es war jener Mann, dem er vor etwa zwei Monaten die Federn geschenkt hatte. Die Polizei ging ja davon aus, dass dieser Mann der Täter war. Aber gestern spaziert er völlig unbehelligt im Polizeipräsidium herum. Das passte doch gar nicht zusammen. Er musste sich getäuscht haben. Wenn er jetzt bei der Polizei anrief, würden sie ihn bestimmt für verrückt erklären.

71

Als Jens Dellbrück morgens im Büro die Todesnachricht von Dimitrios Arakis vernahm, hatte er einen Atemzug lang das Gefühl, sein Herz setze aus. Erst als er nach einem Weilchen wieder normal atmete, war er sicher, noch zu leben. Zumindest äußerlich, denn innerlich war wieder etwas abgestorben und lange würde er den Verlust weiterer Freunde und Geschäftspartner nicht mehr ertragen können.

In seinem ganzen Leben, das mittlerweile immerhin schon 45 Jahre währte, hatte er sich noch nie gewünscht, tot zu sein. Doch das hatte sich gerade eben geändert. Der Tod, sagte er sich, würde ihn erlösen von dieser Marter.

Warum um Himmels willen war die Polizei nicht in der Lage, diesen Ralf Terzlaff zu überführen und hinter Schloss und Riegel zu bringen? Es stand für ihn zweifelsfrei fest, dass er der Täter war. Ergo mussten auch Beweise zu finden sein.

Was ihn zusätzlich wurmte und, das musste er sich eingestehen, zutiefst enttäuschte, war, dass Ina bei Dimitrios gewesen war. Die beiden hatten etwas miteinander, das war nun offensichtlich. Nicht die Tatsache an sich ärgerte Dellbrück. Nein, er war sich bewusst, dass Ina zu sehr Weib war, um nicht die Blicke aller Männer auf sich zu ziehen und er konnte sich nicht einbilden, sie alleine besitzen zu können. Aber dass er von dem Verhältnis bis heute nichts gewusst hatte, demnach hintergangen worden war, ausgerechnet von Ina und Dimitrios, kränkte ihn. Er stand da wie der Depp vom Dienst. Und wer wusste schon, mit wem sie noch rummachte?

Heute Mittag würde er sie treffen und zur Rede stellen. Er war gespannt auf ihre Reaktion und gestand sich ein, verletzt zu sein. Und unsicher. Und das würde er ihr mitteilen. Sie konnte alles mit ihm machen, aber ihn nicht so behandeln. Hatten sich denn alle gegen ihn verschworen? Sein Leben war in Gefahr, das lag auf der Hand. Es war vielleicht nur ein dummer Zufall, dass Arakis dran glauben musste und nicht er. Wer konnte ihn schützen? Wer würde ihm zur Seite stehen? Er kam sich vor, als würde er sich seit einer Woche im Kreis drehen, denn all das hatte er schon hundert Mal durchgekaut.

Mitten in diese Gedankenspiele klingelte das Telefon. Er nahm den Anruf entgegen und meldete sich wie gewöhnlich mit seinem Namen.

„Du weißt, wer ich bin?“ Es war eine monotone tiefe Stimme und Dellbrück war augenblicklich wie vor den Kopf geschlagen. Sein Puls schlug höher. Sollte tatsächlich der Täter bei ihm anrufen? Er brachte kein Wort über die Lippen.

„Na, Sprache verschlagen?“

Er spielte mit ihm. Reizte ihn. Ja, er wollte ihn wirklich fertig machen.

„Du hast doch meine Nachricht erhalten?“

Das war nicht Ralf Terzlaff. Aber wer dann?

„Was ist nun? Ich warte auf ein Zeichen, sonst ...“

Dellbrück war sicher, diese Stimme nie zuvor gehört zu haben.

„Sonst geht es dir so wie deinen Kollegen.“

„Moment, ich ... äh ... ich weiß ehrlich gesagt nicht, was ich sagen soll.“

Dellbrück notierte die Nummer, die auf dem Display seiner Telefonanlage angezeigt wurde, auf einem Zettel.

„Dein Problem. Wenn du mit deinem menschenverachtenden Tun weitermachst, musst du mit den Konsequenzen leben. Oder sterben." In der Leitung klickte es. Das Gespräch war weg.

Dellbrück legte das Telefon beiseite und fuhr sich durch die Haare. Mensch, Mensch, dachte er, der hat Nerven. Nachdem er das durchgeschwitzte Hemd gewechselt hatte, drückte er eine Taste der Telefonanlage und rief Frau Zank, die heute an ihrem freien Tag extra für ihn ins Unternehmen gekommen war, um einige wichtige Dinge zu erledigen, die in den verflixten letzten Tagen liegengeblieben waren. Als sie vor ihm stand, bewunderte er wieder ihren Fan-Schal, außerdem trug sie heute noch weiteres Outfit des FSV.

„Nach dem Büro gehe ich sofort ins Stadion. Nachmittagsspiel. Heute geht's um alles."

Wie recht sie hat, dachte Dellbrück und nickte.

„Überprüfen Sie bitte die Nummer. Es ist eilig." Er gab ihr den Zettel, stand auf, steckte die Hände in die Hosentaschen und ging zur Fensterfront. Unter ihm lag die Stadt. Niemand dort unten wusste oder ahnte auch nur, was sich bei Money Inc. in der letzten Woche zugetragen hatte. Er schüttelte den Kopf, weil er es selbst nicht glauben konnte. Keine zwei Minuten später stand Frau Zank wieder in seinem Büro. Aufmerksam fixierte er sie, weil er kein einziges ihrer Worte verpassen wollte. Sie hielt ihm den Zettel hin: „War ganz easy. Das ist eine Nummer aus dem Polizeipräsidium."

72

Rauscher hatte sich nach dem Duschen rasiert, auf der Leipziger Straße Brötchen geholt, einen starken Kaffee getrunken und die Zeit etwas vertrödelt. Er betrat als Letzter den Konferenzraum.

Insgesamt sieben Kollegen der Soko Robin saßen dort wie verabredet um kurz vor 8.00 Uhr, vollzählig und pünktlich. Alle blickten sich müde an. Ihre Gesichter zeigten Ratlosigkeit. Sie versuchten, sich zu sammeln. Konzentration aufzubauen. Ein weiterer Tag lag vor ihnen, von dem niemand wusste, was er bringen würde. Kaffee wurde gereicht. Das Klirren der Löffel in den Tassen war zu vernehmen.

Rauscher wirkte erstaunlich fit, was Jan Krause gleich auffiel: „Was ist denn mit dir los?"

„War laufen."

„Wann?"

„Heute Nacht."

„Drehst du jetzt durch?"

„Elke hat sich gemeldet."

„Wo steckt sie?"

„Weiß nicht, aber dem Baby und ihr geht es gut."

„Bist du schon Vater geworden?"

„Natürlich nicht." Krause schüttelte den Kopf. Er wollte nicht sagen, dass er die Welt nicht mehr verstand.

Rauscher schaute in die Runde: „Wo ist denn Rank? Wir brauchen ihn nochmal."

„Das wüsste ich auch gern", sagte Tanja. „Eigentlich wollte er schon lange hier sein. Ist gar nicht seine Art."

„Ich würde vorschlagen", erhob Rauscher seine Stimme, „dass wir loslegen. Die Ankündigung im Robin-Blog war offensichtlich ein kalkulierter Schachzug. Wir müssen herausfinden, wer uns auf die falsche Spur gelockt hat. War es wirklich Ralf Terzlaff? So, länger möchte ich nicht auf dem Desaster von gestern Abend herumreiten." Nach kurzer Pause legte er nach: „Ich habe Informationen zu Peter Rethmann besorgt. Er ist der Vertriebsprofi bei Money Inc. und hat eine lupenreine Karriere hinter sich. Vorher hat er bei einer Finanzberatungsfirma gearbeitet und den gesamten Vertrieb logistisch aufgebaut. Das Wort Drückerkolonne ist mir in dem Zusammenhang mindestens zehnmal untergekommen. In der gleichen Funktion ist er später bei Money Inc. eingestiegen. Er klügelt die Verkaufsgespräche aus, schnürt die Finanzprodukte und hat sämtliche Verkäufer unter sich."

„Wen meinst du eigentlich mit Verkäufer?“, wollte Jan Krause wissen.

„Na, die Finanzberater. Das sind reine Verkäufer. Frag Tanja. Die tun zwar so, als ob sie unabhängig beraten, in Wirklichkeit sind sie nur daran interessiert, ihre eigenen Fonds et cetera zu verkaufen.“

Tanja nickte und auch Krause schien mit der Erklärung zufrieden.

„Leider habe ich bei Rethmann keinerlei Hinweis finden können, der eine Verbindung zum Bogenschießen hergäbe. Außerdem hat er ja zumindest für gestern Abend ein sattelfestes Alibi. Für die ersten drei Morde allerdings nicht. Immerhin könnte er mit dem Mörder unter einer Decke stecken. Als Motiv wäre denkbar, dass auch er die Leitung von Money Inc. quasi alleine übernehmen wollte. Das wäre eventuell ein neuer Ansatz zum Recherchieren.“

„Genau“, warf Krause ein. „Ich bin in diesem Zusammenhang auch auf was gestoßen, ne! Willste hören?“

„Logo. Raus mit der Sprache!“

„Also“, Krause schenkte sich Kaffee ein, nahm vier Stück Würfelzucker und trank genüsslich. Rauscher drehte sich der Magen um, als er das beobachtete. „Ich habe mich gefragt, warum Robin einen Kindergarten und ein Altenheim sponsert.“

„Bist du denn sicher, dass das Geld von Robin stammt?“

„Du meinst ein Trittbrettfahrer könnte …? Nein! Die Überlegung ist aus der Luft gegriffen.“

„Gekauft! Du willst also wissen, warum er genau die zwei beschenkt hat?“

„Ja. Er hätte das Geld auch der Drogenhilfe oder einem Jugendclub spenden können.“ Rauscher strengte seine Gehirnzellen an.

„Stimmt. Zufall kann ich mir auch nicht vorstellen. Dass er sie beliebig ausgewählt hat auch nicht. Also muss es einen Grund geben.

„D’accord. Zumal er in allen Belangen bedacht vorgeht.“

„Nur welchen?“

„Persönlicher Bezug?“ Krauses Vermutung ließ Rauscher aufhorchen.

„Du meinst, er kennt dort jemanden persönlich?“

„Eventuell. Zumindest hat er irgendwas mit denen zu tun."

„Also könnte auch sowas wie Barmherzigkeit ein Motiv sein. Und das zugrundeliegende Motiv wäre tatsächlich Geld, mit dem er andere unterstützen will?"

„Du meinst, er will Gutes tun und tötet dafür?"

„Dafür haben schon ganz andere getötet."

„Das reicht mir nicht, denn dann könnte er sich jeden Vermögenden vornehmen. Aber er wählt Banker aus."

„Genau. Er übt Rache an den Bankern von Money Inc., weil er betrogen wurde."

„Kuhl passt da aber nicht rein."

„Kuhl hängt auch mit drin über die Provisionen. Vielleicht kam er ihm dazwischen, hat ihn enttarnt oder so was."

„Also kannte er Kuhl persönlich?"

„Möglich. Ich glaube, wir müssen uns die Bank näher ansehen." Rauscher schaute fragend in die Runde. „Jemand noch eine Idee? Tanja, du wolltest was loswerden? Hat die Überprüfung der Kläger neue Erkenntnisse gebracht?" Die Angesprochene nickte.

„Wir haben inzwischen an die dreihundert gecheckt, von denen jeder theoretisch ein Motiv für die Morde hätte."

„Genau", sagte Krause, „Rache an Money Inc."

„Eben deshalb rollen wir die Fälle auf. Wir wissen bislang, dass fast neunzig Prozent der Kläger in Frankfurt oder im Umkreis wohnen. Viele davon im Taunus oder südlich, in Neu-Isenburg, Dreieich, die Richtung. Schaut man sich die Biografien an, merkt man schnell, dass das alles unbescholtene Leute sind. Wie du und ich. Die wollten halt aus ihrem Geld ein paar Prozent mehr Rendite herausholen und sind auf die Berater von Money Inc. reingefallen. Diese Berater sind geschult und verfügen über ein Gespür, wie sie Kunden ködern können, mit welchen Argumenten sie ihnen das Geld aus der Tasche ziehen können."

„In Wahrheit sind sie gierig", meinte Rauscher. „Sie leben für die Provision, wollen immer mehr rausholen. Immer mehr erreichen. Das ist ihr Lebensprinzip. Ohne die Gier würde ihr jämmerliches Lebenskonstrukt zusammenstürzen wie ein Kartenhaus und sie würden feststellen, dass sie nichts haben und nichts sind."

„Wir schweifen ab", sagte Tanja, „was ich eigentlich sagen wollte: Wir müssen jeden einzelnen Kläger einbestellen. Dafür brauche ich Verstärkung." Sie blickte in die Runde. Ein leises Stöhnen war im Kreis der Kollegen zu vernehmen.

„Sehr gut, Tanja. Und ich will keine Klagen hören. Das müssen wir durchziehen. Je mehr sich der Überprüfung annehmen, desto eher haben wir Ergebnisse. Also: Wer ist dabei?"

Die aufspringende Tür unterbrach Rauscher. Herr Rank trat ein: „Sorry, aber mein Betriebssystem arbeitet um diese Uhrzeit noch nicht stotterfrei und ich brauche einen starken Kaffee." Er setzte sich auf den einzigen freien Platz neben Tanja und nickte ihr zu.

„Gut, dass Sie kommen. Ich brauche Ihren Rat." Rauscher blickte wieder die Kollegen an, von denen fast alle die Hände hoben.

„Gut so. Dann raus mit euch. Und Tanja: Die Befragungen der Kläger übernehmen die Kollegen, du widmest dich den Mitarbeitern der Bank. Schau zuerst auf Namen in Kuhls Abteilung. Dann alle, mit denen er irgendwie zusammengearbeitet hat. Vielleicht findest du was." Sie stöhnte zwar, aber ihr forsches Aufspringen signalisierte Rauscher, dass er auf sie zählen konnte. Die Kollegen folgten Tanja und einer nach dem anderen verließen sie den Raum.

Rauscher trank einen Schluck Kaffee.

„Töten wegen verlorenem Geld?", fasste Krause kurz zusammen. „Ist das nicht ein wenig dünn?"

„Mag schon sein", erwiderte Rauscher, „aber neben Ralf Terzlaff momentan die heißeste Spur. Ob Tanja in der Bank einen Verdächtigen mit Motiv findet, müssen wir abwarten.“ Er schlug sich auf die Oberschenkel. „Was hältst du von folgender Theorie: Gesetzt den Fall, Ralf Terzlaff hat die Ankündigung im Robin-Blog nicht geschrieben, sondern der Täter hätte sich mit Terzlaffs Usernamen eingeloggt und uns auf eine falsche Fährte geführt?“

„Geht das denn?“, fragte Krause.

„Genau das wollte ich Herrn Rank fragen“, antwortete Rauscher. „Welche Kenntnisse benötigt man dazu?“

Herr Rank dachte kurz nach. „Das ist nicht so einfach. Er muss sowohl den Usernamen als auch das Passwort geknackt haben, um den Account von Terzlaff nutzen zu können. Das bedeutet, er muss sich hervorragend auskennen, denn dazu müsste er über die Email-Adresse an die IP-Adresse von Terzlaff gelangt sein und sich auf dessen Computer umgeschaut haben. Möglich ist das natürlich. Es gibt verschiedene Programme wie AccessDiver zum Beispiel, mit denen kommt man rein. Wer die beherrscht, kann sogar geschützte Webseiten hacken.“ Rauscher nickte, als sei ihm gerade einiges klar geworden.

„Können Sie herausfinden“, fragte er Rank, „wer sich Zugang zu Ralf Terzlaffs Account verschafft hat?“

Rank stutzte: „Dazu müsste ich selbst den Account knacken.“

„Sind Sie dazu in der Lage?“

Rank schaute Krause an, dann antwortete er Rauscher: „Das weiß ich ehrlich gesagt nicht. Ein Versuch wäre es wert. Aber das ist illegal.“

„Schon klar. Gerichtsverwertbar wäre diese Information nicht, aber wir wüssten wohl zu 99,9%, wer der Mörder ist. Und darauf würde ich es ankommen lassen.“

Rank nickte ein wenig unsicher.

In diesem Moment flog die Tür auf und Markowskys Stimme schallte ihnen entgegen:

„Rauscher und Krause, in fünf Minuten in meinem Büro. Ich dulde keinerlei Verspätung.“

73

Monika schwebte immer noch auf Wolke sieben.

Jerry, ihr neuer Gott, hatte nach dem Abendessen angedeutet, sich mehr vorstellen zu können. Mit ihr. Ja. Es war unglaublich und unglaublich schön. Geradezu unbegreiflich, wie schnell sie ihn von ihren Fähigkeiten überzeugt und um den Finger gewickelt hatte.

Apropos Finger. Ihren hatte sie heute Morgen erneut verbunden. Es waren richtige Brandblasen entstanden, die rotes Fleisch bedeckten. Der Schmerz war unbeschreiblich, aber für ihn würde sie alles aushalten.

Heute musste ihr neuer Traumprinz arbeiten. Samstags, hatte sie gemosert, aber er hatte ihr zu verstehen gegeben, dass es wichtig für ihn sei. Und damit schließlich auch für sie beide. Natürlich hatte sie ihm zugestimmt und war fortan still gewesen. Obwohl sie ihn sehr vermisste. Immerhin hatte sie ihn seit heute Nacht nicht gesehen.

Sie erwischte sich dabei, schon wieder alle fünf Minuten auf die Uhr zu schauen. Das war ihr einziges Problem derzeit. Wenn Jerry nicht in ihrer Nähe war.

Kathrine hatte die ganzen Jahre auch nur ein Problem. Sie wollte unbedingt ein Kind von Jerry. Wenn Monika daran dachte, musste sie automatisch seufzen. Zu schade für die beiden, besonders für Kathrine. So oft hatte sie davon gesprochen, wie schön es wäre. So sehr hatte sie sich ein gemeinsames Kind gewünscht. Nie hatte es geklappt. Umso schlimmer, weil sie ja in der vorzüglichen Lage war, mit Jerry den perfekten Vater an ihrer Seite zu wissen. Wie oft hatte sie sich Kathrine als Mutter vorgestellt. Eine Mutter, die nicht liebevoller und umsorgender sein konnte.

Davon war Monika überzeugt. Und je länger sie darüber nachdachte, desto sehnsüchtiger wurden ihre Gedanken. Sollte es das Schicksal so gut mit ihr gemeint haben? Sollte tatsächlich sie das Glück haben? Sie war noch nicht zu alt dafür. Das nicht. Bei dem Gedanken schenkte sie sich einen großen Süßgespritzten ein und trank das Glas in einem Zug leer.

74

Auf dem Weg zu Markowskys Büro spürte Rauscher seine Knochen. Von dem bisschen Laufen, dachte er, keine halbe Stunde war er unterwegs gewesen. Katastrophe. Einige Monate ohne Sport killten auch die letzte Hoffnung auf Kondition.

Rauscher strich sich wieder über den Bauch und ein unzufriedenes Gefühl verstopfte die Synapsen im Gehirn. Bloß nicht weiterdenken, sonst bliebe nur ein Amoklauf. Konzentration auf den Fall. Irgendwie musste es doch möglich sein, seine alte Leidenschaft anzufachen, Motivation aus sich herauszukitzeln. Zwischen allen Stühlen sitzen, machte er sich klar, war ein verdammt mieser Zustand, den auf die Schnelle nur Elke beseitigen konnte. Wo war sie? Wo hatte sie Unterschlupf gefunden? In Frankfurt kannte sie nicht viele Leute. Soweit er wusste, hatte sie außerhalb des Dienstes kaum Bekanntschaften geschlossen. Wann auch?

Der Eintritt in Markowskys Büro holte Rauscher schlagartig in die Gegenwart zurück und offenbarte die schonungslose Realität. Ohne Begrüßung pfefferte ihm der Chef die Fakten an den Kopf: „Polizeipräsident Zimmermann hat mich heute Morgen um 5.45 Uhr aus dem Bett geholt. Staatsanwalt Konetzke rief eine halbe Stunde später an. Sie waren nicht nur erzürnt, das kann ich Ihnen versichern. Solch einen Schlamassel hatten wir lange nicht. Mir klingelt jetzt noch das Ohr, Rauscher. Die Presse tobt. Sie fallen über uns her. Dilettanten ist noch das Harmloseste, was ich gehört habe."

Rauscher stand vor Markowsky und machte einen jämmerlichen Eindruck. Gerade wollte er zu einer Erklärung ansetzen, da ging die Tirade schon weiter:

„Ich habe keinen Schimmer, wie ich das in der nächsten PK vertreten soll. Wie soll ich erklären, dass wir absolut nichts in den Händen haben? Also: Wo stehen wir? Wann ist damit zu rechnen, dass dieser Albtraum ein Ende hat?"

Drei Fragen, drei Schläge ins Gesicht. Woher um Himmels willen sollte Rauscher das wissen? Er zuckte die Achseln. Es war jetzt sowieso sinnlos, sich mit Markowsky in Diskussionen zu verwickeln. Das kostete nur Zeit und zusätzliche Nerven. Aber der Chef schien sich in Schwung geredet zu haben. „Es ist verdammt ernst, Rauscher. Ab sofort geht's nicht nur darum, den Mörder zu kriegen. Es geht um unseren Hals. Wenn wir nicht bald was Handfestes liefern, das kann ich Ihnen versichern, dann kriegen wir alle mächtig Ärger. So: Ich verlange von Ihnen strukturierte Ermittlungen und einen schlüssigen Einsatzplan. Und zwar schriftlich und plötzlich! Und jetzt Avanti!"

Gong! Das saß wieder einmal. Rauscher drehte dem Chef den Rücken zu und ging hinaus. Wie er das liebte, den schwarzen Peter zugeschoben zu bekommen. Es war kein Alleingang gewesen, schließlich hatten die oberen Etagen den Einsatz abgesegnet. Aber wenn etwas schieflief, schob Markowsky ihm gerne die Schuld zu. Danke auch.

Höchste Eisenbahn in jeder Hinsicht, dachte Rauscher, als er sein Büro betrat. Er bedauerte es inzwischen unendlich, seinen Urlaub unterbrochen zu haben.

75

Ein energisches Klopfen riss Rauscher aus seinen Gedanken. Tanja trat ein und schloss die Tür hinter sich.

Rauschers Augen waren ihr zwar zugewandt, aber er sah sie nicht. Sah vielmehr durch sie hindurch wie durch eine Scheibe und registrierte nicht, dass sie längst direkt vor seinem Schreibtisch stand. Er war wie weggetreten, bis sie ihn ansprach:

„Hey, Andreas. Alles in Ordnung?"

„Ja, ja. Schon okay."

„Wie war's beim Chef?"

„Einlauf erster Güte." Resigniert senkte er den Kopf. „Das Übliche. Hast du irgendeine Idee, wie wir weitermachen sollen?"

Sie setzte sich auf die Ecke seines Schreibtisches und fuhr ihm liebevoll durchs Haar.

„Ich habe vielleicht was Neues. Zwei pikante Details, die uns weiterhelfen könnten.“

„Schieß los!“ Er setzte sich aufrecht hin und versuchte alles andere auszublenden.

„Beim Einweisen der Kollegen ist mir aufgefallen, dass ausgerechnet Ralf Terzlaff nicht gegen Money Inc. geklagt hat. Kannst du dir das erklären?“ Rauscher dachte nach und suchte nach einem brauchbaren Argument.

„Eigentlich nicht. Aber der Typ macht immer genau das, womit man nicht rechnet. Er ist völlig verquer im Kopf, zumindest behauptet das der Trainer von Querschuss Ginnheim. Und der kennt ihn ja schon lange. Mehr fällt mir dazu auch nicht ein. Und das zweite?“ Rauscher wirkte ratlos.

„Terzlaff hat vor sechs Wochen seinen Job verloren, ist einem Rationalisierungsprogramm zum Opfer gefallen. Und ich habe gerade eine Notiz auf den Tisch bekommen, dass sein Haus im nächsten Monat zwangsversteigert wird. Das ist erst seit ein paar Tagen offiziell. Mit anderen Worten, er kann es noch nicht lange wissen.“

„Und was folgerst du daraus?“

„Naja, ich dachte ...“ Rauschers Handy meldete sich und wie im Reflex griff er danach. Doch die Hoffnung, es könnte Elke sein, erstarb gleich wieder, denn er erkannte die Nummer seines Freundes Torben, dessen Stimme sogleich ertönte:

„Morsche. Hast du Lust mit mir laufen zu gehen?“, hörte Rauscher und antwortete prompt: „Keine Zeit. Bin im Dienst.“

„Ist was? Hörst dich komisch an.“

„Ach, lass mich einfach, okay?“

„Was ist denn los? So schnippisch habe ich dich ja noch nie erlebt. Solltest mal Urlaub machen.“ Rauscher klickte das Gespräch weg und wandte sich Tanja wieder zu.

„Tschuldigung, ein Freund.“ Tanja zeigte Verständnis und überging die Unterbrechung.

„Also ich dachte, wenn Ralf Terzlaff erst vor Kurzem erfahren hat, dass ihm quasi auch das Letzte genommen wird, nämlich sein Haus, könnte das nicht der faktische Auslöser für die Mordserie gewesen sein?“ Rauscher stand auf, lief ziellos und in sich gekehrt im Büro auf und ab. Tanjas Schlussfolgerung hatte was.

„Mag sein, mag sein“, flüsterte er vor sich hin und drehte sich zu ihr, „aber selbst wenn das die Erklärung liefert, fehlen uns immer noch konkrete Beweise für seine Täterschaft und ohne die kommen wir keinen Millimeter weiter.“

„Du hast recht“, sagte Tanja und erhob sich von der Schreibtischkante. „Warten wir ab, ob die Kollegen bei den anderen Klägern was finden. Ich kümmere mich jetzt um die Bankmitarbeiter.“ Beim Hinausgehen schaute ihr Rauscher lange hinterher und ihm fiel plötzlich ein Songtitel ein: „Irgendwie, Irgendwo, Irgendwann“, den er vor sich hin summte und dabei an Nena dachte.

76

Rauscher schnappte sich ein Blatt Papier und notierte drei Namen: R. Terzlaff. J. Dellbrück. P. Rethmann. Die nächste Stunde versuchte er Fäden zu spinnen, Verbindungen herzustellen, Motive auszuloten. Für und Wider einer Täterschaft abzuwägen. Überdenken, weiterdenken, querdenken. Das denken, was niemand auf der Rechnung hatte. Was wäre eigentlich, wenn Dellbrück alles inszeniert hätte? Und plötzlich fiel ihm auch noch der Name Ina Terzlaff ein. Steckte sie womöglich mit ihm unter einer Decke, was man ja getrost wörtlich nehmen konnte. Oder gar mit Rethmann? Die Frau schien so ziemlich alle Betten von Mitgliedern der oberen Finanzetage persönlich zu kennen. War es möglich, dass sie Dellbrücks Komplizin war, dass die beiden einen perfiden Plan durchzogen? Warum nicht! Dazu würde auch passen, den Robin-Blog zu manipulieren und sich selbst als nächstes Opfer zu präsentieren, um den Verdacht von sich abzulenken. Nur: Dellbrück hatte für den Mord an Arakis ein hieb- und stichfestes Alibi. Und Ina Terzlaff traute Rauscher den professionellen Umgang mit Pfeil und Bogen nicht zu. Außerdem zeigte die

Videoaufzeichnung eindeutig, dass es ein mindestens 1,80 m großer Mann war. Trotzdem: Ina Terzlaffs Vergangenheit schien einen Blick wert. Der Teufel wollte es und sie war ebenfalls Bogenschützin.

Von Rethmann hatte er bislang nur ein diffuses Bild, deshalb nutzte er die Zeit und versuchte, es zu schärfen. Rethmann war Familienvater und lebte mit zwei Kindern und Frau in einer Villa auf dem Lerchesberg. Heidewitzka, dachte Rauscher, schweineteuer. Er war also ganz oben angekommen und brauchte nicht zum Mörder zu werden, um beruflich weiterzukommen. Damit ging sein Motiv flöten. Obwohl: Geltungssucht, Alleinherrschaft, Egomanie. Es gab bestimmt noch ein paar Dinge, die für ein ordentliches Motiv in Frage kämen.

Nur: Rethmann schien eine reine Weste zu haben und wirkte nicht so, als würde er für die Karriere kriminell werden. Außerdem war Rethmann clever. Er wusste genau, dass er die anderen brauchte, um Money Inc. führen und vorantreiben zu können. Wahrscheinlich war er durch die Mordserie hochgradig verunsichert und hatte Angst, der Nächste zu sein. Der Einzige, dem er wahrscheinlich noch vertraute, war Dellbrück. Deswegen wollte er zu ihm. Die Verbindung zu Dellbrück ließ Rauscher keine Ruhe, deshalb griff er zum Telefon und ließ sich mit Rethmanns Vorzimmerdame verbinden. Rethmann war gerade in einer Besprechung. Machen die dort noch was anderes, schoss es Rauscher durch den Kopf. Er versuchte über die Sekretärin, einen Termin zu bekommen. Sie versprach Rauscher, sich umgehend bei ihm zu melden, sobald sie mit ihrem Chef gesprochen hatte.

Rauscher sprang auf, lief über den Flur und betrat Thalers Büro, das jetzt Tanja Heller in Beschlag genommen hatte. Er traute seinen Augen nicht, denn er erkannte es kaum wieder. Kunterbunt sah es aus: ein rot-blauer Strauß Blumen in grüner Vase auf dem Schreibtisch, darunter ein gelbes Deckchen; ein roter Läufer auf dem grauen Teppich; ein oranger Gymnastikball, auf dem Tanja Heller saß; an den Wänden abstrakte Bilder. Häuslich eingerichtet, dachte Rauscher, ganz so, als ob sie länger bleiben wolle.

Rauscher beobachtete Tanja, die vor ihrem Computer saß und beim Kaffetrinken den kleinen Finger von der Tasse abspreizte, was ulkig aussah. Ihre Augen wanderten den Bildschirm entlang. Sie schien vertieft, schenkte Rauscher aber sofort ihre Aufmerksamkeit, als sie registriert hatte, dass er eingetreten war.

„Schön hier", begann Rauscher. Tanja nickte und freute sich. „Mir kam vorhin ein abstrus klingender Gedanke. Was ist, wenn Dellbrück und Ina Terzlaff das Ding zusammen durchziehen? Oder sogar mit Rethmann?" Tanja Heller blickte bei dem Stichwort auf:

„Du willst spekulieren? Bitte sehr! Aber hast du wenigstens ein plausibles Motiv?"

„Nein. Aber es wäre interessant zu wissen, ob Ina Terzlaff mit einem Bogen umgehen kann."

„Das lässt sich rausfinden", antwortete Tanja, „aber warum rückst du plötzlich vollständig von Ralf Terzlaff ab?"

„Nicht vollständig, aber ich habe ein komisches Gefühl, dass wir bei ihm gegen eine Mauer rennen. Wie dem auch sei. Wir müssen Ina Terzlaff intensiv durchleuchten."

„Kann das Jan übernehmen? Ich bin echt dicht."

„Okay, ich gehe zu ihm. Vielleicht findet er ja einen Schatten im glänzenden Idyll."

„Oho", lachte Tanja. „Der Herr Kommissar wird metaphorisch."

„Eher ironisch. Rethmann bestelle ich übrigens ein. Ich habe schon mit seiner Sekretärin gesprochen. Außerdem lasse ich Ralf Terzlaff observieren."

„Hat das Konetzke genehmigt?"

„Er weiß noch nichts davon." Rauscher ging hinaus und Tanja schaute skeptisch hinterher.

Spätestens jetzt meldete sich Rauschers Körper. Von Kopf bis Fuß spürte er eine Art Lähmung in den Muskeln, Gelenken und Sehnen, jeder Schritt fiel ihm schwer.

Letzte Nacht hatte Rauscher wieder kaum ein Auge zu bekommen. Wie lange sollte das weitergehen? Bis sie ihn hatten. Die brachiale Erkenntnis bahnte sich Raum in seinem Gehirn und raubte ihm weitere Kräfte.

Rauscher lief zu Krauses Büro, aber der Kollege war nicht da. Dann halt später, dachte er, und kaum war er wieder in seinem Büro zwang er sich, Konetzke anzurufen. Zu Rauschers Erstaunen brauchte er den Staatsanwalt nicht lange von der Dringlichkeit einer Observation Ralf Terzlaffs zu überzeugen. Konetzke genehmigte vier Mann, die sich abwechseln sollten.

Innerhalb weniger Minuten organisierte Rauscher die Observation, ließ zwei Kollegen in einem Zivilwagen vor Terzlaffs Haus platzieren und hoffte in den nächsten 24 Stunden auf neue Erkenntnisse. Er wollte über jegliche Schritte Terzlaffs informiert werden.

Rauscher war zunächst zufrieden und kontrollierte sein Handy, musste aber feststellen, dass Elke sich nicht gemeldet hatte. Es waren noch einige Krankenhäuser offen. Sollte er sie abtelefonieren oder sich dem Fall weiter zuwenden? Die Sorge um Elke und das Baby siegte und er griff zum Hörer.

Nach dreißig Minuten hatte er auch die letzten verbliebenen Krankenhäuser gecheckt. Elke Erb war in keinem registriert. Das alles machte ihn auf eine Weise fassungslos, die er nicht in Worte kleiden konnte.

Es war schon nach zwölf Uhr. In seinem Büro wäre die Versuchung, ein Mittagsschläfchen zu halten, einfach zu groß, deshalb steuerte Rauscher den Konferenzraum an, wo Rank saß und damit beschäftigt war, den dubiosen User ausfindig zu machen, der den Robin-Blog manipuliert hatte, und hoffentlich schon Fortschritte verbuchen konnte.

Kaum war Rauscher eingetreten, signalisierte Rank, nicht gestört werden zu wollen. Auf dem Tisch standen drei leere Flaschen Sauergespritzer und aus einer vierten trank Rank gerade. Auf die Frage, wie es laufe, reagierte Rank mit einem stoischen Blick auf den Bildschirm und Schweigen.

Voll konzentriert, dachte Rauscher, ging wieder hinaus und steuerte sein Büro an. Da fiel ihm ein, dass er dringend mit Jan Krause reden wollte. Wegen

Ina Terzlaff und was er bezüglich Elkes Verschwinden tun könnte.

Aber schon, als er Krauses Büro betrat, hatte er ein ungutes Gefühl, denn Kollege Krause schien anderes zu tun zu haben. Rauscher trug ihm seine Theorie bezüglich Ina Terzlaff vor, aber Krause winkte heftig ab, als widme er sich gerade der wichtigsten und zielführendsten Spur, der sie im Robin-Fall bisher gefolgt waren.

Da offenbar niemand mit ihm sprechen wollte, wählte er die Nummer der Kollegen, die vor Terzlaffs Haus standen.

„Habt ihr ihn schon zu Gesicht bekommen?“

„Hier rührt sich nichts. Und von Terzlaff keine Spur.“

„Dranbleiben“, sagte Rauscher und legte auf.

Er brauchte frische Luft. Im Innenhof des Präsidiums ging er auf und ab. Atmete Sommerluft, erfüllt von zartem Blumenduft. Der Wind spülte Geräusche an sein Ohr. Die Stadt rumorte, als wolle sie gegen etwas aufbegehren. Vielleicht gegen die vielen Autos, überlegte er.

Er dachte an die Menschen, die samstags in den Straßencafés saßen, über die Zeil flanierten oder am Main spazieren gingen. Die Jahreszeit könnte so schön sein. Nur er war wieder einmal im Dienst, trotz Urlaub. Und wie magisch zog ihn die Kantine an. Rauscher besorgte sich einen gepflegten Sauergespritzten und setzte sich. Fast alle Tische waren leer. Er nahm einen Schluck. Die Stille war befreiend.

„„Am Haus hat gerade ein Mann vom Paketdienst geklingelt, aber Terzlaff hat nicht geöffnet. Der Vogel scheint ausgeflogen. Was sollen wir tun?“

„Warten. Irgendwann muss er auftauchen.“

Er klickte das Gespräch weg. Und da er sein Handy sowieso in der Hand hatte, rief er wieder Elke an, obwohl er nicht mehr daran glaubte, dass sie ran ging. Und das tat sie auch nicht.

77

Ralf Terzlaff schlich sich von hinten an ein Paar heran, das Arm in Arm über dem Geländer der kleinen, frisch renovierten Holzbrücke lehnte, die im Brentanopark die Nidda überquerte. Die beiden schauten schweigend in das langsam unter ihnen dahinfließende Wasser, das einen sehr niedrigen Stand hatte. Sie beobachteten ein Schwanenpaar, das ihre junge Brut von drei kleinen Schwänen anführte und sicher quer über das Flüsschen brachte. Ringsherum erklangen die spitzen Töne einiger Vögel, die in der Luft einen Kampf zelebrierten oder ausgelassen die Sonne genossen. Hohe, dichte Bäume spendeten wohltuenden Schatten. Eine Läuferin lief zwischen Terzlaff und dem Paar hindurch, beachtete aber niemanden und war kurz darauf aus dem Sichtfeld verschwunden.

Es war eine sehr entspannte, natürliche Atmosphäre, die Terzlaff den beiden vollkommen versauen würde.

Seit er aus der U-Haft entlassen worden war, verspürte Terzlaff einen inneren Drang, den er nur schwer beherrschen konnte. Dass er so schnell wieder auf freiem Fuß gewesen war, kam ihm spanisch vor und er hatte sich vorgenommen, besonders aufmerksam zu sein. Er hatte sich auf den Weg zu Jens Dellbrück gemacht, um sein Geld zurückzufordern, doch als er sich dessen Anwesen genähert hatte, war ihm dieser Lieferwagen aufgefallen, der ganz untypisch für diese Uhrzeit dort stand und darauf wartete, entladen zu werden. Das ging nicht mit rechten Dingen zu, dachte er, ging in Deckung und beobachtete die Szenerie von weitem, bis Rethmann auftauchte. Spätestens da war ihm klar geworden, dass er gerade einer Falle entgangen war. Zum Glück hatte er nicht bei Dellbrück geklingelt.

Trotzdem wollte er ihn zur Rede stellen. Deshalb verfolgte er ihn seit heute Morgen. Erst ins Büro, dann hierher. Terzlaff musste den Druck erhöhen. Notfalls mit Gewalt. Und dazu bot sich jetzt die Gelegenheit.

„Nochmal Glück gehabt, Herr Dellbrück“, näherte er sich den beiden Turteltäubchen von hinten. Dellbrück drehte sich ruckartig um, sofort stand Schweiß auf seiner Stirn: „Scheiße. Wer sind Sie ...?“

„Tun Sie doch nicht so. Sie kennen mich genau. Armandos nichtsnutziger Bruder, gell!“

„Und was wollen Sie schon wieder?“

„Geld“, platzte er heraus, „gegen Ihr beschissenes Leben.“

Ina Terzlaff hatte die Szene wie eine Fremde verfolgt, doch nun hielt sie nichts mehr zurück: „Schämst du dich eigentlich nicht? Steckst du hinter den Morden? Gib’s zu!“

„Halt‘s Maul! Du vögelst mit jedem von denen, nur um was von dem Scheißleben abzukriegen. Du solltest dich schämen.“ Terzlaff spuckte vor ihr auf den Boden und beachtete sie nicht weiter. Er wandte sich wieder Dellbrück zu, der plötzlich schrie: „Lassen Sie uns endlich in Frieden, Terzlaff.“

Worauf Ralf Terzlaff die Hände hob und sagte: „Seien Sie nicht so abweisend. Ich habe Ihnen nichts getan. Sie haben mein Leben zerstört.“

„Dann lassen Sie uns jetzt gehen.“

„Ich halte Sie doch gar nicht auf. Aber ich will, dass Sie mir mein Geld zurückgeben. Für Sie sind das Peanuts.“ Jens Dellbrück seufzte, drehte sich um und sah, dass Ina Terzlaff ihn mit stierem Blick anschaute.

„Sie haben Ihr Geld in einem risikobehafteten Fonds angelegt. Dieser Fonds ist pleite. Das kann passieren. Sie sind selbst schuld daran, dass Ihr Geld weg ist. Wann kapieren Sie das endlich?“ Ralf Terzlaff trat nun einen Schritt näher an die beiden heran und hob sein T-Shirt vorne an, so dass die Pistole, die in seinem Hosenbund steckte, deutlich zu sehen war.

„Ich verliere mein Haus, habe nichts mehr zu verlieren. Also brauche ich jetzt Geld, wann kapieren Sie das endlich?“ Terzlaff schaute rechts und links den Niddauferweg entlang, aber niemand war bislang auf das Trio auf der kleinen Brücke aufmerksam geworden. „Hören Sie zu, Dellbrück: Es gibt jetzt genau zwei Möglichkeiten. Entweder Sie gehen mit mir zu sich und drücken mir exakt 100.000 Euro in die Hand beziehungsweise irgendwas, was den Gegenwert besitzt. Oder ich mache Sie hier und auf der Stelle kalt. Und die kleine Schlampe gleich mit.“ Ina Terzlaff entglitten spitze Schreie, die zunehmend frenetischer wurden, bis Dellbrück ihr den Mund zuhielt, weil er die Situation realisiert hatte. Man sah ihn förmlich denken. Er stand etwas verloren da, sein blaues Hemd zeigte mittlerweile große Schweißflecken. Hat die Hosen voll, dachte Terzlaff und lachte in sich hinein, ohne die Aufmerksamkeit zu verlieren. Terzlaff war bereit. Sogar bereit, hier und jetzt zu sterben. Das Leben war ein Drahtseilakt. Er war aus der Balance geraten und so weitermachen, so weiterleben wie bisher, wollte er keinesfalls. Es musste eine Entscheidung her, gleich wie sie ausfallen würde.

78

Die vertrödelte Zeit bereute Rauscher schneller als ihm lieb war. Er ärgerte sich, denn seine depressive Neigung in letzter Zeit schien vollends zum Ausbruch zu kommen. Trotz Apfelwein, der für ihn als Glücklichmacher galt.

Er fühlte sich zunehmend kaputt, außerdem schwitzte er und es kam ihm vor, als ob seine Hände ständig klebrig waren.

Da Krause beschäftigt schien, stellte er Nachforschungen über Ina Terzlaff an, fand aber keinen Hinweis, dass sie Mitglied in einem Verein, geschweige denn einem Schützenverein war. Sackgasse, dachte er, und überlegte krampfhaft, wie er die Spur weiterverfolgen sollte. Aber er spürte auch, dass er alle war, einfach fertig. Die Müdigkeit nahm ihn nun vollends gefangen. Die Schwerkraft zerrte an seinen Augenlidern. Er musste sie schließen.

Sekundenschlaf.

Er schreckte auf, wusste nicht sofort, wo er war. Im Büro. Am Schreibtisch. Verdammt! Bringt heute sowieso nichts mehr, dachte er. Er konnte keinen klaren Gedanken fassen, also stand er auf.

Als Rauscher Tanjas Büro betrat, telefonierte sie gerade. Es hörte sich an, als ob sie mit einem Bankmitarbeiter telefonierte, denn die Worte Kuhl, Abteilung, Money Inc. und Klagen fielen.

Rauscher setzte sich ihr gegenüber und beobachtete die Polizistin. Sie wirkte emsig und wortgewandt. Sie wusste genau, was sie sagen sollte. Wieder erinnerte sie ihn an Elke von vor der Schwangerschaft. Dieser leidenschaftliche Einsatz.

Immer auf Zack und zielstrebig. Es wurmte ihn, dass ihm das in den letzten Tagen abhanden gekommen war.

Als sie aufgelegt hatte, begann er beherzt:

„Was Neues von den Bankmitarbeitern?“ Sie verschränkte die Arme vor der Brust, lehnte sich vor und schaute ihn aus ihren grau-blauen Augen scharf an.

„Ehrlich gesagt, du nervst! Ich habe hier noch etwa fünfzig Telefonate zu führen.“ Sie atmete tief aus und sammelte sich, aber Rauscher machte weiter:

„Hast du was von den Kollegen über die Kläger gehört?“

„Dauert bis wir durch sind. Wenn du es nicht abwarten kannst, fahr nach Hause und leg dich hin, aber geh mir nicht länger auf den Geist. Du hältst mich nur von der Arbeit ab.“

„Okay.“ Er klopfte sich mit beiden Händen auf die Oberschenkel und schwang sich hoch. „Vielleicht hast du recht. Es ist wohl das Beste, wenn ich verschwinde. Ich bin am Arsch und bringe in meinem Zustand sowieso nichts zustande. Und vielleicht findet ihr ohne mich mehr raus. Ich brauche 'ne Mütze Schlaf und fahre jetzt.“ In diesem Moment betrat Herr Rank den Raum und hob die Hand.

„Geht mir ähnlich. Ich glaube, heute bekomme ich nichts mehr raus. Können Sie mich vielleicht heimfahren? Ich habe einige Apfelwein intus.“

„Wo wohnen Sie denn?“

„Am Ginnheimer Hang.“

„Ich kenne nur den Bornheimer Hang.“

„Niddablick. Sagt Ihnen das mehr? Ginnheim, Richtung Dornbusch und Eschersheim.“

„Na dann fahre ich eben über die Eschersheimer Landstraße nach Bockenheim rein. Liegt quasi auf dem Weg.“

Kurz bevor Rauscher in seinen Wagen stieg, kontrollierte er noch einmal sein Handy, doch er hatte keine neue Nachricht. Das konnte und durfte einfach nicht wahr sein. Mehr fiel ihm dazu nicht ein.

Rauscher bog ab in die Eschersheimer Landstraße, fuhr an der Stadtbibliothek Dornbusch vorbei und ließ die Hügelstraße links liegen. Rechts lag das „Brighella", in dem es sich diverse Politiker und ein bekannter Frankfurter Literaturkritiker oft gut gehen ließen und als Rauscher registrierte, dass er auf der zweispurigen Fahrbahn nicht links abbiegen konnte, fragte er Rank.

Der reagierte schnell: „Am besten bis kurz vorm Weißen Stein, einen U-Turn machen und gleich rechts in die Kurhessenstraße. Dann immer geradeaus, zweimal abbiegen und wir sind da."

Frühlingsluft wehte durch Ginnheims Straßen, trug kostenlose Anzeigenblättchen mit sich, die auf den Bürgersteigen herumflogen. Ein paar Passanten kreuzten unmittelbar vor Rauschers Wagen die Straße, weil es weit und breit keine Fußgängerampel gab. Er musste bremsen, hupte und beschwerte sich.

„Wo haben Sie eigentlich gelernt, so gut mit Computern umzugehen?", fragte Rauscher.

„Anfangs habe ich mir vieles selbst beigebracht, wie das heute so üblich ist. Später eine Ausbildung zum IT-Systemadministrator und danach ein Aufbaustudium zum Informatiktechniker. Außerdem bilde ich mich ständig weiter. Muss man als freier IT-Fachmann, sonst gehört man schnell zum alten Eisen." Er lachte. „In der Branche macht man das, indem man Herstellerzertifikate erwirbt, zum Beispiel von Apple, Microsoft oder Linux."

„Spannend."

„Wie man's nimmt. Mir macht es Spaß. Aber es ist auch oft langweilig, wenn neue Software aufgespielt werden muss oder ein Server die Grätsche gemacht hat. Das dauert immer ewig." Rank blickte ihn an und lotste ihn durch Ginnheim, einmal rechts und einmal links, dann deutete er auf ein Haus, das rechts am Ende der Straße lag, mit einer gepflasterten Hofeinfahrt. In den Beeten am Rande blühten Blumen und Sträucher.

„Hier ist es." Rauscher hielt auf dem Trottoir vor der Einfahrt, Rank öffnete die Tür und stieg aus. Gerade wollte sich Rauscher von ihm verabschieden, als sein Handy klingelte, ein kleiner Adrenalinrausch durch seinen Körper jagte und dafür sorgte, dass er augenblicklich hellwach war.

Er nahm an und hörte Tanjas Stimme, die aufgeregt klang:

„Andreas, ich ... äh, wo bist du?"

„Noch im Auto. Vor Herrn Ranks Haus."

„Ich habe was entdeckt, aber ich weiß nicht ... Ich glaube es ist wichtig."

„Na sag schon." Er schaute zu Rank und bedeutete ihm, dass er kurz telefonieren musste. Rank warf die Beifahrertür zu und beobachtete Rauscher.

„Ein schlauer Kollege hat beide Listen verglichen", begann Tanja, „also die der Fondsbesitzer und die der Kläger und hat mich darauf aufmerksam gemacht, dass es nur zwei Käufer des Fonds Money Value gab, die nicht geklagt haben. Ich habe mir eben die Namen angeschaut. Ralf Terzlaff ist der eine, das wissen wir bereits. Und jetzt kommt's: Der zweite ist eine Frau. Sie heißt mit Nachnamen Rank." Rauscher war postwendend angefixt. Er drehte sich zur Seite und betrachtete Herrn Rank, der neben dem Wagen stand, die Hände in den Hosentaschen hatte und Richtung Taunus schaute, als genösse er den Anblick der Höhen, die Sonne, das Schattenspiel und die Jahreszeit, die sich von ihrer besten Seite zeigte.

„Und der Vorname?", fragte Rauscher nach.

„Kathrine."

„Kannst du herausfinden, wo sie wohnt?"

„Mache ich und dann melde ich mich wieder."

„Okay."

„Und sei vorsichtig" hörte Rauscher noch, bevor er das Gespräch wegklickte.

79

Jan Krause saß an seinem Schreibtisch und schnaufte vor sich hin. Er war an einer neuen Spur dran und überlegte krampfhaft, wie er vorgehen sollte.

Wie oft hatte er Samstage und Sonntage hier im Büro zugebracht und wertvolle Lebenszeit geopfert, um Täter zu entlarven und Verbrechen aufzuklären? Er wusste es nicht mehr. Und wollte es auch nicht wissen, denn diese Zahl überstieg seit langem ein erträgliches Maß.

Heute war wieder so ein Tag. Er suchte ein Detail, vielleicht das entscheidende Detail, das den Weg zur Klärung der Mordserie ebnen würde. Stunden brütete er über den Robin-Akten und eine Frage ließ ihn nicht los: Gab es eine persönliche Verbindung vom Täter zu den beschenkten Einrichtungen, der Kita und der Seniorenresidenz? Aber es war, als würde einer großen Symphonie ein Ton fehlen.

Seit dem Morgenmeeting hatte sich diese Frage verfestigt, aber der alles entscheidende Denkanstoß fehlte. Er fühlte sich wie in einer Sackgasse, deren Ende von hohen Mauern umgeben war und ein Weiterkommen ausgeschlossen schien. Der Knackpunkt zur Lösung des Falles wollte ihm einfach nicht einfallen.

Als Herr Reul wie aus dem Nichts vor ihm stand und mit dem Finger nach draußen deutete, konnte er die Situation nicht einschätzen, aber ihm wäre beileibe nicht in den Sinn gekommen, dass die Dinge langsam aber sicher eine Wendung nahmen.

„Ihre Kollegen am Empfang haben mich hierher geschickt", sagte Herr Reul schüchtern und nahm seine Mütze ab.

„Hallo, ja, haben Sie Ihre Gänse im Stich gelassen?" Herr Reul schüttelte vehement den Kopf.

„Die sind bestens versorgt. Die würde ich nie ..." Dann stockte er, wusste nicht weiter oder war sich bewusst geworden, dass er nicht deswegen hier war. Etwas anderes lag ihm auf dem Herzen und hatte ihm den ganzen Tag keine Ruhe gelassen.

Krause registrierte das: „Was treibt Sie samstags hierher? Kann ich was für Sie tun?" Er deutete an, dass sich Reul setzen solle.

„Ich bleib lieber stehen, also, ich wollte eine Aussage machen."

Krause setzte sich gerade hin und seine Aufmerksamkeit stieg: „Ich höre."

„Also gestern, ich meine, nach der Gegenüberstellung, als ich wieder rausgegangen bin, da habe ich kurz vorm Ausgang jemanden gesehen. Und gestern Abend dann, ja, und eigentlich auch die ganze Nacht, hat mir das keine Ruhe gelassen." Genauso empfand Krause auch. Er wurde langsam unruhig und wünschte sich, dass Reul endlich zum Punkt kommen möge. „Und heute Morgen war ich mir dann sicher, aber ich habe mich nicht hierher getraut, weil ich dachte, Sie halten mich für einen alten Spinner."

Jetzt schlug Krause ein bisschen zu fest auf den Schreibtisch: „Wen haben Sie denn nun gesehen?"

„Den Mann, dem ich die Federn gegeben habe."

Krause ließ sich Reuls Worte kurz durch den Kopf gehen. „Hier? Bei uns im Präsidium?"

„Ja, draußen auf dem Flur, gegenüber vom Empfang."

„Sind Sie sicher?"

„Ich wusste ja, dass Sie mir nicht glauben."

„Doch, doch. Nur, das klingt so ... Können Sie den Mann beschreiben?"

Plötzlich hatte Krause eine Idee. „Wir könnten ein Phantombild anfertigen lassen. Am Computer. Da kriegen wir mittlerweile sogar eine fotorealistische Darstellung hin. Das ist einfach und geht schnell. Dann wissen wir, mit wem wir es zu tun haben, ne?"

Reul stimmte zu und folgte Krause hinaus.

80

Tanjas Worte hallten in Rauschers Ohren nach. Sein Handy zeigte keine neue Nachricht. Mist, schoss es ihm kurz durch den Kopf, aber jetzt hatte er andere Sorgen. Er stellte den Ton leise und vertraute auf den Vibrationsalarm.

Tanjas Informationen waren hochinteressant, daran gab es keinen Zweifel. Aber was sollte er damit anfangen? Konnte das Zufall sein? Oder hieß Ranks Frau tatsächlich Kathrine? Sollte er ihn direkt darauf ansprechen? Aber was, wenn er tatsächlich ...? Weiter mochte und konnte Rauscher momentan nicht denken.

Er stieg aus und schaute empor in den Himmel, den ein kraftvoller blauer Glanz zierte. Wären da nicht die zwei Kondensstreifen von Flugzeugen, die die vollendete Ästhetik störten, wäre es ein vollkommenes Bild gewesen. Die beiden Männer standen rechts und links vom Wagen. Niemand war zu sehen.

„Sie haben uns wirklich sehr geholfen, Herr Rank. Und das auch noch am Wochenende."

„Nicht der Rede wert. Die Frankfurter Polizei ist ein guter Auftraggeber für mich. Die will man ja nicht vergraulen." Rauscher nickte.

„Haben Sie was zu trinken im Haus? Ich könnte was vertragen."

„Warum nicht? Einer geht noch." Rank lachte. Und Rauscher hatte plötzlich ein eigenartiges Gefühl.

81

Die Zeit holperte dahin. Monika Lemberg hatte sich an diesem Samstag bereits vier Süßgespritzte gegönnt. Nun war es Nachmittag geworden und noch nicht absehbar, wann Jerry endlich heimkommen würde. Mit Gartenarbeit hatte sie sich die Zeit vertrieben. Der Boden war so trocken, alles staubte und war knochenhart. Oh je, wenn sie an ihre Pflanzen und Beete dachte, hatte sie kein gutes Gefühl.

Genau wie bei Jerry. Melden wollte er sich, wenn es absehbar war. Toll! Das konnte wieder einmal dauern. So etwas fuchste sie ungemein. Sie liebte klare Ansagen und Zeitangaben. Darüber hinaus Pünktlichkeit und Zuverlässigkeit. Alles Dinge, die sie an Jerry im Allgemeinen schätzte. Aber in letzter Zeit war darauf kein Verlass mehr. Zu ihrem großen Ärger meinte sie generell eine Veränderung an ihm festgestellt zu haben, seit sie ihn näher kannte. Manchmal tat er geheimnisvoll. Wollte er ihr damit imponieren? Das Gegenteil erreichte er damit. Sie ärgerte sich darüber, denn Geheimnisse konnte sie nicht gebrauchen. Offen sollte er sein. Nur so konnte sie ihn in dieser für ihn schwierigen Phase voller Hingabe unterstützen.

Nach den zwei Stunden im Garten fühlte sie sich matt und verschwitzt. Und es war ihr nach einem kühlen Getränk. Was lag da näher als ein prickelnder Süßgespritzter. Allein der Gedanke daran ließ sie schwach werden.

Sie ging in die Küche und mixte sich Apfelwein mit gelber Limo. Mmmhhhhhhh, wie das zischte! Es waren die kleinen Freuden im Leben, die es lebenswert machten. Für die großen waren andere zuständig. Jerry zum Beispiel. Aber wo trieb er sich in letzter Zeit so häufig herum, selbst nachts? Da war er doch bestimmt nicht in der Bank.

Als sie mit dem Glas in der Hand die Küche verlassen wollte, warf sie wie zufällig einen Blick aus dem Fenster. Gegenüber lag Jerrys Hofeinfahrt. Ein Auto, das sie nicht kannte, war vorgefahren und parkte dort. Eine Sekunde später ging die Beifahrertür auf, Jerry stellte sich dicht neben den Wagen und machte keine Anstalten ins Haus zu gehen. Vielmehr schaute er hin und wieder interessiert in den Wagen, in dem eine weitere Person am Lenkrad saß, die Monika nicht erkennen konnte.

Wer war das? Und vor allem: Warum war Jerry nicht mit seinem Wagen heimgefahren? Hoffentlich war nichts passiert.

Monika blieb am Fenster stehen und verbarg sich halb hinter der Gardine, damit sie von außen nicht gesehen werden konnte. Sie trank ihr Glas leer und hätte sich gerne ein weiteres gemixt, wollte aber keinesfalls etwas versäumen.

Nach ungefähr zwei Minuten stieg ein Mann auf der Fahrerseite aus und lehnte sich aufs Autodach. Er kam ihr bekannt vor. Moment. Sicher. Den kannte sie. Nur fiel ihr nicht auf Anhieb ein, wer er war. Sie hielt die Augen offen und sinnierte.

Draußen tat sich eine Weile nichts, da erinnerte sie sich an diesen Artikel in der Zeitung. Mit einem Sprung war sie in der Ecke hinter der Tür, holte einen Stapel Zeitungen aus der Altpapierkiste und stellte sich wieder ans Fenster, um auch ja nichts zu verpassen. Verflixt, welcher Tag war das noch? Genau. Die Donnerstagausgabe. Perfekt. Und siehe da: Er war's. Am Auto stand ein wahrhaftiger Kommissar, bekannt aus Zeitung und Fernsehen, denn sie hatte ihn ja ebenso im Hessischen Rundfunk gesehen. Aber was hatte Jerry mit ihm zu schaffen? Und warum hatte ausgerechnet er ihn heimgebracht?

Sie aktivierte ihre Gehirnzellen und rief sich das Interview wieder ins Gedächtnis. Ja. Es ging um die Banker-Morde. Genau wie in dem Zeitungsinterview. Und wenn sie sich nicht täuschte, war das da draußen sogar der Leiter dieser Sonderkommission, von der so viel zu lesen war.

Jetzt machte sie sich doch ein wenig Sorgen. Und auch noch einen Süßgespritzten, den sie in einem Zug trank. Sie verfolgte gespannt, wie die beiden Männer ins Haus gingen. Jerry vorweg. Wow, dachte sie. Aber was genau spielte sich da ab? Sie musste es herausfinden. Ihre Neugier war geweckt.

Im Umdrehen zog sie die Schublade auf, griff den Schlüssel von drüben und schlich sich aus der Haustür.

82

Tanja Heller erwischte sich dabei, auf den Fingernägeln zu kauen und ein paar Mal zu oft die Tasse in die Hand genommen und sie ohne zu trinken wieder abgestellt zu haben. Das, was sie gerade entdeckt hatte, verschlug ihr den Atem und ließ sie an allem zweifeln.

Es kam jetzt darauf an, einen kühlen Kopf zu bewahren, den Verstand zu benutzen und doch zügig zu handeln.

Sie recherchierte im Zentralarchiv der Frankfurter Polizei. Dort gab es eine Datei mit allen Lieferanten, externen Beratern, Freiberuflern und Fremdfirmen, die schon mal im Präsidium gearbeitet hatten. Eine Unterdatei trug den Titel „IT". Sie klickte drauf und es öffnete sich eine Liste mit Namen. Unter „R" stand als erstes der Name Rank und die Berufsbezeichnung „IT-Berater und Systemadministrator". Sie notierte die Adresse. Geboren war er in Büdingen am 13.12.1975. Unter Familienstand war „ledig" eingetragen, allerdings gab es eine Notiz dazu, dass dieser Vermerk vor etwa acht Wochen geändert worden war. Tanja Heller merkte auf.

„Aha", sagte sie, „wollen wir doch mal sehen, ob sich da was finden lässt."

In den folgenden Minuten recherchierte sie den Namen Kathrine Rank und stieß darauf, dass sie am 15. März diesen Jahres gestorben war. Sie öffnete das pdf der Aprilausgabe des Ginnheimer Monatsblattes und fand schnell die Seite mit den Todesanzeigen. Gleich die erste Anzeige war die Traueranzeige von Jeremias Rank, der den selbstgewählten Tod seiner Frau betrauerte. Selbstmord also, dachte Tanja. Die zweite war eine gemeinsame Traueranzeige der Familie. Und eine dritte gab es auch noch. Sie stammte von verschiedenen Institutionen und Vereinen. An zweiter und vierter Stelle der Unterzeichner las sie „Kita Bockenheim" und „Seniorenresidenz Bockenheim".

„Scheiße, Treffer!" stieß Tanja hervor und ließ sich auf einen Stuhl plumpsen. „Das gibt's doch nicht, dann wäre ja ..." Tanja sprach nicht weiter. Konnte nicht weitersprechen, weil ihr Kopf sie am Weiterdenken hinderte. Da gab es eine Art Sperre. Denken verboten. Stille. Es vergingen einige Sekunden, in denen sie reglos da saß. Versunken in das Unmögliche. Doch unversehens sprang sie auf und schrie:

„Verdammt, ich muss Rauscher erreichen."

83

Dellbrück registrierte Terzlaffs Geste, die andeutete, dass er mit Ina vorgehen sollte. Sie setzten sich in Bewegung, vermieden es nach rechts oder links zu schauen, wohlwissend dass Terzlaff hinter ihnen den Finger am Abzug hatte.

Sieben oder acht Minuten würde es dauern, bis sie Dellbrücks Villa erreichten, deren Gartengrundstück an den Brentano-Park, die feine Gegend Rödelheims, grenzte.

Am liebsten hätte Jens Dellbrück seine eigene Haut verlassen und wäre tausend Kilometer entfernt in den Körper eines anderen Menschen geschlüpft. Aber das ging nun mal nicht. Ina Terzlaff klammerte sich an ihn. Dellbrück schwitzte immer mehr und fühlte ein Unbehagen aufkommen, das tiefer ging als er es je erlebt hatte. War das schon Todesangst?

Dieser Ralf Terzlaff war unberechenbar. Schon wieder bedrohte er ihn mit einer Waffe. Und heute machte er tatsächlich den Eindruck, vor nichts zurückzuschrecken.

Dellbrück erinnerte sich an die Notiz, die er gestern im Büro erhalten hatte, dass die Bank sein Haus zwangsversteigern würde. Scheinbar waren Terzlaff danach endgültig die Sicherungen durchgebrannt. Er wirkte verdammt entschlossen und Dellbrück wollte es lieber nicht darauf ankommen lassen.

In solchen Situationen wie der jetzigen ging es zunächst um Deeskalation. Das hatte er in mehreren Workshops gelernt. Lage genau einschätzen, Nerven beruhigen, Zeit gewinnen. Vielleicht würde ihm noch eine Lösung einfallen.

Deshalb hatte Dellbrück auch Terzlaffs Vorschlag bereitwillig zugestimmt, zu ihm zu gehen und ihm Geld zu geben. Obwohl er natürlich nicht verrückt war und keine hohen Summen zu Hause deponierte. Aber selbst eine kleine könnte dazu beitragen, ihn für heute zu besänftigen und diente sicher als Beweis für die Polizei, ihn endlich dingfest machen zu können.

Diese Faulenzer der Soko hatten bislang nichts herausgefunden und keine Handhabe gegen Terzlaff. Diese Nieten würde er nicht einfach davonkommen lassen. Polizeipräsident Zimmermann wollte er sowieso schon länger kontaktieren. Und jetzt war ein hervorragender Zeitpunkt. Solche Kontakte konnten ungemein nützlich und hilfreich sein. Er würde ihm seine Aufwartung machen, ihn zu einem gepflegten Essen einladen und danach zu einer schmackhaften Havanna. Am besten in der Weinbar im Skyper, seiner bevorzugten Lounge, wenn es darum ging, ein persönliches Gespräch zu führen und seine eigenen Vorstellungen zu verkaufen. Und wenn das nicht ausreichte, würde er ihm eine oder zwei Stunden in einem der Etablissements im Bahnhofsviertel spendieren, lagen ja quasi nebenan. Das würde selbst den härtesten Beamten erweichen.

Er musste lächeln, obwohl ihm nicht danach zumute war. Sogleich riss er sich wieder zusammen. Terzlaff durfte keinesfalls mitbekommen, wie es ihm ging und woran er dachte. Er versuchte, ganz ruhig zu bleiben und den

Überblick zu behalten. Beziehungsweise ihn zurückzugewinnen. Leider waren ihm die Fäden entglitten. Terzlaff hatte sie erkennbar in der Hand und er musste einen Weg finden, sie ihm wieder zu entreißen. Er brauchte eine tragfähige Strategie.

Nach etwa dreihundert Metern sahen sie den Parkausgang. Er packte Ina etwas fester am Arm und strich ihr über den Handrücken. Sie quittierte es mit einem Lächeln, das gezwungen rüberkam. Kein Wunder, dachte er. Sie steckten in der Klemme und das war ihm peinlich. Er musste sie gemeinsam aus diesem Schlamassel führen. Vergessen war die Wut auf Ina und ihre Amouren.

An der Villa angelangt holte er den Schlüsselbund aus der Hosentasche, lief zehn Treppenstufen hoch und schloss die Haustür auf. Ina und Ralf Terzlaff folgten. Ein Putzmittelgeruch schlug ihnen im blitzblanken Flur entgegen. Kein Laut war zu hören.

Kaum drinnen fragte Ralf Terzlaff nach einem Seil oder einer Rolle Packband. In der Zwischenzeit hatte Terzlaff die Pistole gezogen und sie auf Dellbrücks Kopf gerichtet.

„Nicht dass du auf dumme Gedanken kommst."

Dellbrück kramte in der Küchenschublade, in der Frau Messingschlager, seine Bedienstete, allen möglichen Krimskrams aufbewahrte und fand tatsächlich ein breites Klebeband, das er Terzlaff reichte. Er beobachtete ihn dabei, wie er Ina auf einen Küchenstuhl setzte, ihre Hände auf dem Rücken hinter der Lehne fest zusammenklebte, so dass sie aufschrie, und ihre Unterschenkel ebenfalls mit dem Band an den Stuhlbeinen fesselte. Ina ruckelte auf dem Stuhl hin und her, zerrte an dem Band. Doch sie schnitt sich lediglich in die Haut und jaulte auf. Strähnen fielen ihr ins Gesicht, das Wut und Furcht ausdrückte. Dellbrück meinte sogar, eine Spur Hass erkennen zu können.

„Los, wir kümmern uns jetzt um die Kohle." Terzlaff schnickte mit der Pistole Richtung Tür, Dellbrück hob die Hände und ging voraus. Im Schlafzimmer öffnete er den begehbaren, sehr geräumigen Schrank und machte

Licht. Das alles ging langsam vonstatten. Er wollte Terzlaff keinesfalls durch schnelle ruckartige Bewegungen verunsichern.

„Bisschen schneller, wenn ich bitten darf. Wir sind hier nicht bei der Morgenandacht!"

„Ist ja gut. Sie bekommen gleich, was sie wollen." Dellbrück schob einen Kleiderständer auf Rollen beiseite und öffnete den in der Rückwand eingebauten Safe. Darin lag ein Briefumschlag und eine Schatulle. Beides reichte er Terzlaff, der sofort einen Blick hineinwarf.

„Wie viel ist das?"

„Müssten etwa 8000 Euro sein. Und das Diamantcollier ist 15.000 wert. Naja, auf dem Schwarzmarkt vielleicht die Hälfte."

„Mehr hast du nicht?" Terzlaff schubste Dellbrück hinaus. Zurück in der Küche überprüfte Terzlaff Inas Fesseln, die aber noch fest saßen.

„Wann kann ich den Rest kriegen?", fragte Terzlaff.

„Kann ich Ihnen überweisen."

„Für wie blöd hältst du mich eigentlich? Nur Bares ist Wahres!"

„Das geht frühestens Montag. Kann aber sein, dass ich nicht so viel bekomme. Höhere Summen muss selbst ich vorbestellen."

„Scheiße", sagte Terzlaff und ließ sich auf einen Stuhl fallen, der zwischen Kühlschrank und Tisch stand. Er sah aus, als denke er angestrengt nach. Dann lachte er: „Wir können uns ja ein gemütliches Wochenende zu dritt machen. Lust? Haben Sie ein paar nette Fläschchen da?"

„Klar. Im Kühlschrank." Dellbrück trat betont gelassen an den in Brusthöhe in der Küchenzeile eingebauten Kühlschrank und legte die rechte Hand auf den Türgriff.

„Moment", brüllte Terzlaff, sprang auf und stellte sich neben Dellbrück. „Schön langsam. Ich will deine Griffel sehen." Dellbrück blickte ihm in die Augen und tat wie ihm befohlen. Er ließ sich nun Zeit.

„Na mach schon", ertönte Terzlaffs Bassstimme, „ich habe einen riesen Brand." Plötzlich riss Dellbrück mit einem Ruck die Kühlschranktür auf, die

Terzlaff mit voller Wucht gegen den Kopf flog und seine Nase rammte. Es schepperte und krachte. Terzlaff kippte nach hinten und fiel zu Boden. Er war so perplex, dass er keinen Laut über die Lippen brachte. Zudem verteilten sich eine Milchtüte, ein Glas Gurken und ein Senfglas auf dem Küchenboden, die aus der Seitentür gefallen waren.

Leicht benommen rappelte sich Terzlaff einige Sekunden später hoch und starrte in den Mündungslauf seiner eigenen Pistole, die ihm bei dem Fall aus der Hand gerissen worden war und die Dellbrück sofort an sich genommen hatte.

Justament hob Terzlaff die Hände und jammerte. Eine blaue Beule prangte auf seiner Stirn. Ein Auge war zugeschwollen und Blut floss aus der Nase, die nach rechts zeigte und gebrochen schien.

„So, Arschloch!" Dellbrück presste Terzlaff die Pistole auf den Nasenrücken, der sofort jaulend aufschrie. „Diese Rollenverteilung gefällt mir schon viel besser."

84

Rauschers Zwerchfell kribbelte. Das konnte nur bedeuten, dass sein Instinkt eine Spur witterte. Jetzt musste er dranbleiben. Aber wie? Ohne weitere Informationen konnte er sich schnell verrennen.

Aber das war ihm momentan egal. Er wollte vorsichtig zu Werke gehen und Rank auf den Zahn fühlen. Vielleicht entdeckte er sogar Hinweise auf Frau Rank.

Rank lotste Rauscher ins Wohnzimmer und vertröstete ihn einen Moment. Wollte sich in der Küche um die Getränke kümmern. Rauscher schaute sich um. Der Raum sah fast jungfräulich aus, als wäre er neu eingerichtet oder als hätte hier vor Kurzem jemand Großputz gemacht. Es lag weder etwas herum noch war ein Staubkrümel zu sehen. Hier roch es nach Frau. Ranks Frau? Eine Putzfrau?

Die Einrichtung erinnerte Rauscher an Otto Normalverbraucher. In der Mitte stand der Esstisch, weiter hinten eine Sitzecke mit Eckcouch. Der

Durchgang zur Terrasse fiel nur deshalb ins Auge, weil die Fensterfront extrem breit war. Der Garten wirkte gepflegt. Ein Weg im Rasen führte zur Nidda. Im Wohnzimmer sah es gemütlich und behaglich aus. An den Wänden keine Bilder oder andere Hinweise auf Ranks Frau. Im Bücherregal standen einige dicke Wälzer, aber auch schmale Taschenbücher. Hauptsächlich gehobene Literatur. Kafka, Beckett, Dickens, Joyce, Thomas Mann. Ziemlich anspruchsvoll, fand Rauscher.

Er wollte gerade einen Band mit Gedichten von Brecht herausholen, als Rank ihm auf die Schulter tippte. Rauscher hatte ihn nicht kommen hören und zuckte leicht zusammen.

„Prost", sagte Herr Rank und stieß sein Geripptes an Rauschers Glas. „Wetterauer Gold. Schmeckt nach Heimat."

„Ah", sagte Rauscher, „ich dachte, Sie wären waschechter Frankfurter."

Rank schüttelte den Kopf: „Eingeplackter, aber schon seit knapp zwanzig Jahren."

Rank wirkte selbstsicher, aber nicht vorlaut oder angeberisch. Und keineswegs so, als hätte er etwas zu verbergen. Rank schenkte nach und stieß wieder an. Scheint Durst zu haben, dachte Rauscher.

Der Apfelwein schmeckte wirklich gut und Rauscher nahm sich vor, den Wetterauer künftig besser im Auge zu behalten.

In der nächsten halben Stunde plauderten sie über ihre Jobs, bescheinigten sich gegenseitig, wie interessant sie die Tätigkeit des anderen fanden. Aber Rauscher merkte schnell, dass er auf Smalltalk keine Lust hatte und auch zu kaputt dazu war. Er wusste aber nicht, wie und wo er ansetzen sollte, um mehr über Rank und vor allem über dessen vermeintliche Frau zu erfahren.

In der Zwischenzeit hatte sein Handy zweimal eine SMS empfangen und vibriert. Gerade war die dritte gekommen. Rank hatte davon nichts mitbekommen. Tanja wollte sich wieder melden oder gar Elke, dachte Rauscher, konnte also wichtig und dringend sein. Er musste sie unbedingt lesen, aber nicht in Ranks Beisein, denn er sollte keinesfalls mitbekommen, dass er mit jemandem kommunizierte, schon gar nicht mit dem Polizeipräsidium.

Rauscher entschuldigte sich und ließ sich die Toilette zeigen. Als er das Bad betrat, registrierte er, dass Rank Stehpinkler war, denn die Klobrille war oben. Vielleicht wohnte doch keine Frau im Haus? Schnell schloss er die Tür hinter sich und rief die SMSe ab. Elke hatte sich nicht gemeldet. Alle drei stammten von Tanja und enthielten nur eine Nachricht: Er solle sich umgehend melden! Außerdem zeigte sein Handy gleich mehrere Anrufe. Markowsky hatte angerufen. Krause auch. Und Tanja sowieso. Die Einzige, von der er seit heute Nacht kein Lebenszeichen erhalten hatte, deren Anruf er aber wie nichts auf der Welt ersehnte, ließ nichts von sich hören. Elke hatte ihn weichgekocht. Er war soweit, ihre Launen mit einem Lächeln zu ertragen, ihre Zickereien zu genießen, ihre Fressorgien zu loben und sie von vorne bis hinten zu versorgen, sei es mit Jägerschnitzel oder was auch immer. Nur sollte sie wieder auftauchen. Und zwar möglichst schnell. Am liebsten auf der Stelle. Diese Anspannung hielt er einfach nicht länger aus.

Und jetzt stand er hier im Bad vor Ranks Klo und wusste nicht weiter. Puuhhhhhh! Durchschnaufen. Runterkommen. Er musste Tanja dringend kontaktieren. Sie hatte bestimmt Neuigkeiten. So viel war klar. Die anderen mussten warten. Er hatte weiß Gott nicht mehr die Nerven, sich um jeden und alles zu kümmern.

Beim Händewaschen fiel sein Blick auf die kleine Kommode neben den Waschbecken. Dort lag eine gefaltete Zeitung. Obenauf der Artikel über den Fall und sein Interview. Er hatte plötzlich das Gefühl, sein Kopf platze aus allen Nähten. *Robin von Bockenheim.* Die Worte hallten in seinem Kopf. Sie spukten in ihm, als sei sein Gehirn ein Labyrinth ohne Ausgang.

85

Das wertvolle Diamantcollier war in eine Ecke gerutscht. Der Umschlag mit dem Geld, aus dem einige Scheine herausschauten, lag unterhalb der Spüle. Milch floss aus der Tüte. Das Gurkenglas war zersprungen und der Inhalt verbreitete einen säuerlichen Geruch. Ina Terzlaff beobachtete Dellbrück, wie er Ralf Terzlaff die Pistole auf die Stirn setzte, ihn hochzog und auf einen Stuhl zwang.

„Bring das Schwein um", schrie sie, „und mach mich verdammt nochmal endlich los." Doch nichts dergleichen geschah. Dellbrück ging zwei Schritte zurück, nicht ohne die Pistole ständig auf Terzlaff gerichtet zu halten, und setzte sich bedächtig ihm gegenüber auf den Küchenboden. Er schnaufte wie verrückt und musste erst einmal Durchatmen. Einige Sekunden saß er da. Es war fast still in der Küche, nur unterbrochen von Terzlaffs kaum wahrnehmbarem Stöhnen, der sich inzwischen die Nase hielt und das Blut mit seinem T-Shirt abgewischt hatte. Es tropfte dennoch weiter. Der Kontrast der roten Punkte auf den weißen Küchenfliesen wirkte wie einem Mondrian-Gemälde entnommen.

Ina Terzlaff betrachtete die Szene eine Weile ungläubig, konnte sich aber nicht länger beherrschen: „Was ist los mit dir, du feiges Schwein?", blökte sie los. „Der wollte uns umbringen. Ist dir das klar?" Doch Dellbrück reagierte nicht. „Du wolltest diesem Asozialen tatsächlich Geld geben. Und auch noch mein Collier. Ich fasse es nicht. Ich ... ver ... ach ... te dich ab ... grund ... tief!", hörte sie sich sagen. Den letzten Worten hatte sie eine Betonung gegeben, die kein Schauspieler besser hinbekommen hätte.

Als Dellbrück immer noch keine Anstalten machte, etwas zu tun, legte sie nach: „Ich hab's immer gewusst, dass du ein elender Versager bist."

Danach wieder Stille, die körperlich spürbar war und fast weh tat. Ein leichter Schweiß- und Uringeruch schwängerte zunehmend die Küchenluft. Ralf Terzlaff saß zusammengesunken da und unterdrückte offensichtlich große Schmerzen.

Ina Terzlaff ekelte sich, als sie Dellbrücks nasse Hose sah. Sie konnte nicht einschätzen, was in seinem Kopf vorging. Worüber er nachdachte. Was er vor hatte. Sie ärgerte sich maßlos, hier immer noch gefesselt zu sitzen. Warum band er sie nicht los? Gleich würde sie fuchsteufelswild werden. Und als sie sich nicht mehr zurückhalten konnte, schüttete sie ihre ganze Verachtung, die sich in ihr aufgestaut hatte, über Dellbrück aus:

„Ich kenne ja viele Banker und da sind wirklich gute dabei, aber du … du bist mit Abstand der größte Schlappschwanz von allen. Du wirst immer mehr zu einem verschwitzten, stinkenden alten Sack!"

Sie spuckte vor ihm auf die Fliesen.

Dellbrück hingegen kauerte immer noch am Boden und schien die Ruhe in Person. Nur bei ihren letzten Worten blitzten seine Augen. Er schaute sie an. Lange. Mit glasklarem Blick. Aber es war, als schaue er durch sie hindurch.

Dann richtete er sich auf und schritt auf sie zu. Nie war er cooler, nie war er sich bewusster gewesen, was er tat.

Mit ehrlicher Ergriffenheit hielt er die Pistole an ihre Schläfe, genoss ihre erschrockenen, entsetzten Augen und drückte ab.

86

Liebe Kathrine,

als mir Tanja Heller am Telefon erzählte, worum es bei dem Job ging und wofür sie mich bei der Soko brauchten, fiel es mir wie Schuppen von den Augen: Genial! Ich im Polizeipräsidium, im Hauptquartier meiner Jäger, hahahaha! Eine ideale Konstellation. Wo ich alle Schritte der Soko live mitbekommen würde. An der Seite des Soko-Leiters Rauscher, der sich mittlerweile einen Namen in der Mordkommission gemacht hatte. Ich war immer aus erster Hand informiert und konnte mein eigenes Handeln dementsprechend planen. Einen sichereren Platz gab es nicht. Niemand konnte damit rechnen, dass derjenige, den sie so verzweifelt jagten, für sie arbeitete und mitten unter ihnen saß. Besser ging es gar nicht.

Und ein bisschen gereizt hat mich die Sache auch. Da war so ein Kitzel. Ich stellte mir das aufwühlend vor. Gänsehautfeeling. Und war gespannt auf die Gesichter, wenn sie erfahren sollten, wen sie sich da ins Nest geholt hatten.

Als ich mir Frau Hellers Angebot durch den Kopf gehen ließ, war ich mir plötzlich sicher, meine Mission beenden und bald wieder bei dir sein zu können.

Es ist schon ein merkwürdig geiles Gefühl, mit denen am selben Tisch zu sitzen und sie über den Fall diskutieren zu hören.

Dabei kam ich auch auf die Idee, den Robin-Blog zu manipulieren. Und die haben tatsächlich geglaubt, Terzlaff nennt offen sein nächstes Opfer, nämlich Dellbrück. Großer Irrtum.

Mann, war das ein Gefühl, völlig unbehelligt bei diesem Griechen auftauchen zu können. Einfach irre. Leider hatte ich nicht mit seinem Damenbesuch gerechnet. Hatte er bislang nie, ist aber glimpflich abgegangen. Die Exfrau von Armando Terzlaff hat mich gar nicht zu Gesicht bekommen.

Übrigens habe ich heute Dellbrück angerufen und ihm offenbart, was passiert, wenn er nicht bald in die Gänge kommt. Ich konnte seine Angst durchs Telefon riechen. Er hat die Hosen voll.

Du siehst, es läuft wie von alleine. Nur eins macht mir ein wenig Sorgen: Im Präsidium ist mir doch tatsächlich dieser Gänsezüchter über den Weg gelaufen, bei dem ich mir die Federn besorgt hatte. Ich war zu perplex, sonst hätte ich mich versteckt. Aber damit hätte ich wirklich nicht gerechnet. Ich werde mir wohl etwas überlegen müssen. Er könnte eine ernsthafte Gefahr für meine Mission werden.

87

Tanja zitterte ein wenig, als sie Rauschers Nummer wählte. Es klingelte zehnmal. Warum nahm er das Gespräch nicht an? Ihr Magen zog sich zusammen. Das hatte sie lange nicht gespürt.

„Andreas, verdammt nochmal, melde dich!“ Sie probierte es erneut. Ließ es wieder zehnmal klingeln. Keine Reaktion. „Das darf doch nicht wahr sein.“ Dann tippte sie eine SMS. Wartete eine qualvolle Minute, den Blick starr aufs Display gerichtet. Sie sendete die SMS aufs Neue. Und eine Minute später gleich nochmal. Zur Sicherheit, dachte sie, obwohl sie sich fragte, was der Quatsch sollte.

Hochgradig nervös setzte sie sich an den Schreibtisch. Sie konnte immer noch nicht glauben, was sie entdeckt hatte. Nein. Sie musste sich irren. Schnell tippte sie Ranks Namen in eine Suchmaschine und landete auf seiner Homepage. Sie war schlicht gehalten. Außer Ranks Adresse enthielt sie nichts. Seine Geschäfte schienen gut zu laufen, wenn er es nicht nötig hatte, sein Know-how oder Referenzen zu präsentieren. Sie wählte die Nummer von Sebastian Kuhls ehemaligem Büro und sein Kollege, Herr Metzner, ging ran. Tanja stellte sich vor und Metzner erinnerte sich an die Befragungen:

„Die Polizei hat uns schon wegen der Drogen gelöchert. Aber da kann ich Ihnen nicht weiterhelfen."

„Heute geht's um was anderes. Kennen Sie einen Herrn Rank? Jeremias Rank, er ist freier IT-Berater. Arbeitet er vielleicht für Sie?"

„Der Rank? Klar, einer unserer besten Leute. Er ist oft hier."

„Große Scheiße!", fluchte sie und biss sich gleichzeitig auf die Lippen. In diesem Moment flogen ihre letzten Zweifel durchs Fenster, drehten in der Sommerluft eine Ehrenrunde und verschwanden auf Nimmerwiedersehen in Frankfurter Höhen.

Tanja bat um Entschuldigung und legte flink auf.

88

Monika war durch den Garten ums Haus geschlichen und hatte an der Terrassentür gelauscht. Die beiden Männer schienen über eher belanglose Sachen zu quatschen. Sie lehnte sich an die Hauswand und kiebitzte ab und zu vorsichtig ins Wohnzimmer.

Der Kommissar hatte gerade sein Glas abgestellt und das Wort „Toilette" ausgesprochen, da erkannte sie die Gelegenheit. So schnell wie möglich begab sie sich wieder auf die Vorderseite des Hauses und schloss die Tür auf. Das Schließgeräusch war kaum zu vernehmen. Sie tippelte hinein und verschanzte sich hinter der Kellertür. Durchs Schlüsselloch überblickte sie den Flur und hatte einen – wenn auch schmalen – Einblick ins Wohnzimmer. Jerry drehte ihr halb den Rücken zu. Er hielt etwas in der Hand. Eine Fotografie? Ja. Sie konnte nicht genau erkennen, was abgebildet war. Kathrine? Möglich. Er machte eine Faust und biss sich in den Handrücken. Warum kam das ausgerechnet jetzt wieder hoch, fragte sie sich. Hatte er mit dem Kommissar über Kathrine gesprochen?

Die Klospülung ließ sie aufhorchen und noch wachsamer werden.

89

„Ich mache mir Sorgen wegen ihrer Freundin", sagte Herr Rank wie aus dem Nichts, als Rauscher wieder im Wohnzimmer stand. Rank steckte etwas in seine Hosentasche. Rauscher schaute ihn von der Seite an, inspizierte sein Gesicht. „Ja, also ich habe mitbekommen, dass sie verschwunden ist." Rauscher schöpfte tief Atem und spürte, dass ihm das Thema auf der Seele brannte. Aber er war auch überrascht, dass ausgerechnet Rank damit anfing.

„Ich verstehe es auch nicht", sagte Rauscher nach einer Weile. „Heute ist der Geburtstermin."

Rank wartete eine geraume Zeit, bis er einen Satz über die Lippen brachte, der einen melancholischen Unterton hatte: „Meine Frau war auch schwanger." Jetzt verstand Rauscher überhaupt nichts mehr.

„Sie meinen …?"

„Sie hat das Baby verloren." Rank starrte auf den Boden und sprach apathisch vor sich hin: „Sie hätten sie sehen sollen, wie sie putzmunter und quietschvergnügt durch die Wohnung getollt ist, Kissenschlachten anfing oder … ach, ihr ist immer was Verrücktes eingefallen. Sie war der fröhlichste Mensch, den ich je gekannt habe. Und sie hat es sogar fertiggebracht, mich anzustecken. Ich war ihrem Lachen verfallen, ihrem Schalk, ihrer heiteren Art und ihrem Blick, der Depressive gesund machen konnte. Nichts und niemand konnte ihr die Laune vermiesen, bis … ja, bis ihr Vater starb. Danach war sie nicht wiederzuerkennen."

„Was ist passiert?"

„Wissen Sie, sie ist aus einer positiven und lebensbejahenden Frau zu einem psychischen Wrack geworden. Sie wurde gebrochen." Rank trank sein Glas leer. „Ich glaube, ich brauche noch einen. Wie sieht's aus?" Einerseits spürte Rauscher den Apfelwein bereits, andererseits verlangte es ihn nach mehr Informationen und die würde er wohl am einfachsten hier und jetzt bekommen.

„Gerne. Tiefgespritzt."

„Bitte was?"

„Halb Wasser, halb Apfelwein. Sagt man hier so." Rank lächelte.

„Höre ich zum ersten Mal." Dann nahm er beide Gläser und verließ den Raum. Rauscher spazierte durchs Wohnzimmer und überlegte fieberhaft, wie er vorgehen sollte. Direkte Konfrontation? Dann könnte die Situation eskalieren. Rank hatte einige Gläser gebechert. Rauscher fiel es schwer, ihn einzuschätzen. Neben dem Fernsehsessel lag ein Stapel Fernsehmagazine. Dazwischen ein Buch. Rauscher erkannte auf dem Buchrücken den Titel: *Robin Hood*. Er zog es hervor und schlug eine Seite auf, in der oben rechts ein Eselsohr war. Fett unterstrichen war folgender Satz: *Den Reichen nehmen, den Armen geben!*

Im Hinterstübchen seines Gehirns schrillten Alarmglocken.

90

„Meine Fresse!" Krause stockte der Atem. In der Hand hielt er das Phantombild und es war unbestreitbar. Es zeigte tausendprozentig Herrn Ranks Konterfei.

Nachdem er sich enthusiastisch bei Herrn Reul bedankt und ihm ein Taxi gerufen hatte, wählte er Rauschers Nummer. Nach wenigen Sekunden und dreimaligem Klingeln sprang die Mailbox an. Wo zum Teufel steckte er?

Krause hastete in den Konferenzraum und fand ihn verwaist. Er sprintete den Flur entlang und schaute in Tanjas Büro. Auch leer. Herrgottnochmal, wenn man dringend jemanden brauchte. Er wollte sie schon ausrufen lassen, als sie um die Ecke geschossen kam.

„Gerade wollte ich zu dir“, sagte Tanja.

„Und ich zu dir“, platzte er dazwischen. „Weißt du, wo Rauscher steckt? Ich hab's auf seinem Handy probiert, aber er geht nicht ran.“

„Er hat Rank nach Hause gefahren.“

„Mist!“

„Ich erreiche ihn auch nicht.“

„Pass auf: Eben war Herr Reul hier, der Gänsezüchter. Ich habe mit ihm ein Phantombild anfertigen lassen, von dem Mann, dem er die Federn gegeben und den er gestern hier auf dem Flur wiedergesehen hat. Du rätst nie, wer das ist.“ Noch bevor er Gelegenheit hatte, das Bild hochzuhalten und ihr den Mann zu zeigen, schmetterte sie ihm einen Namen lautstark entgegen: „Rank.“

Perplex ist gar kein Ausdruck dafür, wie Krause dastand.

„Woher ... also ich meine ...?“ Es blieb beim Stottern, denn Tanja klärte ihn fix auf, was sie in der letzten Stunde herausgefunden hatte.

„Und jetzt?“, fragte Jan Krause.

„Na, wir müssen ihn da rausholen“, schrie ihm Tanja wie selbstverständlich ins Gesicht. „Auf zum Showdown!“

91

Rauscher sah, wie Herr Rank mit einem 5er-Bembel in der Hand aus der Küche zurückkehrte. Elke hatte ihn in ihrer Anfangszeit mal gefragt, ob da wirklich fünf Liter drin seien. Aber es waren natürlich fünf Gläser. Rauscher kontrollierte schnell sein Handy, fand aber keine neue Nachricht und wusste nicht, ob das ein gutes oder ein schlechtes Zeichen war.

Während Rank eingoss, nutzte Rauscher die Gelegenheit, an das unterbrochene Gespräch anzuknüpfen.

„Wo ist Ihre Frau jetzt eigentlich?“

„Tot.“ Das Wort klatschte mächtig gegen Rauschers Schädel.

„Oh, das tut mir leid, wie ...“

„Sie konnte und wollte nicht mehr.“

„Sie meinen, sie hat ..."

„Ja ..." Mannomann, dachte Rauscher.

Rank trank einen Schluck, bevor er seinen begonnenen Satz weiterführte: „Ihr Vater hat ihr eine hohe Summe hinterlassen. Alles futsch."

„Und deshalb hat sie ..." Rauscher traute sich nicht recht, das Wort auszusprechen. Außerdem fragte er sich inzwischen, warum Rank plötzlich so offen redete.

„Das war nur der Auslöser. Sie hat es nicht verkraftet, dass sie hintergangen worden war und dann hatte sie einen Nervenzusammenbruch, musste ins Krankenhaus und Neuroleptika schlucken. Als sie wieder raus kam, wurde alles noch schlimmer."

„Haben die Tabletten nicht geholfen?" Rank schüttelte den Kopf.

„Das ist nicht der springende Punkt. Auf dem Fragebogen habe ich bei Schwangerschaft „Nein" angekreuzt. Ich konnte ja nicht ahnen … Niemand wusste zu diesem Zeitpunkt, dass sie schwanger war." Rauscher stockte. Seine Schädeldecke pochte, so angespannt war er. Langsam dämmerte ihm, dass es um mehr ging als Geld. In welche Situation hatte er sich da hineinmanövriert? Hier musste er jedenfalls schleunigst rauskommen, denn ihm schwante, dass da weitere Details kommen konnten. Er bereute es, seine Heckler & Koch im Auto gelassen zu haben.

„Und die Ärzte wussten auch nichts?"

„Bei einer Psychose werden die Medikamente möglichst schnell und hochdosiert gegeben. Da blieb keine Zeit für weitere Fragen. Und wer konnte schon ahnen, dass Kathrine schwanger war?"

„Und deshalb hat sie das Kind verloren?"

„So genau lässt sich das nicht nachvollziehen. Die hohe Medikation, der psychische Stress, der Nervenzusammenbruch. Kam alles zusammen. Aber dieses verlorene Kind wird in meinem Herzen für immer eingebrannt sein wie eine Tätowierung." In seinen Augen funkelte Hass und er kippte ein volles Glas Apfelwein in sich hinein. Rank ließ die Jalousien im Wohnzimmer halb herunter, doch Sonnenstrahlen zwängten sich hindurch. Dann drehte er sich herum und schaute Rauscher mit verzweifelter Miene an:

„Die zwei Menschen, die ich am meisten liebe, sind nicht mehr hier. Verstehen Sie mich? Verdammt, Sie müssen mich doch verstehen! Sie wissen doch, wie das ist mit dem Vaterwerden.“ Rank wischte mit einer schnellen Handbewegung Gläser und Bembel vom Tisch. Sie flogen herunter und zersplitterten. Scherben verteilten sich im gesamten Wohnbereich. „Scheiße!“ Wie angestochen rannte Rank durchs Wohnzimmer und schrie weiter. „Sie wissen doch, warum ich das tun musste. Ich habe doch nur die getötet, die uns getötet haben. Kathrine, unser Kind und auch mich.“

92

Kathrine? Großer Gott musste sie gelitten haben. Und niemand hatte ihr helfen können. Kathrine hatte es nicht mal fertiggebracht, Jerry einzuweihen.

Monika verharrte hinter der Kellertür und hörte Jerrys Ansprache. Dann klirrendes Glas. Jerry fegte durch die Wohnung wie ein wildgewordenes Raubtier, das überall Feinde witterte. Er wirkte, als sei etwas in ihn gefahren und als würde er jeden Moment Zähne fletschend zum Sprung ansetzen. War das seine wahre Natur? Ein Tier, in dem ein Mörder steckte?

Monika fühlte sich benutzt. Wie konnte er ihr das antun? Ihre gemeinsame Zukunft so aufs Spiel zu setzen? Rache war ihm wichtiger. Eine erste Träne löste sich. Ihr folgten weitere.

Sie war auf alles vorbereitet, nur darauf nicht. Die Briefe, schoss es ihr durch den Kopf, waren keine Liebesbriefe an Kathrine, sondern Erklärungsversuche für seine Taten. Eine Chronologie der Verbrechen. Er erzählte Kathrine, was er getan hatte und weiter zu tun gedachte.

Der Kommissar schien auch nicht zu wissen, wie er ihn bändigen konnte. Seine Stimme versuchte, ihn zu beruhigen. Doch Jerry ließ sich nicht beirren. Er warf eine Vase an die Wand. Einen Stuhl hinterher. Dann packte er eine Stehlampe und schleuderte sie durch die Terrassentür. Für das Fenster daneben suchte er sich einen Steinkrug aus, den er aus einer Vitrine genommen hatte. Rauscher stand da und fuchtelte mit den Händen in der Luft herum.

Monika machte auf dem Absatz kehrt und lief die Kellertreppe hinunter. Sie ging zur Kellerwerkstatt, die immer noch verschlossen war, und probierte sämtliche Schlüssel aus. Der, den sie aus Jerrys Nachttisch genommen hatte, passte.

In der Kellerwerkstatt war es angenehm kühl. Auf Anhieb sah sie zwei Bögen an der Wand hängen, Pfeile im Köcher, Zeitungsartikel und Fotos feinsäuberlich nebeneinander aufgehängt und fing wieder an, mächtige Tränen zu heulen. Sie betrachtete ein Foto von Jens Dellbrück in Anzug und Krawatte vor seinem Porsche 911. Und ein weiteres mit Löchern im Kopf. Daneben hingen Fotos von Terzlaff und Verbeuten. Mit Pfeilen im Herzen. Einen Moment zögerte sie, verengte die Augen, als wolle sie die Toten besonders in Augenschein nehmen und prüfen, ob sie tatsächlich tot waren. Ihr Jerry sollte das getan haben? Wahrhaben wollen war eine Übung, die sie ganz und gar nicht mochte.

Sie schnallte sich den Köcher mit Pfeilen um, schnappte einen Bogen und trabte die Kellertreppe hoch.

Oben angekommen sah sie, wie sich Rauscher auf Jerry stürzte.

93

Blaulicht huschte über die Ginnheimer Landstraße. Auf der Brücke über die A66 sahen sie die Skyline, die im letzten Sonnenlicht des Tages badete. Kein Ton war im Wagen zu vernehmen. Das Martinshorn blieb ausgeschaltet.

Tanja Heller hielt Ranks Adresse bereit und lenkte Jan Krause, der bis Ecke Höhenblick-Fuchshohl fuhr und vor einem Zaun parkte, hinter dem ein Baumgrundstück lag.

Sie blickten sich um und stiegen aus. Alles ruhig. Niemand war zu sehen. Die restlichen 150 Meter bis zu Ranks Haus tasteten sie sich langsam vorwärts.

Im Schutz einer Hecke zogen sie ihre Heckler & Kochs.

„Ich schlage vor", flüsterte Tanja, „dass ich noch ein einziges Mal versuche, ihn telefonisch zu erreichen. Wenn er sich dann nicht meldet, müssen wir rein." Krause stimmte umgehend zu.

Sie tippte einige Tasten. Wartete. Es tutete aus dem Handy. Niemand ging ran. Im Haus regte sich nichts. Schweigend blieben sie in Deckung, bis Tanja sagte: „Okay. Let's go!"

94

Es reichte. Rauscher musste sich eingestehen, dass er Rank einen solchen Wutausbruch nicht zugetraut hatte. Er sah sich gezwungen einzuschreiten und das Heft in die Hand zu nehmen. Er legte alle Kraft in seine Stimme und schrie ihn an, sonst wäre er nicht zu ihm durchgedrungen, so aufgewühlt war der Computerexperte.

Und dann war Rauscher alles egal. Mit einem Satz schoss er vorwärts, stürzte sich auf Rank und warf dabei einen Stuhl um. Sie krachten auf die Steinfliesen und es machte „Krrrgk". Unterhalb seiner Brust spürte Rauscher sofort einen brodelnden Schmerz. Eine Rippe durch, dachte er, na super!

Rauscher ließ sich davon nicht ablenken. Im Gegenteil: Er nutzte den Überraschungseffekt, griff Ranks rechten Arm und drehte ihn mit Schwung auf den Rücken.

Rank brüllte: „Aua. Was soll das?" Und als Rauscher für einen Moment lockerließ, nutzte Rank die Situation, drehte sich halb und schlug Rauscher die linke Faust mitten ins Gesicht. Rauscher schrie auf. Nur mit Mühe bekam er Ranks Faust zu fassen und drückte beide Arme auf dessen Rücken. Mit der Masse seines Körpers lag Rauscher auf ihm, stieß ihm das Knie gegen das Kinn und achtete darauf, den Polizeigriff fest anzuziehen und nicht locker zu lassen. Sein Brustkorb kochte.

„Ich dachte, wir sind auf einer Wellenlänge", presste Rank hervor.

„Mord ist immer inakzeptabel, Herr Rank. Das müssen Sie verstehen."

„Aber ich wollte Ihnen doch erklären ..."

„Na, dann schießen Sie los!“ Nachdem Rauscher die Worte ausgesprochen hatte, merkte er, was er eigentlich gesagt hatte, und lockerte den Griff.

„Ach, wissen Sie … nein …“ Rank setzte ab, holte Luft und wollte weiterreden, aber Rauscher erhob seine Stimme: „Herr Rank, es ist vorbei. Ich nehme Sie hiermit fest wegen vierfachen Mordes.“

Ein Geräusch erschreckte sie. Da war jemand im Haus. Ihre Köpfe fuhren herum. Beide Augenpaare blickten in die Spitze eines Pfeiles.

In diesem Moment vibrierte es in Rauschers Hosentasche.

95

Eine graugrüne, wabbelige Masse vermischt mit Blut klebte an den weißen Küchenschränken und rutschte Stück für Stück tiefer.

Er hatte es mit eigenen Augen gesehen, sonst hätte er es nicht geglaubt. Keinen Meter von ihm entfernt hatte Dellbrück Ina das Gehirn weggeblasen. Ralf Terzlaffs Herz rutschte in die Hose. Blutbespritzt und mit weit aufgerissenem Mund saß er da.

Der Banker hatte völlig die Nerven verloren. Keine Kontrolle mehr. Die Situation war eskaliert. Niemals hätte er ihm so etwas zugetraut. Aber, machte er sich jetzt klar, wer im Job über Leichen geht, scheute im richtigen Leben wohl auch nicht davor zurück. Eine andere Erklärung fand er nicht und suchte auch nicht danach.

Und gleich war er dran. Ralf Terzlaff kauerte auf dem Küchenstuhl, schwitzte und bekam kaum noch Luft. Er hatte das Gefühl, seine Nase explodiere gleich und war kurz davor, sich auch in die Hose zu pissen. Ein Wunder, dass er es noch zurückhalten konnte.

Jetzt half kein Stoßgebet mehr, keine guten Worte. Auch ihm würde es an den Kragen gehen. Er zitterte und ihm war elend kalt.

Todesangst gewann den Kampf über seine Gefühle. Aber damit auch eine gewisse Gleichgültigkeit, die sich immer einstellt, wenn die Lage aussichtslos scheint und das eigene Leben fatalerweise nicht mehr in den eigenen Händen liegt, sondern man auf Gedeih und Verderb auf das Wohlwollen anderer angewiesen ist.

Terzlaff hob den Kopf und betrachtete Dellbrück, der die Waffe sinken ließ. Mit einem Stoß in die Seite beförderte er die toten Überreste von Ina Terzlaff zu Boden. Sie krachte leblos zu Boden.

Ralf Terzlaff zuckte unwillkürlich zusammen. Dellbrück hockte sich auf den frei gewordenen Stuhl und ließ beide Arme baumeln, behielt aber die Waffe in der rechten Hand. Sein stierer Blick sprach Bände.

Die Ex-Frau seines Bruders lag in ihrem eigenen Blut. Zu Lebzeiten hätte ihr Ralf Terzlaff genau das gegönnt. Aber nun, da es Realität geworden war, war ihm zum Kotzen zumute.

„Sie sind an allem schuld", hörte er Dellbrück neben sich zischen, ohne ihn anzuschauen.

„Hören Sie auf." Terzlaff schüttelte wie wild den Kopf.

„Sie haben mein Leben zerstört." Immer noch saß Dellbrück auf dem Stuhl und rührte sich nicht.

„Machen Sie keinen Scheiß."

Terzlaff überlegte atemlos, wie er hier rauskommen konnte, ohne sofort erschossen zu werden. Ungeduldig zuckelte er auf dem Stuhl herum. Dellbrück war offensichtlich nicht mehr zurechnungsfähig. Hatte er eine Chance, ihn zu überwältigen? Immerhin hatte er eine gebrochene Nase und Dellbrück alle Karten in der Hand. Zum Teufel, ihm wollte nichts einfallen, das ihn aus dieser Scheiße herausbringen konnte. Viel Zeit hatte er bestimmt nicht mehr.

Wenigstens damit schien er recht zu behalten, denn Dellbrück richtete sich langsam auf und bewegte sich in seine Richtung. Der Banker schnaufte wie ein Walross und sah mit seinen verschwitzten Haaren im Gesicht und dem eiskalten Blick aus, als wäre der Wahnsinn in ihn gefahren.

Als Dellbrück vor Terzlaff stand, hob er die Pistole in Stirnhöhe. Terzlaff gab sich verloren, schloss die Augen. Leben oder sterben, dachte er und entschied sich für Ersteres. Nur ahnte er, dass er keinen Einfluss mehr darauf hatte. Der Schuss krachte.

96

Noch bevor die völlig verheulte Monika reagieren konnte, zog Rauscher sein Handy aus der Tasche und las die SMS: *Bin bei Ingo Thaler. Hol mich schnell ab!* Der Albtraum schien wahr zu werden. Jetzt galt es keine Zeit zu verlieren:

„Meine Freundin kriegt ihr Kind." Er wollte Monika das Handy reichen, damit sie sich selbst davon überzeugen konnte. Doch Monika hielt ihm sofort die Pfeilspitze vor die Nase: „Setzen! Okay?"

Rauscher löste den Griff und hob die Hände.

„Aber ... aber ich muss zu ihr."

„Sie müssen sich erst anhören, was Jerry zu sagen hat. Ich will es aus seinem Mund hören. Also los: Hast du die Banker getötet?" In ihrer Frage schwang Wehmut und Traurigkeit mit. Jerry schubste Rauscher leicht von sich, der geistesabwesend nicht gemerkt hatte, dass er immer noch halb auf ihm lag, und wandte sich seiner Nachbarin zu: „Was hätte ich sonst tun sollen? Weiterleben, als sei nichts geschehen? Ohne Kathrine? Die mir mehr bedeutet hat, als ich mir selbst bedeute. Du kanntest sie doch auch. Sag selbst: Was hättest du an meiner Stelle getan?"

Was redet der für einen dämlichen Mist, fragte sich Rauscher, der kurz davor war, wahnsinnig zu werden. Monikas Blick war stumpf auf Jerry gerichtet, sie zielte auf seinen Kopf, doch er ließ sich nicht beirren: „Liebe und Hass liegen so nah beieinander. Beides sind mächtige Triebfedern. Es war so einfach, sie zu töten. Nur ein Zischen. Ein Augenblick. Und dann kam dieses Gefühl, alles selbst in der Hand zu haben." Er schöpfte Luft, genoss die Pause. „Weißt du, Monika, niemand kennt mein Herz. Auch du nicht. Es besteht aus Hoffnung und Hass. Hoffnung, Kathrine wieder zu begegnen und Hass auf die Verursacher. Ich wache jeden Morgen mit ihm auf und gehe jeden Abend mit ihm ins Bett. Das klebt an mir."

Da Monika still blieb und mit offenem Mund vor ihm stand, redete er einfach weiter. „Wäre ich ein besserer Mensch, wenn ich sie nicht getötet hätte? Hätte ich dann Kathrine im Stich gelassen? Sie und unser nie geborenes Kind? Diese stumpfen Seelen haben doch nichts anderes verdient. Das müsst ihr doch verstehen, du und Herr Rauscher auch!“

Panik umklammerte Rauschers Herz. Er konnte und wollte sich diese Soße nicht länger anhören. Wer war diese Monika überhaupt? Und was wollte sie von Rank? Um die toten Banker weinte sie bestimmt nicht. Weinte sie um ihn? Hatte fast den Anschein einer Liebestragödie. Anders konnte Rauscher ihre Reaktion nicht einordnen.

Er beobachtete sie einen Moment, sah in ihren Augen Tränen über Tränen und konnte das alles nicht begreifen. Irgendwie musste er es schaffen, schnell zu Elke zu kommen. Egal wie. Gedanklich war er schon halb dort.

Die Macht der Gedanken gewann die Oberhand und leitete ihn. Er stand auf wie in Trance, hielt eine Hand vorgestreckt, als wolle er Monika den Bogen abnehmen und hob die Hand: „Niemand will Ihnen oder Herrn Rank etwas Böses. Aber ich werde jetzt an mein Handy gehen und meine Freundin anrufen. Okay? Ich mache auch ganz langsam. Sie können zusehen.“

Aber Rauschers Ambitionen wurden sofort zunichte gemacht, denn Monika hielt ihm die Pfeilspitze direkt vors Gesicht.

Ihre Hände zitterten nicht. Sie hatte weder ein Kribbeln im Bauch, noch die Spur eines schlechten Gewissens. Fühlte sich stark, ruhig und gefasst. Fast wirkte sie gelassen, wobei Rauscher sich bewusst war, dass es in ihr anders aussehen musste.

„Monika“, hörte er hinter sich Herrn Ranks laute Stimme, „was soll das? Lass den Kommissar. Er muss zu seiner Freundin. Sein Kind wird in den nächsten Stunden geboren. Er muss an ihrer Seite sein. Genau das hätte ich mir auch gewünscht.“

Monika schien verunsichert. Sie schaute erst Rauscher, dann Jerry an. Die Tränen wollten nicht aufhören zu laufen. Ihr angsterfüllter Blick wanderte hin und her.

„Was …“ hob sie an, „was wird jetzt aus uns?“ Ihre Stimme flatterte und klang weich. Sie fixierte Jerry, als hätte sie in diesem Augenblick die gesamte Sehnsucht der Welt gepachtet. Jerry schüttelte den Kopf.

„Glaubst du denn allen Ernstes, nach Kathrines Tod hätte ich einfach mit dir zusammen sein können? Mein Plan war und ist ein ganz anderer.“

„Aber … du hast mir doch …“

„Deine Naivität manchmal, du glaubst auch noch an den Weihnachtsmann.“

„Aber du wolltest doch …“

„Hör jetzt auf! Sei einfach still. Ich kann es nicht mehr hören. Nach einer Königin kann ich doch keine blauäugige, einfältige Halbalkoholikerin an meiner Seite haben.“ Rauscher zuckte leicht zusammen. Er beobachtete Monika, die eine gewisse Zeit brauchte, um Jerrys Worte auf sich zu beziehen. Aber als sie deren Bedeutung schließlich realisiert hatte, nahm Rauscher ein kleines Beben in ihr wahr. Sie zitterte und wandte ganz behäbig den Pfeil Richtung Jerrys Gesicht. Wie unbewusst, als sei sie nicht mehr Herr über ihre Handlungen und als lenke eine größere Macht wie automatisch ihr Tun.

„Mach keinen Scheiß“, brüllte Jerry, dass es Rauscher in den Ohren brummte.

Monikas Augen weiteten sich. Sie wirkte jetzt wie ein kleines Mädchen, deren Seele gerade futsch gegangen war. Ganz unbeholfen stand sie da, hilflos, einsam und verlassen.

„Und mach dir keine Illusionen. Ich werde Dellbrück und Rethmann auch noch töten. Ich muss meine Mission erfüllen. Nur so werde ich Kathrine folgen können. Und niemand wird mich davon abhalten.“

„Doch.“ Monika hob den Bogen etwas höher und zielte auf Jerrys Stirn.

Verflucht nochmal, dachte Rauscher, die Situation eskalierte vollends. Er verlor wertvolle Minuten und suchte fieberhaft nach einer Möglichkeit, ihr den Bogen zu entreißen, ohne selbst getroffen zu werden.

Rank wollte gerade wieder etwas sagen und Rauscher hätte ihm am liebsten den Mund zugehalten. Er traute sich aber nicht, eine schnelle Bewegung zu machen, aus Angst, Monika könnte die Kontrolle verlieren.

„Du gibst ein jämmerliches Bild ab“, sagte Rank in eher neutralem Ton, aber es wirkte in dieser Situation kalt, abweisend und distanziert. Rauscher schloss für einen Moment die Augen. Er ahnte nichts Gutes.

Dann hörte er ein Flutschen. Ein Zischen. Und einen Aufschrei.

Parallel dazu war das Splittern von Glas zu hören. Das Wort „Polizei“ fiel. Und ein Schuss.

97

Eine leichte Melodie erfüllte seinen Kopf. Waren das die Harfen des Himmels? Es summte und vibrierte etwas in seinem Schädel. Fast wie auf Droge. Das Hinübergleiten ins Totenreich fühlte sich gut an, aber Ralf Terzlaff traute sich nicht, die Augen zu öffnen.

Sein Körper schien heile. Er spürte weder Schmerz noch ein Loch in sich. Wenn sterben so schön war, würde er noch öfter sterben wollen. Ahhhhh! Ein Genuss. Fast wie Wellness, nur intensiver. Jede Emotion steigerte sich exponentiell und entlud sich in einem Flash aus Millionen Gefühlsblasen.

Dann pochte seine Nase und unwillkürlich griff er danach. Gab es hier denn keine göttlichen Mediziner, die sich darum kümmern konnten? Er brauchte einen Verband. Schnell. Wo waren bloß die himmlischen Pfleger?

Da Ralf Terzlaff ringsherum nichts mehr hörte, fühlte er sich genötigt, seinen Zustand zu unterbrechen und einen Blick zu riskieren. Auf dem Rückweg ins Erdenreich quälten ihn seine Sinne. Er sah überall Blut, roch Scheiße und Urin, seine Zunge schmeckte etwas Bitteres und Salziges. Er ertastete seinen gebrochenen Nasenknochen. Autsch, hörte er sich plötzlich schreien. Und als er kapierte, dass er lebte, schrie er aus Leibeskräften, legte sämtliche verbliebene Energie in diesen Schrei, der ihm jede Kraft raubte und Tränen in die Augen trieb.

Unter ihm lag Dellbrück mit der Waffe in der Hand und einem Loch im Hinterkopf, das er sich selbst verpasst hatte. Terzlaff blickte den Banker voller Entsetzen an. Er tat ihm leid. Geld veränderte Menschen. Zu viel Geld korrumpierte die Seele. Dellbrück war ein Sklave des Geldes geworden. Irgendwie musste das alles so enden. Zumindest war Dellbrück konsequent.

Terzlaff nahm sich vor, ein guter Mensch zu werden. Einer, der menschlich war und mitmenschlich handelte. Hier und jetzt war ein Neubeginn. Er wollte die Menschen nie wieder einteilen in arm und reich, gut oder böse. Wollte nie wieder ein böses Wort sagen. Kein Fluch sollte je wieder über seine Lippen kommen.

Er kannte ein Kloster im Allgäu, in dem er sich ein künftiges Leben vorstellen konnte. Betend und arbeitend. Einzig lebend für den Glauben. Nie mehr zu tun haben mit Menschen, für die nichts zählte außer Gehaltshöhe, Position, Prestige und Image. Alles Schlechte wie Gier, Neid, Hass, Habsucht wollte er für immer und ewig verbannen. Zurücklassen in einer Welt, die er nie wieder betreten, in der er nicht mehr leben mochte.

98

Als Rauscher die Augen öffnete, lag Monika reglos und blutüberströmt vor ihm. Rank krümmte sich am Boden und gab ein gehetztes Gejohle von sich. Ein Pfeil steckte in seiner rechten Schulter. In der Terrassentür war ein großes Loch. Er hörte Schritte.

„Alles klar?“, rief Krause, der mit seiner Dienstwaffe im Anschlag ins Wohnzimmer gestürmt kam. Gefolgt von Tanja, die Krause absicherte.

Rauscher sank in sich zusammen, als er das Ausmaß des Einsatzes unter die Lupe nahm, und ließ sich auf den Hintern fallen.

Tanja zückte geistesgegenwärtig das Handy und orderte den Rettungsdienst. Krause kniete sich hin und prüfte Monikas Puls. Nach zehn Sekunden schüttelte er den Kopf.

„Ich musste schießen“, sagte Krause, doch niemand antwortete.

Er kniete sich neben Rauscher und legte ihm eine Hand auf die Schulter: „Geht's?" Rauscher nickte. Er fühlte sich vollkommen erledigt. Musste sich und seinen Kopf ordnen.

Verschwommen registrierte er eine Vibration in seiner Hosentasche. Wie in Trance griff er sein Handy und las. Sofort explodierte jede Zelle seines Körpers und er kannte nur noch eine Richtung. Würde er rechtzeitig dort sein?

Er ließ das Handy fallen. Auf dem Boden splitterten Plastikteile ab, aber das Display war heile geblieben. Die SMS enthielt den schicksalsschwangeren Satz: *Es geht los!*

99

Karsten Quast blieb fast die Spucke weg, angesichts dessen, was er hier sah. Er streifte sich Handschuhe über und sagte lapidar: „Versprecht mir bitte, Rauscher nie mehr alleine losziehen zu lassen."

Zwei Rettungssanis kümmerten sich um Jeremias Rank und transportierten ihn auf einer Liege ab. Die Spurensicherung belagerte das gesamte Haus. Ein Fotograf schoss Bilder.

Tanja kam gerade die Kellertreppe hoch. Ihr Gefühl changierte zwischen konsterniert und fassungslos. Augen und Mimik sprachen Bände.

„Seht mal, was ich hier habe", sagte Krause, der die Treppe mit einem Laptop herunterkam.

Um die Arbeiten im Wohnzimmer nicht zu behindern, stellte er ihn in der Küche auf und fuhr ihn hoch.

Drei Minuten später saß er davor, öffnete eine Datei und las. Tanja stellte sich neben ihn.

„Hast du Lust, mir vorzulesen?" Und mit verdutzter Stimme presste er folgende Sätze über seine Lippen:

„Liebe Kathrine,

ich fühle mich nackt ohne dich und wenn ich dir schreibe, schlägt mein Herz eine Nuance schneller. Wenn ich an dich denke, wird mir klar, was am meisten fehlt: deine Zartheit, deine Unaufgeregtheit und Zurückgenommenheit. Dein bloßes Dasein und deine Hilfsbereitschaft. Auch deine Fähigkeit, auf andere einzugehen und ihnen Wünsche von den Lippen abzulesen. Einmal hast du zu mir gesagt: Helfe denen, die sich nicht selbst helfen können. Das war dein Credo. Und so hast du immer gehandelt.

Wie bei deinem Vater. An seinem Sterbebett hast du ihm seinerzeit zwei Dinge versprochen. Sein Erbe in Ehren zu halten und einen Nachfahren zu zeugen, also die Familie weiterzuführen.

Beides konntest du nicht erfüllen. Und heute weiß ich, dass du daran zerbrochen bist.

Der Brief von Dr. Klimke war ein echter Schock. Der zweite innerhalb kurzer Zeit. Nur dein Tod hatte mich noch mehr getroffen.

Ich dachte erst, es sei ein Routinebrief, wollte ihn schon wegwerfen, aber dann schaute ich doch hinein. Hätte ich das bloß sein lassen. Nein, das meine ich nicht so, denn der Brief hat mir die Augen geöffnet.

Ich wusste erst nicht, was er zu bedeuten hatte, aber ein paar Worte erregten meine Aufmerksamkeit: Schwangerschaft, abortus completus.

Ganz allmählich wurde mir klar, dass du schwanger gewesen bist und in der Klinik eine Fehlgeburt hattest. Nach deinem Krankenhausaufenthalt erkannte ich dich kaum wieder. Du hattest alle Lust verloren. Woran du früher Freude hattest, machte dir jetzt keinen Spaß mehr. Auch das Sexuelle. Aber es war mehr, ging tiefer.

Du warst irgendwie des Lebens überdrüssig. Deshalb hast du zu Hause geschwiegen. Deshalb warst du nicht wiederzuerkennen. Deshalb konnte ich dir nicht helfen, weil du diesen Schmerz nicht überwinden konntest.

Ich weiß, dass du mich schonen wolltest. Du wolltest mir nicht sagen, dass du unser Kind, von dem ich nichts gewusst habe, verloren hast. Stattdessen bist du lieber selbst gegangen.

Ab jetzt ist jede Zeile Hass!

Sie haben uns unser Kind genommen, deshalb nehme ich ihnen ihr erbärmliches Leben.

Sie haben uns zerstört, deshalb mache ich sie fertig.

Seit einiger Zeit denke ich darüber nach, wie ich meinem Leben ein Ende bereiten kann, um an deiner Seite weiterleben zu können. Es war nicht leicht, eine geeignete Methode zu finden. Bis es mir wie Schuppen von den Augen fiel. Natürlich gab es nur einen Weg. Den gleichen, den du gegangen bist. Denn nur so werde ich nachvollziehen können, was du erlebt, was du erlitten hast. Und nur so werden wir wieder eins sein.

100

Er würde zu spät kommen. Das Martinshorn tönte in voller Lautstärke. Rauschers Kopf schien zu explodieren. Seine Gedanken liefen Amok. Er sah Millionen Babys in Millionen Betten liegen und wusste nicht, welches seines war. Plötzlich stiegen die Babys aus den Betten, nahmen sich an der Hand und tanzten um die Wette. Er halluzinierte, sein Verstand stolperte von einer Idee zur nächsten, sah sich und seine kleine Familie beim Picknick auf einer Blumenwiese. Es war, als überfielen ihn tausend Gefühle gleichzeitig. Sein Puls schoss hoch und er schwitzte wie verrückt.

Die Bremsspur vor dem Markus-Krankenhaus erstreckte sich über fünf Meter. Völlig am Ende erreichte Rauscher den Eingang, rannte einige Leute über den Haufen, die sich heftig beschwerten und erreichte außer Atem das Empfangsdesk:

„Meine Frau kriegt ein Kind“, schrie er die Dame hinter dem Tresen an, die cool und selbstverständlich mit der Hand Richtung Treppe deutete.

„Zweiter Stock rechts, ganz hinten.“

Rauscher hastete die Treppen hoch. Als er um die Ecke bog, nahm er zuerst tosenden Lärm wahr. Wilde Rufe, Geschrei, Gejammer und Jubelarien. Das hatte er sich ganz anders vorgestellt. Meditativer. Ehrfurchtsvoller.

Der Flur war ein fünfzig Meter langes Rohr in gediegenem Licht. Er flitzte los und versuchte auszublenden, was sich links und rechts hinter geschlossenen Türen zutrug. Eine Krankenschwester kam ihm entgegen und wollte ihn aufhalten.

„Sie können hier nicht einfach ...“, schrie sie. Aber er ließ sich nicht stoppen, schubste sie zur Seite, rannte weiter wie im Wahn und öffnete die erstbeste Tür. Ein Blick in den Raum und ihm stockte der Atem. Er erschrak. Ein rotes Meer lag vor ihm. Das Gewimmer der Frau beim Pressen war zum Erbarmen. Die Hebamme, die sichtlich angestrengt war, hielt eine Nabelschnur voller Blut in der Hand und drehte sich herum.

„Elke Erb?“ hechelte Rauscher.

„Zwei Türen weiter.“

Er trat wieder hinaus. Verflucht groß, diese Gebärfabrik, dachte er, versuchte noch schneller zu laufen und den Rippenschmerz zu unterdrücken, der ihm die Luft nahm. Sein Gesicht war mittlerweile beträchtlich angeschwollen. Rauscher hatte sich das alles nicht so blutig vorgestellt.

Zwei Türen weiter nahm er einen Urschrei wahr, kaum dass er die Klinke heruntergedrückt hatte. Er hatte Mühe, auf den Beinen zu bleiben und fürchtete, dass es ihn kurz vorm Ziel umhauen würde. In seinem Magen quetschte etwas, sein Herz gondelte. Wieder fragte er nach Elke.

„Gegenüber“, schrie ein Arzt, „und machen Sie gefälligst die Tür zu.“ Von links kam Kindergeschrei, was er als ausgesprochen wohltuend empfand. Aber als er das kleine Etwas erblickte, gehüllt in Blut und lederartiger, verschrumpelter Haut, bekam er Gänsehaut und überlegte, dass er bald auch so einen kleinen verletzlichen Körper in Händen halten würde.

Auf dem weiteren Weg war er sicher, dass er umkippen würde. Die Rippe, das Gesicht. Sein Allgemeinzustand hätte nicht schlimmer sein können. Er war eine Mimose vorm Herrn, sagte er sich, und würde Abbitte leisten. Nur nicht gleich. Später. Er fühlte sich ohnmächtig angesichts der bevorstehenden Aufgabe, aber jetzt half alles nichts: Er musste in halbwegs akzeptablem Zustand Elke erreichen. Deshalb: Zusammenreißen! Stark sein! Über sich hinauswachsen! Wie ein Fels in der Brandung. Er hatte in seinem Leben alles erreicht, wenn er es nur unbedingt wollte. Es war eine mentale Frage, ob er es schaffen oder versagen würde. Und jetzt wollte er partout diese unvergleichliche Erfahrung machen. Er durfte es keinesfalls vermasseln. Schwor sich, auf die Zähne zu beißen.

Hinter einer halb offenen Tür hörte er einen grellen Schrei, der ihm nicht nur durch Mark und Bein fuhr, sondern seine Schädeldecke einige Zentimeter nach oben katapultierte. Dem Zusammenbruch verdammt nahe stieß er die Tür weit auf und blickte in den hellerleuchteten Saal. Auch hier Blut auf dem Boden, in einem Eimer. Aber plötzlich war er sich sicher, dass er hier und jetzt sein Glück finden würde. Und einer Eingebung folgend schwor er, sich um Elke und das Baby zu kümmern, komme was wolle.

Er stand halb im Raum und vier Gesichter starrten ihn entsetzt an. Thaler, selten blass und zittrig, stand nördlich am Bett und hielt Elkes Hand. Südlich stand eine Hebamme mit Nadel und Faden in der Hand. Daneben stand ein Arzt, der sich gerade die Handschuhe auszog. Elke lag platt wie eine Flunder und verschwitzt da und wirkte, als hätte sie gerade den Montblanc erfolgreich bezwungen, doch ein angedeutetes Lächeln legte sich langsam auf ihre Wangen. Erst jetzt nahm Rauscher wahr, dass auf ihrem Bauch ein Baby lag, und er hörte sie voller Enthusiasmus und mit letzter Kraft sagen:

„Es ist ein Rauscher."